한일관계의 '65년 체제'와 한국문학

한일국교정상화를 둘러싼 국가적 서사의 구성과 균열

지은이
정창훈(鄭昌薰, Jeong, Chang hoon)
동국대학교 국어국문학과를 졸업하고 동대학원에서 박사학위를 받았다. 재팬파운데이션 일본연구 펠로우십, 도쿄대학 대학원 총합문화연구과 객원연구원을 지냈으며, 현재 강사로서 일하며 연구활동을 지속하고 있다. 근현대 한일 문학 및 문화의 관련 양상에 관심을 두고 공부해 왔으며, 최근에는 박사논문의 문제의식을 심화시켜 '현해탄, 조선해협'이라는 장소와 기호를 둘러싼 양국의 서사 담론을 살펴보고 있다. 또 일상사, 민속학, 신체론 등에 관한 공부 모임을 통해 문화연구의 새로운 방향성을 모색중이다.

한일관계의 '65년 체제'와 한국문학
한일국교정상화를 둘러싼 국가적 서사의 구성과 균열

초판인쇄 2021년 7월 1일 **초판발행** 2021년 7월 15일
지은이 정창훈 **펴낸이** 박성모 **펴낸곳** 소명출판 **출판등록** 제13-522호
주소 서울시 서초구 서초중앙로6길 15, 2층
전화 02-585-7840 **팩스** 02-585-7848 **전자우편** somyungbooks@daum.net **홈페이지** www.somyong.co.kr

값 20,000원 ⓒ정창훈, 2021
ISBN 979-11-5905-595-9 93810

한일관계의 '65년 체제'와 한국문학

한일국교정상화를 둘러싼 국가적 서사의 구성과 균열

The Historical Issues of Postwar Korea-Japan Relations and Korean Literature : A Deconstructive Interpretation of the National Narrative around 1965 Korea-Japan agreement

정창훈

책머리에

이 책은 1965년 한일국교정상화 수립을 전후하여 발표된 한국의 문학 텍스트들, 그 가운데서도 특히 한일관계의 냉전적 재편을 모티브로 한 텍스트들을 연구의 대상으로 삼고 있다. 이렇듯 과거 시대의 사건이나 문학에 관해 살펴보고 있으나, 이는 단지 당대의 면면들을 소급적으로 의미화하거나 평가하기 위한 것만은 아니다. 오히려 그것들을 '지금 여기'의 현실과 밀접히 연관된 문제로 파악함으로써, 한일관계의 현재를 과거에 대한 책임의식 속에서 성찰하기 위함이다.

이런 취지에 입각해서 나는 '65년 체제'라는 용어를 한일국교정상화를 전후하여 전개된 일본 및 한일관계에 관한 엘리트 남성주체 중심의 서사 담론과 그 구조적 특질을 가리키는 말로 전유하여 쓰고 있다. 이와 같은 전유적 사용은 그 서사 담론의 등장을 한시적 현상이 아닌, 이후로도 되풀이될 강박증적 반복구조의 출현으로서 문제화하는 것이다.

따라서 여기서 일컫는 '65년 체제'란 한일 역사문제를 둘러싸고 반복되어 나타난 '국가적 서사'와 그것 내부의 구조적 결락을 지시하는 것이며, 나아가서는 그 결락의 기원적 발생을 1960~70년대 문학 텍스트에 관한 탐구를 통해 밝히고자 하는 저자의 의도를 집약한 표현이기도 하다.

새삼스레 강조할 것도 없이 오늘날 한일관계, 혹은 일본을 바라보는 한국사회의 시각은 극단화되어 있다. 식민지 역사논쟁, 강제징용 및

'종군위안부' 피해자의 청구권 문제, 정치경제적 갈등 등을 둘러싸고, 한편에서는 'NO JAPAN'이라는 말이 불매운동의 슬로건을 넘어 일본과의 관계를 전방위적 대결 구도로 만들고 있으며, 또 한편에서는 이와 같은 현상을 '반일 종족주의'라고 힐난하며 식민지 역사 왜곡을 서슴지 않는 일이 벌어지고 있다. 일본의 상황도 별반 다르지 않다. 과거 제국주의 침략 전쟁의 부정, '혐한'의 선동과 재일한국·조선인에 대한 공격적인 언행 등이 공공연하게 자행되고 있으며, 이를 안타깝게 바라보는 일본의 지식인 및 시민들이 없지 않으나 속수무책으로 보인다.

그러나 이처럼 극단화된 시각은 한일 과거사 문제를 진지하게 사유할 수 없도록 만들 뿐 아니라, 역사적 피해자들의 존재를 비가시화하고 그들의 고통과 상흔을 오히려 은폐해버리는 결과를 가져온다. '친구인가 적인가'라는 양극단의 논리가 과열되고 과잉될수록 정작 피해 당사자들의 목소리는 야단법석 속에 파묻히고 마는 것이며, 과거사 문제에 관한 공동의 책임의식 또한 소실되는 것이다.

이런 현실에 대한 비판적 인식을 제시하고자 이 책은 '한/일'이라는 이항대립 구도, 그리고 그것을 토대로 전개된 '적대/화해'의 서사가 어떻게 역사적 피해자들의 존재를 억압해 왔는지를 살펴보기 위해 과거의 텍스트들을 재검토한다. 즉, '한/일' 관계상에서 진정한 의미의 '타자'란 상대국이 아니라, 그러한 '국가 대 국가'의 프레임 밖으로 배제된 채 묵언을 강요당해 온 존재들임을 밝히는 것이 이 글의 목적이다.

2020년 5월, '위안부' 피해자인 이용수 선생이 정의기억연대의 운영에 관한 문제제기를 하며 비판의 목소리를 내자마자, 한편에서는 이것을 정부와 여권을 공격하기 위한 기회로 삼았으며, 반대편에서는 이를 음모론이라고 부인하며 배후설을 제기했다. 여기서 중요한 것은 둘 중 누가 옳은 주장을 하였냐가 아니라, 결과적으로 그 양측 모두가 이용수 선생의 말 자체에는 무관심하다는 점이다. 요컨대 가부장제적 국가주의 이데올로기가 만들어낸 '피해자=할머니'라는 표상, 그것은 여전히 '희생을 감수하는 존재'이자 '침묵하는 존재'이길 강요받고 있는 역사적 피해자들의 지위를 여실히 보여준다.

따라서 나는 이 책에서 텍스트에 대한 '경청傾聽'의 해석학을 시도하고자 했다. 이것은 한 편의 이야기를 무위적으로 받아들이는 행위가 아닌, 그 안에 잠재하는 침묵하는 존재들의 목소리를 포착하기 위한 노력을 뜻한다. 롤랑 바르트는 「듣는다는 것Listening」이라는 글에서 프로이트의 임상 치료법이 내담자의 '메시지'가 아닌, 그것을 말하는 '목소리' 자체에 주목하는 방식으로 이뤄졌다는 점을 지적하며, 이 '목소리'에 대한 경청이야말로 새로운 의미생성을 가능하게 한다고 말했다.

이때 '목소리'란 신체와 언어가 분절되는 '사이' 지점에 위치하여, 의미화에 저항하는 무의식의 존재를 알려오는 흔적 같은 것이라고 볼 수 있다. 바르트는 이를 '언어의 웅성거림The Rustle of Language'이라고 명명하기도 하는데, 이 웅성거림의 소리는 텍스트상에 드러나 있지 않기에 부재하는 것으로 무시되기 일쑤이다. 그렇기에 청자의 노력이 중요하다. 조급함과 지루함을 물리치며 한없이 귀를 기울이는 자에게만 비로소 그 '목소리'들은 없는 것이 아닌 존재하는 것이 되어 들려오기 때문이다.

이런 맥락에서 볼 때, 텍스트의 의미가 다양하게 해석될 수 있다는 것도 그것이 제멋대로 유용되거나 날조되어도 무방하다는 것이 아니다. 그것은 곧 한 편의 텍스트 속에 여전히 침묵하는 존재가 남아 있기에 그 의미가 고착될 수 없음을 가리키며, 바로 그 이유로 종착 없는 '경청'이 이뤄질 수밖에 없다는 뜻일 테다. 이 경청을 통해 문학의 탐구는 과거의 문서고 속에 파묻혀 있던 그 누군가의 '목소리'를 소멸의 위기로부터 구출하여 현전시킨다.

'정의'를 향한 대화, 혹은 기존의 '불의'를 넘어서기 위한 움직임도 바로 이러한 경청을 통해 시작될 수 있는 것이 아닐까. 이용수 선생의 기자회견은 "한일 양국 학생들의 왕래교류"와 "공동 역사 교육의 필요"라는 얼핏 보면 당연한 주장으로 마무리되었다. 그래서인지 이 발언은 그다지 주목받지 못했고 기자회견을 둘러싼 정치적 이해타산의 논의만이 과열되었다. 그러나 정치적 논쟁을 불러일으킨 그 행위의 옳고 그름, 좋고 싫음을 떠나서, 그분의 발언을 식상한 이야기처럼 흘려들어도 정말로 괜찮을 것인가. 지식의 실천이 그저 먼지 쌓인 문서들을 뒤적이는 일에 그치지 않기 위해서라도, 쉬이 들리지 않는, 잡음에 둘러싸인 그 '목소리'를 향한 경청은 계속되어야만 할 터이다.

이 책은 저자가 2020년 8월에 제출한 동명의 박사학위 논문을 단행본 형식에 맞게 수정 보완하여 완성되었다. 한일관계와 서사문학이라는 키워드로 학위논문을 작성하고자 기획한 것은 2016년도 봄 즈음이지만 아주 오래전부터 '일본'이란 나의 주된 관심사였다. 한국소설보다 무라카미 하루키나 무라카미 류 등의 일본작가 소설을 읽으며 고등학교 시절을 보냈고, 대학에 진학한 이후에는 일본의 밴드음악에 심취하여 그 가사를 알아듣고자 일본어를 익히기 시작했다. 또한 일본을 오가며 연구활동을 시작한 뒤로는 일본인 동료 및 친구들과의 소중한 인연을 쌓기도 하였다. 그런 연유로 나는 '일본'에 관해서는 남다른 친밀감을 느낀다. 그러나 문화적 친밀감과 역사적 비판의식이 준별되어야 함을 공부의 과정에서 절감하게 되었고, 그러한 생각이 학위논문의 연구과제로 연결된 셈이다.

그 공부의 과정에서 언제나 길잡이가 되어주신 분이 지도교수 박광현 선생님이었다. 선생님을 통해 연구자의 길을 걷게 되었고 가까이에서 참으로 많은 배움을 얻었다. 크나큰 은혜에 그저 고개 숙여 감사드릴 뿐이다. 학위논문의 심사를 맡아주신 한수영, 차승기, 장세진, 김춘식 선생님께도 깊이 감사드린다. 심사위원 선생님들의 지도와 가르침, 격려에 힘입어 부족한 능력에도 불구하고 한 편의 글을 완성할 수 있었다. 존경하는 선생님들께 값진 배움의 기회를 얻게 되어 그야말로 큰 기쁨이자 영광이었다.

학위논문을 준비하고 작성하는 과정에서도 많은 분들의 도움을 얻었다. 박사과정에 발을 들여놓고 방황하던 시기, 쓰보이 히데토坪井秀人 선생님의 도움으로 잠시나마 교토에서 공부할 기회를 가질 수 있었다. 이 시기 선생님께는 여러모로 폐만 끼쳤지만, 니치분켄 도서관의 장서들을 뒤적이며 모은 자료들 속에서 학위논문의 연구주제를 구상할 수 있었다. 선생님께 깊이 감사드린다. 논문주제에 관한 연구를 본격화할 무렵에는 미쓰이 다카시三ツ井崇, 와타나베 나오키渡辺直紀 선생님의 배려로, 도쿄에서 체류하며 연구할 기회를 가질 수 있었다. 이를 통해 연구자로서 잊지 못할 소중한 경험들을 쌓게 되었다. 무명의 이방인을 따듯하게 맞이해주신 두 분 선생님께 무한한 감사함을 느낀다. 논문을 쓰는 동안, 동학인 윤재민 형과의 허물없는 대화는 언제나 나의 생각과 글을 되짚어보는 결정적 계기가 되었다. 시마다 다카후미島田貴史 님의 세심한 조언은 논문의 이론적 바탕을 다지는 일에 큰 힘이 되었다. 유인혁 형은 후배의 서툰 초고를 애써 읽고, 논문 구성에 관한 귀중한 의견을 들려주었다. 해외자료를 구하는 일에는 김보해, 민동엽 님께 여러 차례 신세를 졌다. 김형석, 다카하시 아즈사高橋梓 님은 외국어 초록을 검토해 주었고, 친구 허정우는 나의 문장을 처음부터 끝까지 일일이 확인하며 교열해 주었다. 오랜 벗인 고해종, 김원호, 우남기는 글쓰기에 지쳐 힘들어하는 내게 위로와 용기의 말을 건넸다. 이분들께 고마움을 전하며 건승과 건필을 기원한다.

그리고 학부 시절부터 오늘에 이르기까지 많은 가르침을 얻으며 신세를 지고 있는 한만수, 황종연 선생님께 이 자리를 빌어 존경과 감사의 인사를 올리고 싶다. 아낌없는 격려와 조언을 주신 구인모, 권보드래, 반재영, 서희원, 신승모, 안서현, 이봉범, 이한정, 이철호, 오태영, 조형래, 장문석, 천정환, 허병식 선생님, 공부모임과 세미나 등을 함께 하며 동고동락한 연윤희, 이한나, 임세화, 한민영, 홍덕구 선생님께도 진심으로 감사드린다.

또한 이 책이 연세근대한국학총서 시리즈의 하나로서 출간될 수 있었던 것은 한수영 선생님의 배려 덕분이었다. 존경하는 연구자 선생님들의 저서가 묶여 있는 총서에 나의 이름을 더할 수 있게 된 사실만으로 대단한 영광이 아닐 수 없다. 소중한 출간의 기회를 주선해 주신 한수영 선생님께 거듭 감사 올리고, 노혜경 선생님을 비롯한 근대한국학연구소의 선생님들, 그리고 소명출판의 모든 관계자 분들께도 감사의 뜻을 전하고 싶다.

가족을 생각하면 미안함과 감사한 마음이 교차한다. 언제나 과분한 사랑을 주시는 아버지 정동석 님과 어머니 장연순 님, 연구자 부부의 삶을 묵묵히 지켜보며 무한한 격려를 주신 장인 조이현 님과 장모 김순복 님, 이 책의 출간을 가장 기뻐해 주실 이 네 분께 심심한 감사와 경의를 표한다. 손자를 늘 자랑으로 여기시는 나의 할머니 이정순 님, 또 조카의 일을 항상 응원해주신 정동철, 장종희, 장우연 님께도 고마움을 전한다. 끝으로 존경하는 동료이자 삶의 동반자인 아내 조은애와 함께였기에, 우리라는 이름으로 모든 해낼 수 있었다. 노력의 결실을 함께 나누게 되어 더할 나위 없이 기쁘고, 우리의 마르지 않는 대화 속에서 삶의 의미를 찾아가는 오늘에 감사하다.

2021년 6월

의정부 綠楊에서

차례

서장

1. 한일관계, 문학으로 되묻다

이 글의 목적은 1965년 한일 국교정상화 수립을 기점으로 '일본'(일본국·일본인·일본문화 등)[1]의 존재를 담론화하거나, '한/일'이라는 주체와 타자의 관계를 서사화한 당대 한국문학 텍스트를 분석함으로써, 그에 내재된 정치적 함의를 밝히는 데에 있다. 이를 통해 식민지 체험에 대한 기억과 망각, 그리고 냉전적 멘탈리티 속에서 형성된 문화 엘리트들의 대일인식 및 역사문제 인식을 비판적으로 재고하고자 한다.

---

1 여기서 '일본'이란 한국(인)의 입장에서 일본과 관련된 것을 총칭하는 표현이다. 혹은 무분별하게 동일시되어 사용된 '일본국=일본인=일본문화'의 표상을 가리킨다. 기실 분석적 사고의 차원에서 이 세 가지는 각기 별도의 영역으로 다뤄져야 마땅하다. 그렇지 않을 경우, 예컨대 '일본문화'에 대한 취미나 '일본인'에게 호의를 베푸는 사람을 '민족배반자'나 '친일파'로 규정하는 일반화의 오류를 낳기 쉽다. 그러나 한국의 사회문화 담론상에서 이 세 영역은 으레 하나로 동일시된 채 논의되어 왔으며, 특히 은유나 상징적 표현이 잦은 문학 담론의 경우에는 더욱 그러하다. 金成玟, 「記憶と大衆文化－韓国における日本・日本人・日本文化」, 朴裕河・上野千鶴子・金成玟・水野俊平, 『日韓メモリー・ウォーズ』, 弦書房, 2017, 47~49쪽 참고.

한일국교정상화는 제국/식민지 체제 해체이후 단절되어 있던 양국 관계가 냉전이라는 신질서 속에서 재개를 맞이하게 된 역사적 전환점으로서, 그 이후의 한일관계는 국교정상화를 위해 체결한 기본조약 및 네 개 협정에 기초한다는 의미에서 1965년 체제(줄여서 65년 체제) 또는 한일기본조약 체제로 불리어 왔다.[2] 그러나 역사문제를 비롯하여 한일간의 갈등이 다각도로 심화되고 있는 오늘날, 이 체제는 그 실효성이 의문시되고 있을 뿐 아니라, 특히 한국에서는 구시대의 유산으로 비판을 받으며 새로운 양국 관계의 개설이 요청되고 있다. 민주적 의견수렴의 과정과 과거사에 대한 반성을 생략한 채 국교정상화가 수립되었기에, 진정한 의미의 '관계 정상화'라고 볼 수 없다는 문제의식이 한국사회 전반에 걸쳐 공유되고 있는 것이다.

다만 한일교섭이 이뤄지던 시점에서부터 이를 규탄하는 6·3운동(한일협정반대운동)이 전개되었듯이, 한일협정 및 국교정상화에 대한 반론과 회의는 이미 시작 단계에서부터 제기되어 왔다고 볼 수 있다. 당대의 한국문학 텍스트에 '일본'의 등장이 급속하게 늘어나게 된 연유 또한 이와 같은 시대사적 맥락과 밀접하게 연관된다. 이 책에서 중점적으로 살펴볼 텍스트들은 주로 1960년대 중반부터 1970년대 초반에 이르는 시기에 발표된 것들로, 한일협정을 전후하여 한국사회에 조성된 불만과 불안, 그리고 위기의 정조를 의식적 또는 무의식적으로 반영하고 있다. 이를테면 국교정상화에 대한 직접적인 반감을 표명한다거

2 니시노 준야, 「한일기본조약의 체제의 회고와 향후 과제」, 아시아연구기금 편, 『한일관계 50년의 성찰』, 오래, 2017, 24쪽. 참고로 여기서 네 개 협정이란 '청구권 및 경제협력협정', '어업협정', '문화재협정', '재일한국인의 법적지위협정'을 가리킨다.

나 한국사회의 병리적 징후를 '일본'을 매개항으로 삼아 드러내고, 나아가서는 한일관계의 역사적 재인식을 통해 현실을 부정적으로 표상함으로써 진정한 의미의 '관계 정상화'란 무엇인가라는 물음을 담지하고 있는 것이다.

특히 당시 한국사회의 담론이나 여론이 청구권 협상에서의 저자세 외교, 일본자본의 한반도 진출, 평화선(이승만 라인) 철폐, 자주적 평화통일의 저해, 미국의 배후 개입 등을 문제시하고 그에 강력히 반발하였다면, 문학은 거기서조차 누락된 식민지 과거와 그것이 낳은 현재적 문제들에 대해 말하고 있었다는 점에서 주목을 요한다. 문학적 글쓰기의 실천은 과거사에 대한 회고와 증언, 혹은 서사적 재현 등을 통해, 이미 60년대라는 시점에서부터 한일 '관계 정상화'에 내재된 '비정상성'을 징후적으로 드러내었던 것이다.

그러나 거기에는 당대사적 한계 또한 분명히 존재했다. 오늘날 정치·사회·문화의 제 영역에서 과거사 문제를 둘러싼 범사회적 비판 담론이 수립되고 그에 대한 근원적 문제제기를 통해 양국관계의 전면적 개편이 주장되는 것과는 달리, 한일관계 정상화를 둘러싼 당대의 글쓰기 실천은 그러한 비판의식을 범사회적으로 확장하거나 근본적인 이의제기로 심화시키지 못한 채, 1965년 체제의 성립을 견고화하거나 정당화하는 것으로 회수되는 경향을 보였다. 그 시기 문학 텍스트들은 국교정상화를 통해 대두된 양국 관계의 '비정상성'이나 '비대칭성'을 부각하는 비평적 역할을 수행하였지만, 한편으로는 이러한 현실의 문제들을 상상적으로 청산하고 해결하는 국가적 거대서사를 생산함으로써, 과거사에 관한 언술에서의 자기방어와 검열, 억압의 기제 등을 낳게 된 것이었다.

이 글에서는 '65년 체제'라는 용어를 그러한 특질을 지닌 당대의 문학 담론과 그것이 내포하였던 양면적 기능을 가리키는 말로 전유하여 쓰고자 한다. 즉 문학적 글쓰기 차원에서 '65년 체제'의 성립이란 한일 국교정상화 과정에서 배제되거나 억압되었던 것들이 텍스트상에서 그것의 존재를 드러낸 재현적 체계의 성립이면서도, 그러한 사회적 징후의 출현을 상상적으로 극복하기 위해 '과거청산'과 '화해', '속죄'와 '용서' 등, 기념적 행위로서의 서사가 민족주체성의 회복 및 반공동맹의 결속이라는 목표 하에 동원됨으로써, 역사적 피해자들이나 하위주체들의 증언의 목소리에 대한 이중의 봉인과 억압의 체계가 형성된 것이라고 볼 수 있다.

이 책의 연구 대상이 되는 텍스트들은 식민지 체험 및 과거사 문제에 관해 냉전문화적 억압과 검열기제로서 작용한 '65년 체제'를 비판적으로 가시화하기 위해 선택된 것들로서, 특히 이 억압과 검열의 주체이자 동시에 객체가 되기도 했던 엘리트 남성 주체들의 식민지적 남성성과 밀접한 연관을 지닌 것들이다.[3] 물론 여기서 연구 대상이 되는 텍

---

3 '식민지적 남성성'이란 중심 권력으로부터 배제되어 주변화된 남성성을 총칭하는 것이지만, 여기서는 제국에 의한 피지배의 경험을 '민족의 여성화'라는 남성성의 거세나 손상으로 규정함으로써, 그에 대한 회복 의지로서 나타나는 중심(권력)지향적인 남성성을 가리킨다. 특히 식민지 조선의 청년 엘리트들이 일본 제국의 권위를 승인하는 입장에서 당대에 보편적으로 통하는 국민-남성의 아이덴티티를 획득한 것이 해방 이후 사회 속에서 강력한 권력욕이나 인정욕의 형태로 굴절되어 나타난 것을 그 예로 들 수 있겠다. 정희진, 「한국 남성의 식민성과 여성주의 이론」, 권김현영 편, 『한국 남성을 분석한다』, 교양인, 2017, 49~50쪽; 황종연, 「조선 청년 엘리트의 황국신민 아이덴티티 수행-아시아태평양전쟁기 조선인 학병에 관한 노트」, 한일연대21 편, 『한일 역사인식 논쟁의 메타히스토리』, 뿌리와이파리, 2008, 268쪽 참고.

스트들이 1960~70년대의 한국문학을 대표하거나 그 시기 한국사회 전반의 대일인식을 반영한 것이라고는 보기 어렵다. 또한 한일관계의 정상화가 동시대 문학에 미친 영향이라는 것은 한국문학사 전체를 놓고 볼 때에는 하나의 해프닝에 지나지 않은 것일 수도 있다. 그렇지만 한일관계를 둘러싼 공적 담론 상에서 스스로를 '비평적 화자(특권적 화자)'의 지위에 위치시킨 당시 엘리트 남성 주체들의 문학적 실천이 어떠한 명과 암을 지닌 것이었는지를 살펴보는 일은 현재 시점에서 상당히 중요한 의미를 지닌다. 요컨대 그것은 상상적 허구를 넘어, 오늘날 현실에서 한일 역사문제의 최종적 해결을 주장하는 '보상·배상'론이 내재화하고 있는 전체주의적 서사 체계의 원류를 이루는 것으로서 재고될 필요가 있다.

문학연구를 통해 한일관계를 되묻는다는 것은 다름 아닌 그와 같은 기원적 탐구를 뜻한다. 이 글에서 개진될 대상 텍스트들에 대한 분석은 한일국교정상화를 전후하여 성립되었던 과거사 기술의 글쓰기 체제, 즉 문학적 재현의 서사 체계로서 '65년 체제'의 전체상을 파악함은 물론이고, 나아가 역사문제를 둘러싼 현대 한국사회의 갈등 구조를 이해함에 있어서도 핵심적인 실마리를 제공할 것이며, 궁극적으로는 그 구조에 내재되어 있는 한계를 표면화할 것이다.

2. 선행연구의 비판적 검토

1) '일본'에 관한 문학 연구 및 문화론적 연구

기존의 한국 문학 연구에서 '일본'이라는 키워드는 주로 식민지시기 문학 연구에서 비중 있게 다뤄져 왔다. 제국/식민지 체제에 귀속되어 있던 시기인 만큼 당시의 문학이 '일본'의 영향을 강하게 받은 것은 부정할 수 없는 사실이며, 따라서 문학 연구에서도 그에 대한 고려가 이뤄져 온 것이다. 반면 해방이후 문학을 연구 대상으로 삼는 경우, '일본'의 존재는 쉬이 간과되는 경향이 있다. 이는 그 이후의 문학이 실제로 그것과는 무관하게 전개되었기 때문이라기보다, 1945년 해방을 기준으로 '일본'이라는 이질적 요소가 해소됨에 따라 민족문학의 순수성과 주체성이 회복되었다는 신화적 의미체계가 한국의 근현대문학사를 떠받치는 상상력으로 착근되어 있기 때문이라고 볼 수 있다. 물론 식민지시기 문학 텍스트를 '협력'과 '저항'의 틀로 분석하거나 작가의 '친일/반일' 성향을 규명하는 문학사적 과거청산이 꾸준히 전개되어 왔으나, 정작 '지금 여기'의 현실에 지속적인 영향을 미치고 있는 '일본'에 대해서는 충분한 논의가 이뤄지지 못했던 것이다.

그러므로 해방이후 문학에 나타난 '일본'이라는 타자에 대한 학문적 관심이 증대하기 시작한 것은 비교적 근래의 일이라고 볼 수 있다. 이는 1990년대 이후 역사문제를 둘러싼 한일갈등이 첨예화되면서 그에 관한 논의가 제 학문영역으로 확대되고, 한편으로 양국의 사회문화적 교류가 점차 늘어남에 따라 '친일/반일'의 프레임을 초월하여 국교정상화 이후 한일관계를 다양한 관점과 방법으로 재평가하려는 움직임이

활성화된 것과 그 궤를 같이한다.

다만 김윤식의 『한일문학의 관계양상』(1974)은 기존의 '친일/반일'의 이항대립을 초월하여 '일본'이라는 대상을 한국문학의 정체성 및 주체성에 지대한 영향을 미친 타자로 문제화하였고, 그에 대한 문학사적인 고찰을 선구적으로 시도했다는 점에서 주목을 요한다. 여기서 그는 "日本이 客觀的인 事物로서의 관찰 대상으로 놓이는 측면과 역사의식으로 놓인 日本의 측면이라는 二重性으로서 日本이 우리 앞에 놓여" 있음을 지적하였다. 그는 "論理의 次元"에서 '일본'을 분석하는 일은 가능하지만 "心情의 문제"에서 그것을 이해하는 것은 거의 불가능한 상태임을 문제화하며, 이와 같은 "二重性의 아포리아"의 극복을 문학사적 과제로 설정한다.[4]

이때 '일본'에 관한 "心情의 문제"란 "論理의 次元"과 "無意識 次元"이 상충하는 것을 가리키는데, 예컨대 '일본'을 이론적으로 비판하면서 식민지시대에 대한 노스탤지어를 품는 "人格分裂症", 혹은 '일본'에 감정적으로 반발하면서도 "日本史觀"에 침윤된 "歷史에의 眼目의 盲目"(현해탄 콤플렉스)에서 벗어나지 못하는 것이 그에 해당한다.[5] 따라서 분석가의 역할은 그 이중성의 모순을 비평의 언어로 해명함으로써 '일본'의 영향으로부터 자유로운 문학사의 전통을 복권하도록 만드는 것이다.

결과적으로 볼 때, 김윤식은 '일본'의 존재를 문제적으로 인식하고는 있으나, 그것이 한국문학에 미친 영향을 주체성의 저해나 정체성의

---

4 김윤식, 『韓日文學의 關聯樣相』, 일지사, 1974, 22쪽.
5 위의 책, 49쪽.

혼란 정도로 환원하여 파악했던 셈이다. 이는 민족문학사의 자기완결성이라는 당위적 필연을 말하기 위해, 안티테제로서 '일본'을 상정했을 뿐이라는 인상을 지울 수 없다. 그렇기에 "二重性의 아포리아"라는 문제에 대한 세심한 논의가 이뤄지는 대신, 이른바 '극일克日'의 필요성만이 강조된다는 점에서 아쉬움을 남긴다.[6] 단 이러한 시대적 한계에도 불구하고 '무의식'의 개념을 도입하여 '일본'이라는 타자와 한국문학의 상관관계를 논한 그의 안목은 과연 탁월한 것이었다고 볼 수 있다. '일본'이라는 벡터가 한국문학 및 문화에 미치는 영향이란 즉각적이고 표면적인 현상에 그치는 것이 아니라, 무의식에 잠재된 형태로 지속되는 것이기에, 그에 대한 탐구가 필요하다는 김윤식의 지적은 오늘날에도 여전히 유효한 문제의식이다.

이 문제의식은 식민주의의 문화적 유산, 피식민의 기억과 그 재현의 문제 등을 다룬 근래의 문학연구에서 재전유되어 발전적인 논의가 전개되어 왔다. 우선 박광현의 연구는 해방 이후 한국사회 제 영역에서 '일본'의 존재가 '은폐(금기화)'와 '재생(모방)'을 거듭하여 왔음에 주목하며, '국문학'이라는 학문 제도 및 담론의 대상 또한 그 '은폐/재생'을 통해 성립된 "식민주의의 유제遺制"임을 역설하였다.[7] 그는 "과거 '제국' 문학 혹은 '국문학'=일본문학의 기억을 지우고, 그 기억이 지워진 공간에 과거 국문학으로서의 지위를 상실했던 민족문학을 새롭게 채워가

6 이러한 시대적 한계는 『한·일 근대문학의 관련양상 신론』(서울대 출판부, 2001)에서 김윤식 그 자신에 의해 반성적으로 회고되었다. 한편 이 『신론』에서는 '이중성의 아포리아'라는 문제를 대신하여, '이중언어' 작가들과 그들의 글쓰기에 대한 탐구가 두드러진다.

7 박광현, 『「현해탄」 트라우마—식민주의의 산물, 그 언어와 문학』, 어문학사, 2013, 323쪽 이하.

는 것"이 곧 해방 이후 한국 '국문학'의 성립 과정이었음을 지적하며,[8] 비록 "일본문학의 기억"을 지웠다고는 하나, 국가주의적 표상체계라는 "이념적인 면에서는 과거의 그것을 전유하는 방법"이 그대로 답습되어 왔음을 비판하였다.[9] 이와 같은 비판이 중요성을 지니는 까닭은, 더 이상 '일본'의 존재가 한국문학의 주체성을 저해하거나 정체성의 혼란을 야기하는 이질적 타자에 불과한 것이 아니라, 예의 주체성 및 정체성 그 자체에 내재되어 있는 존재임을 환기하기 때문이다.

이로써 '일본'이란 '국문학(사)'의 내재적 발전 궤도를 재건함에 따라 극복될 수 있는 것으로 간단히 규정될 수 없다. 오히려 그것은 그 궤도 내에 은폐된 채로 존속되는, 이미 일체화되어 버렸기에 의식하기조차 어려운, 그야말로 '무의식적 존재'로서 문제화되기 시작한다. 권명아, 권나영의 연구도 같은 맥락에서 이해 가능한데, 우선 권명아는 식민지 이후 '탈식민화'의 기획 및 담론이 오히려 '재식민화'라는 반목적적 결과를 초래하게 되는 역설의 구조를 비판적으로 검토하였다.[10] 한편 권나영의 연구는 해방이후 식민지적 과거에 대한 민족주의적 '부인'을 통해 형성된 '협력'과 '저항'이라는 역사 이해의 이분법적인 틀이 오히려 근대성과 식민성 사이의 밀접성, 그리고 한일관계(구식민지/제국관계)의 포스트식민지적 친밀성을 은폐하는 기제가 되었음을 지적하였다.[11]

---

8 위의 책, 363쪽.
9 위의 책, 346쪽.
10 권명아, 『식민지 이후를 사유하다 – 탈식민화와 재식민화의 경계』, 책세상, 2009.
11 권나영, 김진규·인아영·정기인 역, 『친밀한 제국 – 한국과 일본의 협력과 식민지 근대성』, 소명출판, 2020.

또한 한수영의 연구는 한국의 '전후세대' 문학에서 '일본'의 존재, 특히 식민주의의 언어적 유산인 일본어(이중언어)와 유년기의 식민지 체험이 차지하는 의미를 파헤침으로써 문학사의 언어적 순혈주의와 자기동일성의 신화를 철저하게 비판하였다.[12] 그의 저서는 전후세대 문학에 대한 연구가 시종일관 '한국전쟁'이나 '실존주의'라는 키워드로만 해석되어 온 것에 반론을 제기하며, 이중언어 세대인 그들의 언어적 정체성에 대한 재인식을 통해 한국문학사가 지우고자 했던 식민지 과거의 흔적을 밝히고 있다는 점에서, 포스트콜로니얼 문학연구의 전범이라고 볼 수 있다.

특히 저자가 1950년대 문학을 염두에 둔 채 제시한 식민지 과거에 대한 '의도적 망각intentional forgetting'이라는 개념[13]은 이 책에서 다룰 1960년대 중반 이후 텍스트를 살펴볼 때에도 상당한 도움이 된다. 그는 이 개념을 통해 국민국가의 '단일 언어' 이데올로기에 의해 포스트식민 주체의 이중언어적 정체성이 은폐되어 왔음을 지적했는데, 이는 한일국교 정상화를 전후하여 그들의 글쓰기에서 다시 부상하기 시작한 '일본(어)'의 존재를 단순 회상이나 상기의 결과가 아닌 그 이상의 문제로 바라보게 만든다. 즉 '의도적 망각'이란 그와 연관되는 정신분석학적 개념인 '자기방어', '강박/히스테리', '억압된 것의 회귀' 등을 환기시키며, 1965년 체제 성립기 문학의 '일본' 표상을 그 이전 시대와의 역학 속에서 파악할 수 있게끔 한다.

---

12 한수영, 『전후문학을 다시 읽는다－이중언어, 관전사, 식민화된 주체의 관점에서 본 전후세대 및 전후문학의 재해석』, 소명출판, 2015.

13 위의 책, 274쪽.

나아가 류동규의 연구는 해방기부터 1970년대 초까지의 소설들을 식민지의 기억과 그 서사적 재현이라는 주제로 통찰하였는데, 이를 통해 식민지 과거에 대한 한국사회의 집합적, 문화적 기억이 형성되는 과정을 말하였다.[14] 비록 연구 방향이나 텍스트 해석방식 등에서 본 연구와 상충되는 면이 없지 않으나, 폭넓은 시기의 다양한 텍스트들을 연구대상으로 삼아 '식민지 기억의 서사화'라는 문제에 천착했다는 점에서 귀감이 된다. 또한 1965년 한일국교정상화가 식민지시대의 기억을 표면화하는 동력이 되었으며, 그에 따라 '일본'을 경유하여 한국(자기)의 정체성을 탐색하는 문학적 실천이 본격적으로 전개되었다는 저자의 지적은 중요한 참조점이 되었다.[15] 이는 식민지 과거에 대한 집단 기억이 단선적으로 생성·유지된 것이 아니라, 한일관계의 정세변화와 당대 사회가 공인하는 거대서사의 영향 아래 재편되어 왔음을 시사한다.

한편 김예림, 장문석, 장세진 등의 연구는 냉전의 지정학적 구도나 냉전문화의 역학이라는 차원으로 초점을 옮겨서 논의를 전개한다. 이들의 연구는 식민지 과거를 통해 기억되는 '제국 일본'의 존재보다, 1960년대 국교의 정상화라는 시대적 배경 속에서 재회하게 된 '전후 일본'의 존재를 둘러싼 당대 문학의 담론에 관심을 두고 있다. 우선 김

14 류동규, 『식민지의 기억과 서사』, 박이정, 2016.

15 류동규는 이병주의 소설 『관부연락선』을 중심으로 1960년대 시대상황에서 상기된 식민지 기억에 관한 논의를 전개하였다. 김성환의 연구도 유사한 관점에서 『관부연락선』을 고찰하였다. 김성환, 「식민지를 가로지르는 1960년대 글쓰기의 한 양식－식민지 경험과 식민 이후의 『관부연락선』」, 『한국현대문학연구』 46, 한국현대문학회, 2015.8, 301~344쪽. 한편 서세림은 이호철 소설에 나타난 일본의 의미를 1965년 이후의 한일관계와 분단체제라는 시대사적 맥락에서 고찰하였다. 서세림, 「이호철 소설과 일본－분단체제와 한일관계의 연속성」, 『한국근대문학연구』 19(2), 한국근대문학회 2018.10, 303~336쪽.

예림이 개진한 일련의 '현해탄 서사' 연구는 1960년대 문학 및 영화 텍스트에 나타난 국경을 '월경'하는 존재들에 주목하여, 영토적 범위와 국적 등을 초월하여 전개되는 가족 로망스나 연애의 서사가 냉전체제하 한일관계의 불균형과 비대칭성에 대한 상상적 극복을 어떻게 도모하였는지를 탐구하였다.[16] 여타의 연구들이 주체(작가)의 기억에 내재된 '일본'의 존재가 그들의 글쓰기에게 미친 영향을 분석해왔다면, 김예림의 연구는 문학과 영화의 가상공간에서 국경이나 국적을 초월하여 접촉하는 인물들의 관계 및 사건에 집중하여, 이를 '한일관계'에 대한 문학적 재구성이나 표상으로 분석하고자 했다는 점에서 주목을 요한다. 이러한 시도는 문학 텍스트가 양국 관계를 둘러싼 정치·사회적 억압과 욕망을 상징적, 또는 알레고리적으로 지시하고 있다는 관점을 선구적으로 확립한 사례에 해당한다. 이는 냉전구도 내에서 재결속된 '일본'이라는 타자와의 관계를 당대 한국사회가 어떻게 규정하려 했으며, 또 그 과정에서 발견되는 문제적 징후들을 어떻게 극복하려 하였는지를 살펴보려 하는 본고의 의도 및 방향성을 설정함에 있어 적지 않은 참고가 되었다.

또한 일부 연구자들은 최인훈의 텍스트를 중심으로, 한일국교정상화를 통해 문제적 타자로서 재등장하게 된 '일본'의 존재가 냉전 아시아와 한국사회에 대한 비판적 재인식의 계기가 되었음을 지적하였다. 먼저 장문석의 연구는, 식민지시기 문학에 자신의 문학을 "겹쳐 쓰는" 방식으로 전개된 최인훈의 1960년대 글쓰기가 "후식민지의 역사적 경

16 김예림, 『국가를 흐르는 삶』, 소명출판, 2015.

험을 현재화하며 그 자신의 주변부성을 직시"하는 계기가 되었으며, 나아가 동아시아 냉전 체제에 대한 비판적 인식의 과정이었음을 지적했다.[17] 장세진의 연구도 1960년대 최인훈 문학의 '일본' 상상이 식민지 과거의 재인식이나 한국의 포스트식민성에 대한 패러디에 한정되는 것이 아니라, 냉전질서를 제국/식민지의 체제의 연속선상에서 파악하려는 '탈냉전'의 상상력과 연계되어 있음을 강조했다.[18] 이들의 분석은 단지 특정 작가의 정치의식이나 세계인식을 해명하는 것에 그치지 않고, 당대 한국문학의 '일본' 상상이 냉전의 문화적 이데올로기와 한반도 분단 체제의 영향으로부터 자유로울 수 없다는 사실을 일깨운다는 점에서 중요하다. 결과적으로 이는 김윤식의 연구가 최초로 거론한 무의식 차원의 문제, 즉 '식민지 노스텔지어'와 '현해탄 콤플렉스'로 대표되는 "二重性의 아포리아"가 단순히 피식민 체험의 산물인 것이 아니라, 냉전의 문화적 자장 속에서 구조화되고 심화되어 온 것임을 시사한다.

이와 더불어서 한국사회 속 일본문화의 위상, 대중매체 속 '일본' 표상의 변천과 그 특징 등을 문화론적, 또한 문화사적 관점에서 해명한 근래의 선행연구들은 문학 연구라는 한정된 범위 내에서는 다뤄지기 어려운 지점들을 학제적 접근을 통해 다양한 시각에서 고찰해 왔다.[19]

17 장문석, 「최인훈 문학과 '아시아'라는 사상」, 서울대 박사논문, 2018, 164~165쪽.

18 장세진, 『숨겨진 미래 – 탈냉전 상상의 계보 1945~1972』, 푸른역사, 2018, 312쪽 이하.

19 일본에 관한 사회문화적 고찰을 시도한 논저는 그 수가 적지 않으나, 여기서는 최근 발표된 주요 논저 위주로 소개하겠다. 김성환, 「일본이라는 타자와 1960년대 한국의 주체성 – 한일회담에 관한 논의를 중심으로」, 『어문논집』 61, 중앙어문학회, 2015.3, 349~382쪽; 이봉범, 「일본, 적대와 연대의 이중주 – 1950년대 한국지식인들의 대일인식과 한국문화(학)」, 『현대문학의 연구』 55, 한국문학연구학회, 2015, 103~168쪽; 권혁태, 「한국의 일본 언설의 '비틀림' – '객관성'과 '보편성' 문제를 중심으로」, 『현대문학의 연구』 55,

그 중 가장 주목을 요하는 것은 김성민의 『일본을 금하다－금제와 욕망의 대중문화사 1945-2004』이다. 김성민의 연구는 해방이후 성립된 '일본 대중문화 금지'라는 사회 규범을 중심으로, 그 금제가 낳은 억압과 욕망의 역학이 한국 대중문화의 형성 과정에 어떻게 관계하였는지를 논하였다. 특히 저자는 '부인否認의 메커니즘'이라는 핵심적인 용어를 제시하였는데, 이는 '왜색'으로 칭해지던 일본문화를 배격하고 금지해 온 한국사회의 정치적 규범이 이미 자기 내부로 유입(수용)된, 또는 유입되고 있는 타자의 존재를 인정하지 않으려는 태도임을 뜻한다.[20] 저자에 따르면, 일본 대중문화는 한국인의 일상생활에 다방면으로 영향을 끼치며 소비되어 왔으며 나아가서는 그것에 대한 모방과 표절, 차용이 빈번하게 이뤄져 왔음에도 불구하고, 언제나 탈식민 담론 속에서 금지되고 억압되어야 하는 것으로서 다뤄져 왔다. 즉, 한국문화 속 '일본적인 것'은 이미 깊숙이 침투되어 있으나 늘 그렇지 않은 것으로서 부인되어야 하는 모순적 구도 내에 위치해 있었다는 것이다.

다만 김성민은 그러한 모순을 극복되어야 할 "이중성二重性의 아포리아"로 설정하는 것이 아니라, 대중문화 그 자체의 특성으로 긍정한다.[21] 이는 "이중성의 아포리아"를 회피하는 것이라기보다, '일본'을 둘러싼 '한국인의 이중성'을 비판하는 담론이 의식적, 무의식적으로 내

한국문학연구학회, 2015, 169~200쪽; 이종구・이소자키 노리요 외, 『한일관계사 1965-2015』(III－사회・문화편), 역사공간, 2015; 이상록, 「증오와 선망, 배척과 모방 사이에서－한일협정 전후 한국의 미디어에 나타난 일본 표상」, 『한국학연구』 49, 인하대 한국학연구소 2018.5, 393~430쪽.

20 김성민, 『일본을 禁하다－금제와 욕망의 한국 대중문화사 1945-2004』, 글항아리, 2017, 104~106쪽.

21 위의 책, 6~7쪽.

포하는 문화적 순혈주의나 전통성의 신화를 정면으로 반박하는 것이기에 대단히 중요한 시각의 변화라고 볼 수 있다.

천정환의 연구 또한 이와 유사한 시각에서 1960년대의 '일본문화 붐' 현상을 재고하였는데, 그는 당시 '왜색'이라고 비판되어 온 외래문화는 단지 '일본적인 것'으로 한정될 수 없으며, 오히려 "국경을 넘는 문화적 현대성의 매개"를 보여주는 실례라고 보았다. 그렇기에 그는 당시 '왜색' 금지의 논리가 '일본문화'에 대한 비판이기 전에, 냉전체제하 지정학적 질서 속에서 유동하고 연쇄되었던 서구(미국)발 초국가적 대중문화와 그것의 소비주체로서 성장한 '대중'에 대한 경계와 검열의 의지를 동반한 것이었음을 지적했다.[22]

한편 일본학 연구자들을 중심으로 개진된 한국의 일본문학 수용사 연구도 주목을 요한다. 우선 윤상인, 김근성, 강우원용, 이한정 공저의 『일본문학 번역 60년－현황과 분석 1945~2005』은 해방 이후 60년 동안 한국의 일본문학 수용에 관한 방대한 자료들을 통괄하여 데이터베이스화했으며,[23] 이한정의 『일본문학의 수용과 번역』은 일본문학의 번역 주체, 원텍스트의 변화 양상, 출판기획과 상품화 논리, 순문학과 대중문학의 위계 등을 문제화하며 다각도에서 그 수용과 번역의 변천사를 진단하였다.[24] 이들의 연구는 한국의 문학장이 일본문학을 선별적으로 수용 또는 배제해 온 과정을 짚어보고, 나아가 일본문학의 번역

---

22 천정환, 「'1960'은 왜 일본문화를 좋아했을까?－일본문화에 대한 한국사회의 분열증」, 권보드래 · 천정환, 『1960년을 묻다－박정희 시대의 문화정치와 지성』, 천년의 상상, 2012, 516~517쪽.

23 윤상인 외, 『일본문학 번역 60년－현황과 분석 1945-2005』, 소명출판, 2008.

24 이한정, 『일본문학의 수용과 번역』, 소명출판, 2016.

과 독서가 한국의 문화사적 문맥에서 지니는 의미를 탐색했다는 점에서 비교문화연구의 새로운 가능성을 개시하였다고 볼 수 있다.

이상의 선행연구들은 '일본'이라는 주제를 다룬 문학 및 문화론적 연구의 외연이 확장되어 온 과정을 보여준다. 이들이 문제화한 이중언어, 제국/식민지 체험의 기억, 타자 표상으로서의 일본(인), 일본대중문화와 금지의 메커니즘 등은 '일본'이라는 타자가 해방이후 한국 문학 및 문화의 형성에 광범한 영향을 미쳤다는 사실을 방증하는 것이기도 하다.

이 책에서는 앞선 연구의 성과들을 비판적으로 계승하는 한편, 다음 두 개의 항목에 집중하여 논의를 전개함으로써 기존 연구와의 차별점을 드러내고자 한다. 지식사회의 일반 담론(신문·잡지의 기사 및 칼럼)이나 대중문화(영상물, 대중독물 등)와 구별되는 '문학'이라는 글쓰기 제도 및 서사 담론의 특질, 그리고 1965년 체제의 성립이라는 시대사적 특수성이 그것이다. 다만 전자의 항목에 대해서는 방법론과 연관됨으로 후술하기로 하고, 후자의 1965년 체제에 관해서는 별도의 연구사 검토가 필요하기에 아래 소절로 옮겨 살펴보기로 한다.

2) '1965년 체제' 개념의 형성과 그 현재적 의의

앞서 살펴 본 바와 같이 1965년 체제란 한일기본조약 및 네 개 협정을 통해 국교정상화를 수립한 이후의 한일관계를 뜻한다. 그러나 이 용어가 언제 누구에 의해 만들어진 것인지는 확인하기 어렵다. 다만 한국에서 1965년 체제라는 용어가 미디어 및 학계에서 빈번하게 쓰이게 된 것은 1990년대 이후라고 볼 수 있겠으며,[25] 최근에는 일본의 학자들 역시 이 용어를 받아들여 사용하고 있다.[26] 이로써 미뤄 짐작할 수 있는 것은 이 용어의 등장이 냉전질서의 종언과 민주주의의 진전이라는 시대적 배경과 밀접히 연관되며, 국교정상화 이후 한일관계를 문제적으로 인식하고 그에 대한 역사적 통찰의 필요성이 본격적으로 제기되는 가운데 만들어진 용어라는 점이다.[27]

한일국교정상화는 한일양국 정부의 '선택'에 의한 것임에는 틀림이 없으나, 그 이상으로 동아시아 냉전의 격화에 따른 반공자유주의 진영의 결속을 강화하기 위해 '외발적'으로 요청된 것이기도 했다. 물론 예의 '외발적' 요청이란 미국의 압력을 뜻한다. 이와 같은 맥락에서 보자면 1965년 체제는 "냉전에 의해 한일 양국이 다시 밀접한 관계로 묶이게 된 것"이라고 규정할 수 있겠다.[28] 따라서 1965년 체제는 한국과 일

---

25 미디어에서 사용된 대표적 일례를 손꼽아보자면, 「"65년 한일조약 낡은 관계 수정" 양국 새 미래 약속 기대감 가득」(『한겨레』, 1998.10.10)을 들 수 있다. 이 기사에서는 "월드컵축구대회 공동개최를 매개로 한 양국 협력의 새로운 전개를 빗댄 '1965년 체제에서 2002년 체제로'라는 구호가 등장"하기 시작했다며 이를 소개하고 있다.

26 한국과 일본의 학계에서 통용되는 1965년 체제라는 용어는 무엇보다도 한일 과거사 문제를 둘러싼 논쟁과 연관되어 쓰이고 있다. 이러한 맥락상에서 1965년 체제는 한일협정으로 과거사에 대한 청구권 문제가 "완전히 그리고 최종적인 해결"을 이루었다는 것을 전제로 구축된 양국 정부의 관계를 뜻하는 것으로 정의된다. 따라서 1965년 체제를 둘러싼 학문적 논의는 한일협정의 불가역성을 옹호하며 개인청구권의 소멸까지를 주장하는 측과 그에 반대하는 법적, 역사적 책임론을 제시하며 1965년 체제에 대한 근본적인 수정을 요구하는 측의 대립구도를 형성하고 있다. 金昌禄, 「韓日過去清算、まだ終わっていない－「請求権協定」を中心に」, 吉澤文寿 編, 『五〇年目の日韓つながり直し－日韓請求権協定から考える』, 社会評論社, 2016, 79~97쪽; 정영환, 임경화 역, 『누구를 위한 '화해'인가－『제국의 위안부』의 반역사성』, 푸른역사, 2016, 116~137쪽 참고. 한편 박정진의 연구는 한일국교정상화 이후 교류의 비대칭성이 고착화하고 심화되는 냉전기 북일 관계를 '65년 질서'라는 말로 표현하고 있다. 朴正鎭, 『日朝冷戦構造の誕生 1945~1965－封印された外交史』, 平凡社, 2012, 495~497쪽 참고.

27 장박진, 「개인청구권 문제를 둘러싼 한일관계－갈등의 과정과 원인」, 이원덕·기미야 다다시 외, 『한일관계사 1965-2015』(I－정치편), 역사공간, 2015, 457쪽.

28 木宮正史, 「冷戦と経済協力－1960年代」, 李鍾元·木宮正史·磯崎典世·浅羽祐樹, 『戦

본 정부 사이의 '경제' 및 '안보' 협력 체제라고 요약할 수 있는데, 국교정상화 당시 체결한 기본조약에 의해 일본이 한국을 한반도의 유일한 합법정부로 인정하였으며, 청구권협정에 의해 도입된 일본 자금이 한국 경제개발에 투입되었다는 사실이 이를 뒷받침한다.[29]

이렇듯 경제 및 안보협력 체제의 성격이 짙은 1965년 체제는 냉전질서의 종언과 세계 경제구조의 전환, 양국 정치사회구조의 변용 등, 80년대말 이후 국내외 정세 속에서 전반적인 재검토를 요청받게 되었다.[30] 그 중 무엇보다 이목을 집중시킨 것이 양국의 진보적 지식인 및 시민운동 그룹의 노력으로 수면 위로 떠오른 과거사 처리 문제이다. 이는 경제와 안보 중심 논리에 밀려서 한일협정 당시 애매모호하게 봉인되어버린 식민지배의 부당성과 강제징용 및 동원 피해자에 관한 배상의 문제가 새롭게 조명되기 시작했음을 의미한다. 이에 대한 해결을 위해 양국 정부의 움직임이 부재했던 것은 아니지만, 기본조약 및 청구권협정에 대한 근본적 해석차이로 인해 원만한 해결이 이뤄지지 못하고 있다. 강제동원 피해자들의 개인청구권을 인정한 한국 대법원 판결의 영향으로 2019년 8월 일본정부가 백색국가 명단에서 한국을 제외하고, 한국정부가 그에 대해 한일군사정보보호협정의 종료를 선언했던 사례에서 볼 수 있듯이, 근래에 들어서는 과거사 문제를 발단으로 경제, 안보 측면을 포함한 한일관계의 총체적인 국면 악화가 초래됨으로써,

---

後日韓関係史』, 有斐閣, 2017, 83쪽.

29 청구권자금의 활용과 한일 경제협력관계의 전개 양상은 조세영, 『한일관계 50년, 갈등과 협력의 발자취』, 대한민국역사박물관, 2014, 50~63쪽에서 상세히 살펴볼 수 있다.

30 그에 해당하는 기념비적인 저작집으로서 최상룡 · 이원덕 · 이면우, 『脫冷戰期 韓日關係의 爭點』(峨山財團 硏究報告書 50輯), 집문당, 1998을 손꼽을 수 있다.

1965년의 기본조약과 협정은 양국의 협력관계를 지탱하는 동력원으로서의 효력을 점차 상실하고, 오히려 양자 사이의 첨예한 갈등을 낳는 원인이 되고 있다.

그러나 이것을 과거사 문제가 공연히 한일관계를 악화시키고 있다는 식으로 와전시켜 이해해서는 곤란하다. '전후 한일관계' 연구에 천착해 온 요시자와 후미토시는 과거사 문제가 한일관계를 위태롭게 만든 것이 아니라, "피해자 부재의 과거청산에 의해 현재까지 계속된 한일관계야말로 존속의 위기를 만들어 왔다"고 지적했다.[31] 즉 그는 과거사 문제가 불현듯 도래한 쟁점이 아니라, 냉전적 한일관계의 구조 그 자체의 결락임을 강조한 것이다. 이는 과거를 봉인하고 외면한 채 정치적, 경제적, 군사적 결탁으로 일관해 온 한일관계에 대한 비판일 뿐 아니라, 그러한 관계성의 문제를 국가의 주권, 청구권, 소유권이라는 권리 차원이나 민족적 주체성의 회복이라는 이념적 차원에만 한정하여 시비를 논해 왔던 학계 전반에 대한 문제제기이기도 하다.

현무암의 연구는 이러한 학문적 반성을 선취한 일례로 주목을 요하는데, 그는 국교정상화를 통해 개설된 '한일신시대'가 역사 문제가 제기될 때마다 '최악의 한일관계'로 치닫게 되었으나, 한일양국 모두 그 문제와 진지하게 마주하려하지 않은 채 단지 정치적, 경제적 미봉책으로 그것을 무마하며 공수표와 같은 '한일신시대'를 제창해 왔음을 지적했다. 이처럼 1965년 체제를 '한일신시대'와 '최악의 한일관계'의 반복이라는 악순환 구조로 파악한 현무암은, 그것을 탈구축하기 위해

31 吉澤文寿, 「はじめに」, 吉澤文寿 編, 『歴史認識から見た戦後日韓関係－「1965年体制」の歴史学・政治学的考察』, 社会評論社, 2019, 5쪽.

서는 한일협정이 공식화한 두 국민국가 사이의 지정학적 경계와 그것의 영향 아래서 고착된 사회문화적 경계에 수렴되지 않는 경계선상의 존재들에 주목해야 함을 역설하였다. 즉 국가주의적인 표상체계 내에서 정형화된 '피해/가해', '기억/망각', '인양/기민', '귀환/잔류', '보상/수인', '금지/개방'의 서사에서 벗어나, 인적·문화적·사상적 '월경越境'의 역사를 되짚어보는 것이야말로, 1965년 체제를 상대화하여 바라볼 수 있는 시야의 확충을 가능하게 한다는 것이다.[32]

이로써 확인할 수 있는 것은 1965년 체제가 경제·안보 협력을 통한 한일 양국의 '결속結束'을 의미하는 한편으로, 제국/식민지 역사와 그 역사 속 희생자들을 외면한 채 과거를 청산해버린 결과, 상대국에 대한 뿌리 깊은 원한과 적의, 무관심과 몰이해 등을 고착화시킨 '분할分割'의 체제이기도 하다는 점이다.[33] 따라서 그러한 '분할'의 경계선을 극복하고자 시도되었던 인적·문화적·사상적 '월경'은 국가적 차원에서의 '결속'과는 다른 양상으로 전개되었다고 볼 수 있다. 왜냐하면 그것은 곧 국가가 방기한 제국/식민지 역사와의 대면, 혹은 포스트식민 주체로서의 자기표출을 감행해야 하는 것이었기 때문이다.

이 글에서 주목하려는 바도 그 '분할'의 경계선을 가로지른 1960~70년대의 문학적 상상력이지만, 그것이 1965년 체제를 상대화하여 바라볼 수 있는 시점을 선취했다고는 보기 어렵다. 이하 본론에서 살펴보

---

32 玄武岩, 『「反日」と「嫌韓」の同時代史ーナショナリズムの境界を越えて』, 勉誠出版, 2016, 2~19쪽.

33 물론 1970년대 이후 한국의 민주화 운동에 대한 일본 지식인과 시민 그룹의 협력과 지원이 이어져 왔으나, 한국 정부의 엄격한 사회통제로 인해 그들 사이의 자유로운 교류나 관계 형성은 근본적으로 제약을 받을 수밖에 없었다. 이종구·이소자키 노리요, 「사회·문화적 교류와 한일관계의 형성」, 『한일관계사 1965-2015』(Ⅲ-사회·문화편), 12~13쪽.

겠지만, 한일관계의 악순환을 국경·국적을 초월하는 '보편적 인간애'를 통해 극복하려 했던 문학적 상상력이 역으로 그 순환구조 내의 일부로 포획된 채 작동하는 한계를 노정해 왔기 때문이다. 결국 1965년 체제의 안정성이 흔들리고 있는 오늘날에 이르러서야, 그것을 메타적 관점에서 조망할 수 있는 시야가 비로소 열리기 시작했다고 볼 수 있다.

그러므로 1965년 체제가 초래한 한일관계의 쟁점들을 메타적 관점에서 재고한다는 것은, 과거사 처리를 방치한 한일조약 및 협정에 대한 힐난을 단순 되풀이하기 위함이 아니며, '반일'과 '혐한'으로 대표되는 상호이해의 간극을 섣부른 '화해'의 담론을 통해 해결하기 위함도 아니다. 오히려 그것은 '과거청산'이라는 말 자체에 내포된 전체주의적이며 남성-주체중심적인 사고를 탈구축함으로써, 그 어떤 속죄와 용서, 애도와 기념 행위를 통해서도 복원될 수 없는 무명의 존재들의 "훼손된 삶"[34]으로부터 제국/식민지 역사와 한일 '전후사'의 냉전적 교착을 반성적으로 재인식하기 위함이다.[35] 이러한 반성적 고찰 없이는 과거사에 대한 "완전한 최종적 해결"[36]이라는 이데올로기적 환상에 무의

---

34 아우슈비츠 생존 작가인 장 아메리는 '과거 청산' 담론에 내재된 전체주의적 성향을 다음과 같이 지적한다. "사회성이란 오로지 사회의 안정만을 염려할 뿐, 훼손된 삶에 대해서는 돌보지 않는다." 장 아메리, 안미현 역, 『죄와 속죄의 저편-정복당한 사람의 극복을 위한 시도』, 길, 2012, 144쪽.

35 '戰後'라는 말은 한국과 일본에서 서로 다른 의미로 쓰인다. 알다시피 일본은 2차 대전 패전 이후를 'せんご(戰後)'라고 부르고, 한국은 한국전쟁 이후를 '전후(戰後)'라고 부른다. 이는 한국과 일본이 상이한 '전후'의 패러다임을 통해 내셔널 아이덴티티를 구성해왔음을 시사한다. 즉 '戰後'라는 용어의 양의성은 곧 과거 제국/식민지 역사에 대한 한일 양국의 상이한 '기억(지속)과 망각(단절)'의 방식을 상징한다고 볼 수 있다. 박광현, 앞의 책, 323~324쪽 참고.

36 '한일 청구권 협정(재산 및 청구권에 관한 문제의 해결 및 경제협력에 관한 협정)' 제2조에 해당하는 내용. 나아가 2015년 '한·일 일본군 위안부 협상'에서도 과거사에 대한 "최종적 및 불가역적으로 해결"이라는 표현이 명문화되었으며, 과거사 문제를 둘러싼

식적으로 동조하는 과오를 범하기 쉬우며, 기나긴 정치경제적 유착과 사회문화적 반목의 연쇄로 점철된 한일관계의 악순환 또한 계속될 수밖에 없기 때문이다.

이 책에서 1960년대 중후반부터 70년대 초반까지의 문학 텍스트를 주로 다루고 있는 까닭도, 단지 그것들의 발표 시기가 국교정상화 성립기와 중첩되기 때문만이 아니다. 그보다도 이 악순환 구조를 미적 이데올로기 차원에서 뒷받침하는 서사적, 표상적 체계가 문학 담론 내에 성립된 지점으로서 해당 시기를 다루기 위함이다. 이때 미적 이데올로기라는 것은 냉전의 심화와 군사정권의 등장이라는 시대사적 배경, 식민지적 남성성이라는 정치적 무의식, 그리고 한일관계에 관한 담론상에서 특권적 화자(민족·국가의 대변자)로서 군림해온 남성 주체들[37]의 권력의지와 밀접히 연관된다. 결국 이것은 '연루implication'라는 문제를 가시화하는 것으로,[38] 텍스트 분석에 있어 양국의 냉전적 결속과 담론적 구성, 정치권력과 문화 엘리트, 그리고 역사적 사건과 기념비적 서사의 상호작용이 총체적으로 고려되어야 함을 뜻한다.

물론 이것은 당대의 한국문학 전체가 이러한 '연루' 관계 속에 귀속

한일 외교전에서 이 내용을 둘러싼 의무이행의 요구와 논박이 반복되고 있다.

37 여기서 피식민 경험에 대한 '세대적 차이'의 문제는 일단 차치해두기로 한다. 이 책에서 다루고 있는 작가들 대개는 식민지시기를 경험한 남성 인물들인데, 김소운의 경우를 제외하고는 전후세대 내지는 학병세대에 해당하는 인물들이 주를 이룬다. 그리하여 본문 중에는 그들의 세대적 특성에 관해 언급하는 지점도 있을 것이다. 다만 기본적으로 이 글에서는 '세대적 차이'를 뛰어넘어 확대·재생산되는 남성 주체 중심의 거대 서사에 관심을 두고 있으며, 나아가 그러한 국민국가의 서사 체계가 현재에 이르기까지 어떠한 영향을 미쳐왔는지에 주목하고 있다.

38 '연루'의 개념에 관해서는 테사 모리스 스즈키, 「사죄는 누구에게, 무엇을 위해 하는 건가?」, 야마구치 도모미 외, 임명수 역, 『바다를 건너간 위안부』, 어문학사, 2017, 120~122쪽에 상세하게 서술되어 있다.

된다거나, 1965년 체제의 성립이 당대 문학 담론 전반을 지배하였다는 것이 아니다. 이 글에서 다루고자 하는 연구 대상은 한일국교정상화라는 역사적 사건과 이를 계기로 부각된 문제적 존재들에 대해 사회적 상징성을 부여함으로써 일정한 정치적 의도 하에 그것들의 존재 의미를 정위하고자 했던 서사 담론 및 텍스트에 한정되며, 이를 '65년 체제'라는 개념을 통해 재검토하는 것이 연구의 지향점이다.

이제껏 두 갈래로 나누어 진행된 연구사 검토를 종합해볼 때, '65년 체제'라는 관점 및 개념을 통해 국교정상화 성립기의 문학 텍스트들을 조명하는 일은 '지금 여기'의 역사적 현실로부터 요청된 것이라고 볼 수 있다. 즉, 식민지적 과거에 대한 개개인의 기억과 상념, 감정 등이 문학적 재현이라는 형식을 통해 양국 관계의 재편 과정에서 어렴풋이 표면화되다가 이내 민족적 주체의 '과거의 극복=남성성의 회복'이라는 거대서사로 봉합되어버린 것, 그리고 이를 통해 국교정상화의 강행이라는 정권의 결정이 결과적으로 정당화된 것을 과거사 문제에 대한 근원적 억압 구조로서 포착하는 데에 있다.

한일 과거사 분쟁을 배타적 내셔널리즘의 문제로서 비판한 논저들은 대체로 그에 내재된 일국가적 사고방식에 제동을 걸며, 트랜스내셔널한 관점이나 간주관적 시선의 도입을 제시하였다. 그러나 이러한 관점이나 시선은, 자칫하면 스스로를 역사적 상황과 무관한 예외적 존재로서, 혹은 완전무결한 초월적 존재로서 위치시키는 결과를 낳을지도 모른다.

예컨대 식민지 역사에 대한 비판을 '반일' 쇼비니즘으로 격하하거나

'친일(협력)'에 대한 문제 제기를 과거사에 대한 무익한 집착으로 단정하는 태도가 그러하다. 이는 '친일/반일'이라는 논제 혹은 개념의 복잡성을 단순화할 위험이 있다. 해방이후 한국의 민족주의 담론에서 '반일'이란 '반공'과 더불어 중심 권력의 내부 통합 및 통제 기제로서 기능해 온 측면이 있는 한편, 이와는 정반대로 냉전적 힘의 질서와 한반도 분단의 고착화, 그리고 군사 독재체제 등에 대한 지식인과 시민세력의 저항의식이 집결되어 표출되는 방식이기도 했다. '친일'에 대한 문제 제기 한국학연구또한 '식민지 근대'와 그 유산인 독재 정권에 대한 비판이라는 맥락과 연동되어 전개되었다. 따라서 이러한 역사적 문맥을 무시한 채 이뤄지는 민족주의에 대한 일차원적 비판은 식민지적 과거와 현재의 연루라는 '책임'의 문제를 간단히 초월해버릴 우려가 있는 것이다.[39]

이렇듯 자기를 초월적, 특권적 예외로서 상정하는 태도야말로 이 글에서 지양하고자 하는 자기지시성Self-Referentiality의 모순이다. 이 특권적 지위에서 한일 과거사 문제를 다뤘을 때, 갈등의 원인을 구시대적 원한 감정 탓으로 돌리거나 이를 무마하기 위한 대승적 화해의 논리를 제시함으로써 책임 주체를 애매화하는 경우가 빈번하였다. 그렇기에 이러한 무책임의 체계야말로 1965년 체제의 유산임을 인식할 필요가 있다.

39 특히 1960년대 중반 이후 '국가' 통치세력에 대한 저항으로서 나타난 '반일'의 구호와 '친일'에 대한 문제제기는, 탈식민화와 민주화에 대한 다중의 의지가 '민족 주체의 발화'라는 형식을 통해 집약적으로 표출된 것이기에, 그 형식상의 내적 한계에도 불구하고 광적인 애국주의나 배타주의의 소산으로 환원할 수 없는 다성성을 내포한다. 따라서 역사적 문맥을 단순화하는 '친일/반일' 프레임 자체가 식민지의 유산으로서 재검토될 필요가 있다. 권보드래, 「내 안의 일본－해방세대 작가의 식민지 기억과 '친일' 문제」, 『상허학보』 60, 상허학회, 2020.10, 424~434쪽; 서경식 · 다카하시 데쓰야, 한승동 역, 『책임에 대하여』, 돌베개, 2019, 147~149쪽 참고.

내셔널리즘의 배타성에 대항하여 탈국가적 보편성이나 인간애, 화해 등을 주장하는 주체는 그 자신 또한 내셔널리즘이 낳은 모든 폭력의 결과물들과 직간접적으로 연루되어 있다는 사실을 손쉽게 간과해버릴 우려가 있는 것이다.

이러한 반성적 인식에 기초해서 이 글에서는 '연루'의 문제를 '억압된 과거'와 '지금 여기'의 상호연관의 문제로 확장함으로써 그로부터 발생되는 역사적 '책임'을 환기하고자 한다. 이러한 시도는 역사에 기입되지 못한 무명의 존재들의 희생 위에서 이뤄진 1965년 체제와 그것이 남긴 '부負의 유산'에 대하여 학문적인 '응답가능성'을 모색하기 위한 것이다.

3. 한일관계의 서사학적 고찰을 위한 세 가지 개념틀

—체내화, 자기지시성, 국가적 서사

이상의 연구사 검토를 통해 도출된 문제들을 효과적으로 다루기 위하여 일련의 방법론적 개념틀을 제시하고자 한다. '체내화', '자기지시성', '국가적 서사'가 그에 해당한다. 이 개념틀들은 한일관계를 문학적, 혹은 서사학적 관점에서 고찰하기 위해 고안된 다음의 세 가지 물음들과 밀접하게 연관된다.

첫째, '한일관계의 서사는 어떠한 특징적 양상들(서사적 문법)을 지니는가.' 둘째, '그러한 서사는 어느 위상에서, 누구에 의해 발화되고 기술되었는가.' 셋째, '그 서사가 사회적으로 미치는 영향, 즉 이데올로기적 기능이란 어떠한 것이었는가.' 이 책에서는 이 세 가지 질문에 대한 구체적인 답안을 제출하기 위해, '체내화', '자기지시성', '국가적 서사'라는 개념틀을 실마리로 삼아 텍스트 분석을 시도하고자 한다.

1) 체내화

우선 이 글에서는 '체내화體內化, incorporation'라는 개념을 응용함으로써, 한국문학 속 '일본' 및 그와 연관된 것들의 서사적 재현 양상을 통찰하고자 한다. 프로이트에 의해 최초로 제시되고 데리다가 새롭게 정립한 이 용어는, 간단히 말해 타자로서의 대상을 자기의 일부로 흡수하여 거둬들이는 행위를 뜻한다.[40] 즉, '체내화'란 주체가 타자를 자기 안으로 통합시키거나 자신의 의미 체계 내에 기입시킴으로써 동일자로서의 자아를 유지하는 운동이다.[41] 예컨대 '일본'이라는 존재에 대한 규정적 언표나 상징화, 문학적 재현 등은 타자 존재에 대한 '체내화'의 과정으로, 타자를 자신이 이해가능한 지식의 일부로 편입시키는 것임에 다름 아니다.

그러나 타자란 근본적으로 불가해한 것이며 주체에 의해 완전히 점유될 수 없는 것이기에, '체내화'라는 운동은 실패를 동반한다. 타자의 이타성alterity은 주체에게 '체내화'됨으로써 단순히 상실되거나 해소되

40 프로이트에게 있어 '체내화(incorporation)'란 유아의 구순기(口脣期)적 본능과 연관되는 것으로, 구강활동을 통해 "외부의 대상을 자신의 몸에 있는 대상으로 대체"하여 간직하는 과정을 뜻한다. 'incorporation'은 '합체', '결합', '체화'라고 번역되기도 하나 여기서는 '체내화'라는 역어를 사용하기로 한다. 지그문트 프로이트, 김정일 역, 『성욕에 관한 세 편의 에세이』, 열린책들, 2004, 97쪽.

41 Jacques Derrida, *The Gift of Death*, trans. by David Wills, University Of Chicago Press, 1996, p.11.

는 것이 아니라, 주체의 내부에 투사됨으로써 오히려 그 내부적 동일성을 위협하는 요소로서 자리하게 되는 것이다. 데리다는 이를 '유령' 또는 '망령'이라고 부르는데,[42] 이 글에서는 이렇듯 주체 내부에 억압되어 있던 '망령'과도 같은 존재가 스스로의 존재를 드러내는 사건을 '억압된 것의 회귀'라고 명명하고자 한다. 또한 이에 비춰 볼 때, 한국문학의 '65년 체제'란 '일본'이라는 타자와의 관계를 둘러싼 '체내화'와 '억압된 것의 회귀'가 연쇄적 순환구조를 이룸으로써, 한일관계의 '정상화' 이후에 '비정상적'인 것이 되어버린 존재들의 도래(출현)와 그에 대한 억압이 글쓰기의 실천과정에서 반복된 것을 가리킨다.

이러한 개념정립에 기초해서 본론에서는 '체내화'의 구체적 양상은 크게 세 가지로 나눠 살펴보고자 한다. 먼저 포스트식민 주체의 자기방어 기제로서의 '체내화'이다. 1965년을 전후하여 한국문학이 식민지 과거에 대한 되새김질을 반복했던 것은 단순히 역사적 '현실'에 대한 '반영'에 불과한 것이 아니다. 이는 한일국교정상화라는 정치적 획기점이 포스트식민 주체 내부에 억압되어 있던 기억을 상기想起시키는 촉발점이 되었으며, 그것을 다시 은폐(망각)하려는 자기방어적 운동이야말로 주체의 글쓰기를 추동하는 동력원이었음을 시사하는 것이다. [제2장 내용]

---

42 데리다는 '체내화'를 타자를 완전히 자기화하는 '내적 투사(introjection)'의 실패, 즉 '애도(mourning)의 실패'를 의미하는 '멜랑콜리(melancholy)'와의 구조적 상동성 속에서 파악함으로써, 이를 끝내 자기화할 수 없는 존재인 타자를 그 자체로서 받아들이는 행위로 규정한다. 따라서 이는 언제고 '도래할 수 있는 것'으로서 '유령'의 존재를 자기 안에 함유하는 것임에 다름 아니다. Jacques Derrida, *Sovereignties in Question : The Poetics of Paul Celan*, trans. by Thomas Dutoit & Outi Pasanen, Fordham University Press, 2005, p.160.

다음으로 권력에 대한 자기검열 기제로서의 '체내화'이다. 한일관계의 재결속은 냉전질서와 분단 상황 아래서 이뤄졌기에, 그에 대한 정면 비판이나 이의제기는 지배 권력에 의해 '불온성'을 지닌 것으로 간주될 위험이 있었다. 이로 인해 글쓰기의 주체들은 문학적 재현을 통해 한일관계를 둘러싼 문제적 상황들을 가시화하면서도, '불온한 존재'로 비춰질 것을 모면하기 위해 스스로 비판하고 이의제기한 내용들을 서사적으로 봉합해버리는 양상을 보였다. 이러한 양상을 지배적 권력체계 내에서 자기보존을 위한 검열의 작용으로서 파악하려 한다. [제3장 내용]

끝으로 하위주체 및 소수자에 대한 사회적 억압기제로서의 '체내화'이다. 이는 식민지적 과거나 한일협정에 대한 문제제기 일체가 소수의 엘리트 남성 주체의 발언에만 한정됨에 따라 나타나는 양상으로, '한(자기)/일(타자)'이라는 이항대립의 담론 구도 내에서 역사적 피해자들과 희생자들, 그리고 여성들의 목소리가 묵살되거나 국가주의적 표상 체제 내로 흡수되어버리는 것을 뜻한다. [제4장 내용]

다만 이러한 '체내화'의 세 양상은 엄밀하게 구분되어 나타나는 것이라기보다, 동시적 또는 연쇄적으로 나타난다. 따라서 이들의 유기적 관계를 종합하여 제시하는 것이 이 글의 주요 목표 중 하나라고 할 수 있다.

2) 자기지시성

다음으로 이 글에서는 문학 담론을 '자기지시성'(자기언급성)을 지닌 '메타문화' 담론으로서 다루고자 한다.[43] 우선 이는 당대의 문학이 여타의 허구적 재현물(영화, TV드라마, 대중소설 등)과는 달리, 사회문화적 권위를 지닌 담론의 지위에서 현실 비평을 수행하였다는 것, 반대로 말하면 문학이 그에 부과되어 있던 사회문화적 책무나 사명 등에서 자유롭지 못했다는 것을 뜻한다. 요컨대 문학은 신문이나 잡지라는 공적 매체 내에 자신의 자리를 취함으로써 사회적 역할을 부여받고 권위적 담론으로서의 위상을 획득했던 것이다.

그런데 문학이란 그러한 권위적 위상에서 역사적 현실에 관여하거나 참여하면서도, 또 한편으로는 스스로를 현실과 분리된 '특권적 허구'로서 위치시키는 제도이기에, 신문·잡지의 기사나 칼럼 등, 여타의 공적 담론과도 차별화된다.

특히 근대소설이 한일관계를 담론화한다는 것은 양국의 '공적 관계'를 작중 인물들 간의 '사적 관계', 예컨대 가족 로망스, 연애 및 우정의 서사 등으로 치환하여 이야기하는 것을 뜻한다. 이렇듯 공적 담론으로서의 문학은 가상의 '무명인들nameless individuals'로 하여금 보편적인 가치나 의미 등을 '상징(대리표상)'하도록 함으로써 그에 부과된 사회적 책무나 사명을 수행하는 것인데, 이는 '예외'나 '특수' 사례로서의 허구를 통해 현실에 대한 '보편'의 논리를 구축한다는 점에서 변별적 특징을 지닌다.[44]

---

43 '자기지시성', 혹은 '자기언급성'이란 타자적 대상에 관하여 말하는 담론 주체의 특권적(예외적) 지위나 위상을 뜻한다. 혹은 대상에 관한 언표행위 과정에서 그처럼 특권화된 외부의 존재가 역설적으로 드러나는 것을 가리킨다. 자기지시성에 관한 개괄적 논의는 Niklas Luhmann, *Essays on Self-Reference*(Columbia University Press, 1990)가 대표적이지만, 문학의 자기지시성에 관한 논의는 Rey Chow, *The Age of the World Target : Self-Referentiality in War, Theory, and Comparative Work*, Duke University Press, 2006, pp.45~91의 내용을 참고하였다.

44 가라타니 고진, 조영일 역, 『역사와 반복』, 도서출판b, 2008, 109쪽. 한편 주1에서도 언급했듯이 소설의 이러한 은유적 기능으로 말미암아, 분석적 사고의 차원에서는 별개의

따라서 이 글에서는 한국문학에 나타난 한일관계의 표상을 역사적 사건에 대한 반영이나 한일국교정상화에 대한 찬반 표명 등으로 환원하는 태도를 지양하는 한편, 그것이 어떠한 인물의 특수한 사례를 국가나 사회의 보편적 서사로 구성하려 했는지, 혹은 어떤 이데올로기적 의도 하에 "개인의 발언을 추동하는 동시에 제한하는 제도적 장치"[45]로서 기능하였는지를 살펴보고자 한다. 나아가 이것은 문학이라는 '특권적(예외적) 허구'의 언어를 통해 실천되는 미학의 정치를 해명하는 것, 즉 한일관계를 둘러싼 제 현상들에 대한 사회적 문제의식을 환기하는 동시에 그에 관한 감정적 '충동'을 부채질하거나 혹은 이를 '억제'하도록 만드는, 이른바 '공감(감정이입)'의 정치적 기능을 밝히는 것과 연관된다.

3) 국가적 서사

끝으로 이 글에서는 '문학Literature, Literariness'을 단순히 사실과 대비되는 허구의 창작물이 아닌 '역사History'를 구성하는 글쓰기의 형식, 즉 국가나 사회 집단을 통어하는 거대서사의 (재)생산 양식으로 규정하고자 한다. 먼저 이는 앞서 말한 바처럼 문학이 역사적 사실에 대한 모방이나 반영으로 환원될 수 없음을 의미한다. 그러므로 당대의 역사적 상황을 파악하기 위해 문학 텍스트를 사료史料처럼 활용한다거나, 미시

대상으로 다뤄지는 '일본국', '일본인', '일본문화' 등이 하나로 동일시되어 '일본'이라는 통합된 표상을 구성하게 된다.

45 프란시스 뮬란은 한 사회의 문화현상 그 자체를 비평하는 문화 담론, 즉 '메타문화' 담론이 '정신적 권위'를 지닌 특정 엘리트 주체들에 의해 독점된다는 점을 지적하며, 이를 "개인의 발언을 추동하는 동시에 제한하는 제도적 장치"로 규정하고 있다. Francis Mulhern, *Culture/Metaculture*, Routledge, 2000, p. xiv.

사 혹은 문화사적 기술을 위해 문학 텍스트를 여타의 글들과 무차별적으로 다루는 태도를 지양한다. 나아가 이것은 역사적 사실이 실체로서 주어져 있고 문학이 그에 순응 또는 저항하는 방식으로 존재해왔다는 기성의 논리를 논파하고자 함이다. 그러한 논리는 당대 사회상을 '역사적 사건'과 '문학의 대응'이라는 양자의 대결장으로 단순화할 우려가 있다.[46]

따라서 주목을 요하는 것은 '한일관계사'라는 역사 서술의 실천에 내포되어 있는 목적론적 사유 그 자체가 문학적이라는 것이다.[47] 오늘날 통용되는 '한일관계사'라는 개념은 대체로 1965년 한일국교정상화를 중심으로 그 이전과 이후, 그리고 미래적 전망 등을 인과적으로 해명하는 담론을 가리키는 것으로, 사실이나 사건의 무작위적 나열이 아니다. 이는 '한반도의 안정과 평화', '과거사의 해결', '화해와 우호' 등, 양국 관계에 관한 당위적 차원의 결말이나 도달점을 암묵적으로 전제하고 있는 것이며, 이를 통해 양국 관계의 변천을 그러한 최종적 목표

46 민주화 이전까지의 '문학'을 국가의 통치세력이나 독재에 저항하던 '불온성'의 표현으로 환원하는 해석들이 이에 해당한다. 이와 같은 해석에서는 중심 권력의 관점에서 '불온문서'로 규정되던 '문학'이 뒤이어 도래하는 민주사회에 의해 '시민운동사의 아카이브'로 흡수되곤 하는데, 이는 문학 텍스트의 사회적 기능에 대한 무의식적 낙관과 긍정을 내포한다는 점에서 문제적이다.

47 이렇듯 역사를 순수 사실의 나열이 아닌, 하나의 서사구조나 글쓰기 형식으로 파악하는 방법론적 입장은 롤랑 바르트의 에크리튀르 이론에 기초한다. 그는 역사서술을 포함한 근대의 제 산문양식을 '삼인칭객관 화자(Third person)'와 '단순과거 시제(Preterite)'라는 부르주아 소설(Novel)이 창안한 형식에서 유래한 아류(亞流)로 규정하였다. 이러한 입장에서 볼 때, 근대의 역사서술 양식은 정확히 소설의 그것과 동일하게, 다양한 개인들에 의해 "체험되고 축적된 시간들의 다양성에서 하나의 순수한 동사적 행위"를 끄집어내어 "행위의 대수(代數)적인 상태를 실현"하는 것이자, 그러한 목적을 위해 개인의 실존적 차원을 '소외'시키는 형식임에 다름 아니다. 롤랑 바르트, 김웅권 역, 『글쓰기의 영도』, 동문선, 2007.

지점으로 향하는 여정으로 일괄하려는 서사적 욕망이 추동되는 것이다. 개별적인 사실이나 사건의 집합이 '전체' 혹은 '보편'의 서사를 구성한다는 이 통사적 의미생산 형식은 문학적 상상력에 기초하고 있는 것임에 다름 아니다.

이 글에서는 그와 같이 문학적 상상력에 기초하여 구성된 한국사회의 지배적인 '전체' 및 '보편'의 서사를 '국가적 서사National-His-Story'라고 명명하고자 한다. 이는 개별 문학 텍스트의 미시 서사(사적 서사)가 민족·국가의 거대 서사(공적 서사)와 어떻게 관계하였는지를 해명하기 위한 비평적 개념으로서, '네이션(국가·민족)'을 '내러티브(서사)'의 작용이라는 문제와 연관시켜 고찰한 호미 바바의 논의를 참고하여 고안되었다. 바바의 말을 빌리자면, '국가적 서사'란 "국가 발전이라는 연속된 내러티브로서의 네이션 관념", "자생self-generation의 나르시시즘", "시원적 혈통의 현존" 등의 신화적 의미 체계를 갖춘 역사 담론이자, "민족과 국민을 광범위한 사회적, 문화적 내러티브의 내재적인 주체이자 객체들로 만드는 문화적 동일시와 담론 작용"을 통해 네이션을 상징적 권력의 통일체로서 조직화하려는 문화적 강박을 내포한 서사로서 정의될 수 있다.[48]

그런데 호미 바바의 서사론적 문맥 속에서 이러한 '국가적 서사'는 언제나 양가성(불/가능성)을 지닌다. 그는 기본적으로 서사(내러티브)를 모

---

48 호미 바바, 「머리말-내러티브로서의 국민」, 호미 바바 편, 류승구 역, 『국민과 서사』, 후마니타스, 2011, 10쪽; 호미 바바, 「디세미-네이션」, 같은 책, 456쪽. 또한 '히스 스토리(His-Story)'라는 표현에서 짐작할 수 있듯 '국가적 서사'는 '65년 체제'를 젠더론적 관점에서도 고찰하기 위해 창안한 개념으로, '일본'과의 관계를 둘러싼 민족·국가의 중심 서사(역사)가 엘리트 남성 주체들의 국가 및 사회 지배를 정당화하는 '남성의 언어'를 통해 생산 및 유지된 것임을 시사한다.

든 인간이 자기 나름의 의미 체계를 구성하는 "삶의 형식the form of living", 그 중에서도 "익숙한 관념이나 관습에 대한 물음"을 내포한 "모든 창조적인 형식"으로 파악함으로써, 일련의 거대 서사 내에는 그에 포괄될 수 없는 이질적이고도 잔여적인 서사가 항상적으로 기입되어 있음을 강조했다.[49]

이 책에서는 호미 바바의 이와 같은 관점을 수용하여, 문학 텍스트를 양가성을 지닌 것으로서 파악하고자 한다. 즉 문학 텍스트를 '체내화'의 억압기제가 작용하여 '국가적 서사'가 편성되는 곳이면서도, 그것에 균열을 야기하는 자기지시적인 기표(자기모순의 흔적)들이 동시적으로 생성되는 비결정적인 장소로서 다루고자 한다.

따라서 문학적 차원에서 '65년 체제'를 재고한다는 이 글의 문제 설정은 단지 문학작품 속 '일본' 표상을 일별하고 그에 관한 주해를 보태기 위함이 아니라, 한일관계와 그 역사에 대한 지배적인 사유 방식을 구하고 있는 서사적 상상력과 그에 대한 해체(탈구성)의 가능성을 담지하고 있는 텍스트의 층위를 탐색하기 위함이다.

4. 본론의 구성

이상의 방법론적 입장에 입각하여, 다음과 같이 본론의 내용을 구성하고자 한다. 전체의 구성을 간략히 스케치하자면, 제1장에서 한일국

49 Homi Bhaba, "On Writing Rights", in Matthew J. Gibney ed., *Globalizing Rights : The Oxford Amnesty Lectures 1999*, Oxford University Press, 2003, p.180.

교정상화라는 사건과 관련하여 당대의 다양한 서사적 대응 양상을 두루 살펴보는 것을 시작으로, 제2, 3, 4장에서는 한일관계를 둘러싼 논점들을 비중 있게 다루거나 그와 밀접하게 연관되었던 인물, 텍스트, 표상(기호)에 각기 집중하여 논의를 전개한다.

우선 제1장에서는 한국과 일본의 새로운 관계 형성을 계기로 문학 텍스트에 표면화되기 시작한 문제적 존재들을 광범하게 다룰 것이며, 이들의 존재를 중심으로 텍스트의 역사적 의미를 해명하고자 한다. 여기서 문제적 존재란 식민지의 기억, 식민 잔재, 재일한국인, 재한일본인, '혼혈', 제국/식민지시기의 인연 등을 가리킨다. 문학 텍스트 속에서 이들의 출현은 한일관계의 신국면을 '위기의 도래'로서 감각하였던 당대 한국사회의 분위기와 밀접히 연관된다. 문학이 그처럼 기존의 질서나 일상에 위기를 야기하는 타자 존재를 어떻게 규정, 재현, 상징화하였는지, 혹은 타자의 출현이라는 문학적 사건이 당대의 정치적 상황과 어떠한 상관관계를 맺고 있었는지에 대해 해명하는 것이 제1장의 목표이다. 이를 위해 60년대 중반에서 70년대 초반에 이르는 시기에 발표된 중·단편소설들 두루 살펴볼 것이다.

제2장은 대표적 '지일' 지식인으로 손꼽히는 김소운의 문학을 한일관계의 역사적 변동과 연관 지어 논한다. 양국의 국교가 수립된 직후 일본에서의 생활을 정리하고 한국으로 돌아온 그는 한일관계에 관한 다양한 비평적 에세이와 방대한 분량의 역저를 남겼다. 그런데 여기서 주목을 요하는 것은, 그의 글쓰기의 밑바탕을 이루는 것이 제국/식민지시기부터 축적해온 '일본(어)'에 관한 지식이었으며, 1965년 국교정상화라는 역사적 전환점이 그러한 지식의 효용과 가치를 새로이 부

상시키는 계기가 된다는 점이다. 이는 구식민지 종주국에 동화되는 과정에서 습득한 지식이 재전유의 과정을 거쳐 한국사회의 '메타문화' 담론으로 재구성되었음을 시사한다. 따라서 제2장에서는 학문적 '앎'과 '교류'의 대상으로서 '일본(어)'을 재정위하려 했던 김소운의 문화적 실천을 포스트콜로니얼리즘의 관점에서 재고함으로써, 식민지의 유제遺制인 '지일' 지식인과 그 지식=권력이 '65년 체제' 안에서 변용을 통해 지속되는 양상을 살펴본다.

제3장은 이병주의 소설 『관부연락선』을 다룬다. 이 소설은 주로 저자의 학병체험이나 해방기 정치운동, 한국전쟁의 비극 등이라는 키워드를 통해 다뤄져 왔는데, 이 글에서는 식민지 기억(과거사)의 청산이라는 문제를 중심으로 텍스트에 대한 다시 읽기를 시도하고자 한다. 이 소설은 한일관계의 '정상화'를 계기로 과거의 기억을 공유하게 된 두 남성인물(한국인 '나'와 일본인 'E')이 상호간의 오해를 불식함으로써, '우애友愛'를 회복한다는 내용을 담고 있다. 이는 식민지 과거에 대한 '기억의 서사'가 냉전체제하 피아식별의 원리, 즉 '우애의 정치학' 안으로 포섭되는 동력학을 보여주는 것이자, 남성 엘리트들의 동성동맹적 욕망homosocial desire에 기초하고 있는 '65년 체제'의 근본적인 한계를 환기하는 것이다. 따라서 제3장의 목표는 『관부연락선』을 냉전의 정치적 이데올로기와 개인의 사적인 기억이 충돌하는 장으로서 재독해함으로써, 식민지 과거사의 청산이라는 논제가 내포하고 있는 목적론적 사유를 비판적으로 검토하는 것에 있다.

제4장은 한일관계를 상징하는 '현해탄玄海灘'이라는 기호를 재검토함으로써 본론의 내용을 마무리한다. 이를 위해 '현해탄'을 표제에 내걸

거나 서사를 통해 이에 중대한 상징적 의미를 부여하는 텍스트들을 다룰 것이다. 이 단어는 한국과 일본을 잇는 바닷길이라는 뜻 이외에도 양국의 '거리감', '입장의 차이', '가깝고도 먼 관계', 그리고 식민지 체험이 낳은 '콤플렉스'나 '트라우마', '근현대사의 비극' 등을 공시적 의미로 취하고 있다. 문제는 이 신화적 메타포의 작용 아래 식민지 과거가 낭만주의적으로 회고(청산)되는 가운데 냉전기 한일관계의 원풍경이 구성됨으로써, 남성 엘리트 중심의 내셔널 '히스토리His-Story'와 국가(전체)를 위한 개인의 희생 따위가 정당화된다는 점이다. 따라서 제4장에서는 '현해탄'을 역사라는 거대서사에서 배제된 존재들의 '재현불가능성'을 환기하는 기호로 재사유함으로써, 과거사에 대한 '책임'(응답가능성)의 문제를 논하고자 한다.

제1장
'일본'의 회귀와 '위기'의 시학

본론의 첫 장인 제1장에서는 한일국교정상화의 수립을 계기로 대두하기 시작한 '일본'의 회귀라는 현상을 다룬 여러 중·단편 소설들을 살펴보기로 한다.

'왜색倭色'이라는 멸칭에서 엿볼 수 있다시피, 해방이후 한국사회 내에서 '일본' 또는 '일본적인 것'이란 식민지시대의 잔재로 여겨지며 배척과 극복의 대상이 되었다. 그러므로 1965년 국교정상화의 수립은 그처럼 금기시되던 '일본'이라는 타자를 재차 불러들인 사건으로 맥락화되었고, 그에 따라 사회적 위기감이 고조되었다. 즉, 더 이상 '일본'의 존재는 민족적 주체가 의지적으로 처분하거나 무시해버릴 수 있는 과거의 '잔재'에 머무르는 것이 아니라, 주체가 놓여 있는 '지금 여기'의 현실을 위협하는 타자로서 재인식되기 시작한 것이다.

당대의 이러한 위기의식을 엿볼 수 있는 대표적 일례로서 임종국의 『친일문학론』(평화출판사, 1966)을 손꼽을 수 있을 것이다. 저자 스스로가 이 책이 '일본'이 돌아온다는 사실에 대한 위기감의 소산이었다고 회고했다시피, '친일문학'에 대한 비판은 국교의 재개를 통해 회귀하는 '일본'에 대한 저항감을 표출한 것이었으며, 나아가 그것이 환기하는 식민지 역사가 지대한 영향력을 지닌 과거로서 재인식된 결과이기도 했다.[1]

한편 이와는 다른 반응도 있었다. 국교정상화가 억압되어온 '일본(어)적인 사고'의 '분출' 혹은 '외현'의 계기가 되기도 했던 것이다.[2] 그 대표적인 예가 식민지 경험을 지닌 문인들에 의한 일본문학의 번역이다. 1960년대에는 50년대에 비해 무려 50배에 달하는 수(353편)의 일본문학 작품이 번역·출간되었으며,[3] 특히 국교정상화 직후에는 해방 이후 최초로 원작자의 승인을 받은 일본문학전집(『일본단편문학전집』, 희망출판사, 1966)이 당대 유명 작가 26명에 의해 번역·출간되기도 하였다. 이한정은 이러한 일련의 붐 현상이 "'서구문학'과 다른 일본과 '우리'를 하나로 묶는 '동류' 의식"의 발현이었으며, 단순한 해프닝이 아닌 "1960년대의 일본문학의 번역 현장에서 다수의 문인들이 공유하는 사상"의 결과였음을 지적하였다.[4] 결국 국교정상화라는 사건은 해방 이후 억눌리거나 감춰졌던 '일본'에 대한 '동류' 의식이나 친근감 따위를 재차 끄집어내는 것이기도 했다.

그런데 이러한 상반된 반응을 '반일'과 '친일'로 단정하여 파악할 수

1 임종국, 반일민족문제연구소 편, 『실록 친일파』, 돌베개, 1991, 4~5쪽.
2 박광현, 『「현해탄 트라우마」 – 식민주의의 산물, 그 언어와 문학』, 어문학사, 2013, 368~369쪽.
3 김근성, 「무엇이 번역되었나」, 윤상인 외, 『일본문학 번역 60년 – 현황과 분석 1945-2005』, 소명출판, 2008, 32~34쪽.
4 이한정, 『일본문학의 수용과 번역』, 소명출판, 2016, 37쪽.

있을까. 아마도 이는 그처럼 단순한 문제가 아닐 것이다. 왜냐하면 '일본'에 대하여 위기를 느끼는 것과 친밀감을 갖는 것은 포스트식민 주체인 한 개인에게 있어서는 양립불가능한 것이 아니기 때문이다.

> 그들이 어렸을 때의 봄은 분명 빼앗긴 들에서의 봄이었음에도 불구하고 그리고 그들의 이성은 분명하게 그걸 인식하고 있음에도 불구하고 다른 한편에선 그들의 감정은 제 생애의 두 번 다시 되풀이될 수 없는 유일한 어린 시절의 봄에 대해서 사랑의 향수를 느끼고 있는 것이다. 이것이 그네들의 의식분열이고, 인격상실이라 할 것이다. 그래서 한낮에 입으로는 일제의 과거를 핏대를 올려 열렬히 규탄했다가도 밤이 되어 노곤한 몸에 술이나 한잔 들어가고 나면 일본 대중가요의 '흘러간 멜로디'에 속절없이 감상하고 마는 것이다.[5]

"일제의 과거를 핏대를 올려 열렬히 규탄"하는 이성과 "노곤한 몸에 술이나 한잔 들어가고 나면 일본 대중가요의 '흘러간 멜로디'에 속절없이 감상하고 마는" 감정이 공존하는 것, 이 글의 저자인 최정호는 이를 '의식분열', 혹은 '인격상실'이라고 규정하지만, 어쩌면 이처럼 분열되고 모순된 주체의 상이야말로 한 인간 존재의 내면을 직설적으로 드러내 보인 것일지도 모른다.

이런 맥락에서 보자면, 앞서 말한 임종국의 '친일' 문학 비판도 '일본'에 대한 적대적 태도, 즉 '반일' 민족주의로 단순화될 수 없는 것이

5 최정호, 「일본과 독일과 우리」, 『세대』 85, 1970.8, 87쪽.

다. 이혜령의 연구가 밝히고 있듯, 『친일문학론』은 "식민화된 자아의 고백적 진술"이라는 형식을 취하는데, 이는 '근대성'의 문제를 탈식민적 관점에서 탐구했던 그의 작업이 자기존재에 관한 반성과 맞닿아 있었으며, 분열되고 모순된 자아상에 대한 자발적 폭로의 실천이었음을 환기한다.[6]

그러나 민족이라는 대주체의 거대 서사, 즉 '국가적 서사'의 차원에서는 그러한 분열과 모순은 허용되지 않는다. 앞서 정의한 대로 '국가적 서사'란 네이션을 문화적 동일시와 담론 작용을 통해 상징적 권력의 통일체로 조직화하려는 것으로서, 국가구성원 전체를 통괄하는 '보편'의 서사를 뜻한다. 따라서 이 안에서 분열되고 모순된 주체의 상은 배제 혹은 은폐되거나 상상적 해결이라는 형태로 봉합되어버리고 만다.

다만 호미 바바의 지적처럼 '국가적 서사'는 그러한 배제, 은폐, 혹은 봉합을 시도하는 과정에서 그것의 흔적을 내부에 남긴다. 이 장에서 다룰 소설들은 바로 그와 같은 흔적을 담고 있는 것들로서, '일본'의 존재를 둘러싼 글쓰기 주체 및 민족 공동체 내부의 불협화음이 드러난 텍스트들이다. 포스트식민 아이덴티티, 일본(인)에 대한 친밀감과 민족적 저항감의 공존, 재일한국·조선인, '혼혈', 일본인 처 등, 경계선상에 위치한 존재의 삶, 집단적 무의식 차원에 잠재된 '제국(주의)'의 망령 등

6 이혜령의 연구에 따르면, 임종국이 제기한 '친일' 문제란 '근대'에 대한 반성적 사유가 회피할 수 없는 일종의 '귀결' 지점이었으며, 이러한 귀결은 한편으로 '근대성'이나 '자본주의의 맹아'를 외부가 아닌 한국 내부에서 찾자는 1960~70년대 학술 운동의 시발점이 되기도 하였다. 서장에서도 언급했다시피 '민족주의'라는 형식을 통해 표출되는 '해방'과 '저항'의 의지라는 측면은 오늘날에도 상당히 중요한 문제영역을 이루는 것인데, 이에 관한 보충적 논의는 맺음말에서 이어나가도록 하겠다. 이혜령, 「식민지 유산으로서의 '친일문학'(론)의 위상」, 정근식·이병천 편, 『식민지 유산, 국가 형성, 한국 민주주의』 2, 책세상, 2012, 359~387쪽.

이 그에 해당하는 예로서, 이러한 제 문제를 각기 다룬 텍스트들을 통해 국교정상화를 계기로 부상한 '일본'이라는 대상을 둘러싸고 전개된 1960년대 중후반 문학적 글쓰기의 특질들을 조망해보고자 한다.

특히 문제적 개인의 존재를 통해 사회적으로 상징적인 서사를 제시하는 문학적 글쓰기의 실천이 '국가적 서사'라는 신화적 표상 체계와 맺고 있던 상관관계에 주목함으로써, 양자의 조응과 부조응 속에서 구성된 텍스트들의 양가적인 의미를 밝히고자 한다.

1. '해방', 그리고 체내화된 '일본' – 하근찬 「일본도」

1965년 한일국교정상화를 전후로 하여 잡지 및 신문지상에는 그에 반대하거나 저항하는 글들이 쏟아져 나왔다. 그 구체적 내용은 일본의 반성과 사죄가 결여된 협정을 독단적으로 처리한 정권에 대한 비판뿐 아니라, 일본 거대자본에 의한 한국경제의 예속화를 경계하거나 한일협정이 궁극적으로 일본을 동아시아 자유진영의 중심으로 자리매김하려는 미국의 정치적 노림수임을 고발하고 규탄하는 것 등을 포괄한다.[7]

---

7 당시 한일국교정상화에 대한 반대와 저항을 표명했던 글들은 『사상계』, 『청맥』, 『신동아』, 『세대』 등을 중심으로 발표되었다. 이 중 정권에 대항하여 강건한 입장표명을 했던 잡지로서는 『사상계』와 『청맥』이 유명하지만, 정치·경제·문화 제 영역에 걸쳐 일본 및 한일관계에 관한 포괄적이고도 체계적인 담론을 지속하여 생산했던 잡지는 『신동아』였다. 『신동아』는 1964년 9월 복간된 직후부터 일본과 관련된 특집기사와 대담 및 좌담을 빈번히 다루면서 여타 종합잡지와의 차별화를 시도하였다고 볼 수 있다. 이봉범의 연구(「잡지미디어, 불온, 대중교양–1960년대 복동아』론」, 『한국근대문학연구』 27, 2013.4)가 지적하듯, 이는 1960년대 사회변동에 기민하게 대응한 매체전략의 성과이자 여타 잡지에 비해 광범한 독자층을 고려한 결과이기도 했다.

이렇듯 한일협정 반대여론은 단순히 민족적 원한이나 '반일' 감정의 표출이었던 것이 아니라, 또 다시 일본의 막강한 영향력 하에 종속될지도 모른다는 '미래'에 대한 불안에서 비롯된 것이었다.[8]

그렇지만 식민지적 '과거'의 기억이야말로 '미래'에 대한 복합적인 불안감과 위기의식을 구성하는 핵심 인자가 되었다는 점 역시 간과할 수 없다. 실제로 당대의 잡지들을 살펴보면 "日本은 다시 온다", "韓日關係의 低流" 등의 일본관련 특집을 기획함으로써 패전 후의 일본을 제국주의시대의 연속선상에서 파악하려는 지식을 생산한다거나, 임진왜란 시기까지 소급하여 일본의 한반도 침략사를 정리하고 식민지시기 일본에 의한 민족적 수난의 경험담 등을 나열하며 역사의 반복을 경계하고 있다.[9]

이처럼 '일본이 다시 온다'라는 위기감각은 과거사에 대한 되새김질이라는 일련의 문화적 실천을 낳았으며, 특히 문학의 영역에서는 식민지시기의 기억을 표면화한다거나 '일본'이라는 타자에 대한 상념을 주제화하는 글쓰기가 대두하였다.

다만 식민지적 과거 및 '일본' 체험에 대한 문학적 재현이란 단순 사실의 적시나 당대 사회상의 반영 등으로 환원될 수 없다는 점에서 복잡

---

8 玄武岩, 『「反日」と「嫌韓」の同時代史ーナショナリズムの境界を越えて』, 勉誠出版, 2016, 190~191쪽.

9 『청맥』의 예를 살펴보자면 창간호(1964.8)에서는 「아아 이 民族의 受難」이라는 표제의 특집으로 임진왜란부터 식민지시기에 이르기까지 일본의 한반도 침략사를 자세히 다루고 있으며, 제2권 4호(1965.5)에서는 「日本은 다시 온다」라는 특집을 기획하여 전후일본의 경제적, 군사적 대국화를 경계하며 독자일반의 각성을 촉구하는 글들을 수록하였다. 또한 『신동아』에는 창간호(1964.9)에서부터 유주현의 역사소설 『조선총독부』가 연재되기 시작하며 '과거'를 기억함으로써 '미래'에 대비해야 한다는 시대감각에 미학적으로 부응하였다.

성을 띤다. 그것은 글쓰기 주체에 의해 이뤄지는 타자적 대상들에 대한 재현인 동시에, 궁극적으로는 그 대상들을 매개로 삼아 자아의 세계를 구축하고 있는 주체의 자기언급self-reference으로 귀결하기 때문이다. 특히 주목을 요하는 것은 포스트식민 주체의 경우이다. 이 경우 주체의 글쓰기는 식민지적 과거나 '일본적인 것'과의 단절을 서사화하는 과정에서, 오히려 그것들과 밀접히 연루되어 있는 자신의 포스트식민성을 드러내는 패러독스에 빠지고 만다.

그 대표적인 예로 손꼽을 수 있는 것이 하근찬의 소설이다. 1960년대 중반 이후 하근찬은 식민지시기에 대한 문학적 재현을 문자 그대로 '반복'하기 시작한다. 이 시기 그의 단편소설들은 식민지시기 말기(아시아-태평양 전쟁말기)를 배경으로 주인공 소년이 겪게 되는 사건들을 회고의 형식으로 재현하고 있다. 그에 해당하는 작품으로서 「승부」(『현대문학』, 1964.5), 「그 욕된 시절」(『문학춘추』, 1964.1), 「낙발落髮」(『신동아』, 1969.10), 「족제비」(『월간문학』, 1970.1), 「그 해의 삽화」(『창작과 비평』, 1970 가을), 「일본도」(『현대문학』, 1971.9), 「죽창竹槍을 버리던 날」(『창조』, 1971.10), 「서른 두 장의 엽서」(『월간중앙』, 1972.6), 「필례 이야기」(『세대』, 1973.3) 등이 있다.

이 중 일부는 완전히 동일한 내용을 되풀이하고 있는 것도 있으나,[10] 여기서 주목을 요하는 것은 그러한 내용상의 반복보다도, 기억을 서사화하는 특정한 형식 자체의 반복이다. 그렇다면 그 되풀이된 형식이란 과연 무엇일까. 단도직입적으로 말하자면 그것은 '8·15 해방'의 도래를 서사적 벡터로 취하는 글쓰기 형식이다. 이 시기 하근찬의 단편들은

10 예컨대 「그 욕된 시절」(1964)과 「서른 두 장의 엽서」(1972)는 식민지 시기(전쟁 말기) 학교 기숙사에서 벌이지는 에피소드를 동일하게 다루고 있다.

서사의 귀결점을 '해방'에 맞춰두거나 '해방'을 기점으로 유년의 기억을 구성하는 서사적 특성을 보인다.

예컨대 「그 욕된 시절」(1964)과 「죽창을 버리던 날」(1971)의 경우, '해방'이 도래하며 서사가 완전히 종결되는데, 이때 '해방'이라는 사건은 주인공인 '나'에 의해 다음과 같이 회고한다.

> 일본이 무조건 항복을 한 것이 잘된 일인지 그렇지 않은 일인지, 그런 것은 나는 알 수가 없다. 그저 그 2학년 녀석들한테서 '후쿠로다다끼'[멍석말이]를 면한 것만이 한없이 기뻤다. 무슨 큰 횡재라도 만난듯 기분이 좋았다. 그러나 아직 완전히 마음을 놓을 수가 없었다. 나는 얼른 문 밖으로 뛰어나가 어디로 도망치듯이 긴 복도를 내달았다. 폴짝폴짝 뛰면서 내달았다.[11]

> 이제 나는 모든 것이 무사히 끝난 것 같아, 속이 후련하고 가뿐하기만 했다. 아버지한테 얄궂게 뒤틀어졌던 기분도 끝나고, 그 지긋지긋한 학교의 일뜸질도 끝나고, 대나무 막대기로 야! 야! 하는 교련도, 상급생들의 모욕적인 기합도, 견딜 수 없는 배고픔도 다 말이다.
>
> "아부지."
>
> "와?"
>
> "이 죽창 인제 내삐리도 되지예?"
>
> "그래, 내삐리라. 그 놈의 걸 머할라고 도로 갖고 오노. 오다가 아무 데나 내삐릴 끼지."

---

11 하근찬, 「그 욕된 時節」, 『문학춘추』 1(7), 문학춘추사, 1964.10, 236쪽.(부연설명은 인용자)

나는 좋아서 힉 웃었다. (…중략…) 그리고 시궁창 쪽으로 몇걸음 달려가며, 마치 투창 선수가 창을 던지듯이 힘껏 죽창을 내던졌다. 그러나 투창 선수의 솜씨처럼 그렇게 멋있게 날아가는 것이 아니라, 아무렇게나 달아가서는 그 시꺼먼 시궁창 속에 죽창은 철버덕 떨어져 형편 없는 꼴이 되어 버렸다. 아버지는 여전히 빙그레 웃는 얼굴로 보고 있었다.[12]

위의 두 인용문은 각 소설의 가장 마지막 부분에 해당한다. 보다시피 이 소설들에서는 주인공을 둘러싸고 있던 미시적이고도 일상적인 구속들, 예컨대 상급생과의 갈등이나 학원 폭력, 그리고 군사훈련의 괴로움 등을 해소시키는 장치로서 '해방'이 도래한다. 이는 해방 정국을 배경으로 정치적 주체(청년)의 서사를 그린 해방기 소설의 문법과는 구별되는 것으로, '해방'이라는 역사적 사건이 개인의 기억을 통해 재구성되는 양상을 보여주는 것이다.

물론 그렇다고 해서 이 소설들이 역사적, 사회적 문맥으로부터 자유롭다는 것은 아니다. 여기서 '해방'이란 신국가 건설이나 주체성의 회복이라는 새로운 역사적 과제들이 부여되는 전환점이라기보다, 범속하고 선량한 '국민'의 삶을 '일제日帝'라는 '악惡'의 지배와 억압으로부터 구제하는 신학적 장치처럼 기능하고 있는데, 이는 오히려 '해방'에 대한 신화적 서사가 과도하게 이상화된 형태로 제시된 것이다. 마치 1945년 8월 15일을 기점으로 '그 욕된 시절'이라는 식민지적 과거와 완전히 다른 세상이 도래하고, '죽창竹槍'을 내던져버리는 행위에서 '일

12 하근찬, 「竹槍을 버리던 날」, 『창조』 2, 창조사, 1971.10, 147쪽.

본'이라는 타자와의 완벽한 절연이 성사된 것처럼 말이다.

그러나 이와 같은 '해방'에 대한 유토피아적 표상이 '일본이 다시 온다'라는 사회적 위기의식이 공유되는 가운데서 제출되었다는 점에 유의할 필요가 있다. 이 점을 고려할 때, 유년의 목소리로 '해방' 전후를 말하는 하근찬의 글쓰기는 과거의 의미를 현재의 사회적 문맥 안에서 일정한 방식으로 규정하기 위한 기념적 행위로서 이해될 수 있다. 한일국교정상화가 촉발한 위기의식이 식민지적 과거에 대한 상기想起를 야기하며 고조되어 갔다면, 위 소설들은 그렇게 상기된 피식민의 체험을 어린 시절의 통과의례나 성장기의 해프닝 정도로 재현하고 있다. 결국 유년의 기억이라는 필터는 '일본'의 회귀에 대한 불안과 공포를 '해방'의 서사 안으로 회수해버림으로써 위기감을 극적인 쾌감으로 전환시키는 장치인 셈이다.

이 시기 하근찬의 소설이 일본인 인물들을 풍자 대상이나 조롱거리 등으로 희화화하여 재현하고 있는 점도 동일한 문맥에서 이해가능하다. 작중 과거를 조망하는 성년이 된 '나'의 시야가 확대된 만큼, 유년의 기억 속에 머물러 있는 '일본'의 존재는 그에 반비례하여 '왜소화'되는 것이다. 그 비근한 예로 들 수 있는 것 중 하나가 단편 「일본도」(1971)이다. 여기에 등장하는 일본인 교장은 난폭하고 무자비한 인물로서 학생들이 가장 두려워하는 존재인데, 그런 교장의 위력을 상징하는 것이 바로 '일본도日本刀'이다. "얼마나 크고 얼마나 잘 드는 칼이기에 (…중략…) 짱꼴라의 모가지를 그렇게 날려버린다는 것이며, '기찌꾸베이애이鬼畜米英'의 몸뚱아리를 그렇게 두 동강으로 내버린다는 것"[13]이라는 소문이 자자하기에, 아이들은 지레 겁을 먹고 있는 것이었다.

그러던 어느 날, 상공에 미군 전투기가 출현하게 되는데, 이를 향해 '일본도'를 뽑아든 교장의 모습은 아래와 같이 조롱거리가 되어버린다.

그것은 틀림없는 공습경보였다. 경계경보도 없이 벼란간 공습경보가 발해진 것이다. 학교 안은 발칵 뒤집혔다. 운동장에서 놀고 있던 아이들은 모두 방공호 속으로 뛰어들어가느라고 야단법석이었다. (…중략…) 아이들은 모두 그 희한한 광경에 넋을 잃고 있었다. 이런 것이 공습이라면 매일 좀 공습이 있었으면 좋겠는 것이다. B29가 서서히 하늘을 가로질러 사려져가는 것이 몹시 안타깝기만 했다. 그때였다.

"어머나, 교장선생님 보래!"

여생도 하나가 또 소리를 질렀다. 하늘을 바라보고 있던 아이들의 시선이 이번에는 교장선생쪽으로 쏠렸다.

교장선생은 관사에서 막 운동장쪽으로 걸어나오고 있었다. 그런데 교장선생의 한손에 무엇인지 기다란 물건이 번쩍이고 있는 게 아닌가.

"닙뽄도다!"

"맞다, 맞다!" (…중략…)

그 서슬이 퍼런 일본도를 들고 운동장으로 걸어나온 교장선생은 그 자리에 우뚝 버티고 서서는 B29를 무섭게 노려보는 것이었다. 그렇게 한참 노려보고 있더니 그만 분통이 터져 못견디겠는 듯,

"칙쇼!" 소리를 지르면서, 일본도를 번쩍 쳐드는 것이 아닌가. 마치 그것으로 B29를 쌍둥 잘라버리기라도 할듯이 말이다.

13 하근찬, 「日本刀」, 『현대문학』 17(9), 현대문학사, 1971.9, 141쪽.

"헷헷헷헤에"

원길이는 그만 웃음이 터져나왔다. 텅빈 운동장에 혼자 버티고 서서 B29를 향해 일본도를 번쩍 쳐든 땡땡이중같은 교장선생. 그 까만 눈썹이 먼데서도 바르르 떨리고 있는 것처럼 느껴졌다.

"헷헷헷헤에"

원길이는 자꾸 터져나오는 웃음을 견딜 수가 없었다. 여생도들도 킥킥 웃고 있었다. B29는 하얀 비행운과 함께 유유히 사라져가고 있었다.[14]

이렇듯 베일을 벗고 그 실체를 드러낸 '일본도'는 더 이상 교장이나 제국 일본의 위력을 상징하는 것이 아닌, 그 권력의 유명무실함을 표징하는 것이 된다. 여기서도 미지와 공포의 대상이었던 존재가 무력하게 정체를 드러내며 왜소화되고, 결국 웃음거리로 전락해버리는 과정, 즉 타자에 대한 자기방어적 기제로서 기능하는 '체내화'의 프로세스를 살펴볼 수 있다.

그런데 소설 「일본도」에는 이와 같은 '체내화'의 불완전성 또한 시사되고 있다는 점에 주목할 필요가 있다. 달리 말해 「일본도」는 '해방'의 서사 내로 수렴될 수 없는 '일본'이라는 존재의 처치불능을 그리고 있는 것이다. 앞서 보았듯 '해방'의 서사는 '일본'의 회귀에 대한 위기감을 극적인 쾌감으로 전환시키는 심리적 기제를 내포하는 것이지만, 이 소설은 '해방' 이후 '일본도'의 재등장이라는 에피소드를 삽입한 결과, 그 심리적 기제의 불완전함을 드러낸다.

14 위의 글, 145~147쪽.

사건의 발단은 해방된 이듬해에 열린 "3·1운동 기념 학생 축구대회"이다. 그 축구시합에서 맞붙은 두 중학교 선수들 사이에 격렬한 다툼이 일어나 경기가 중단되는 사태가 벌어지는데, 주인공 '원길이'와 그의 학우 백여 명은 과격한 반칙으로 다툼의 원인을 제공한 상대 학교 '3번 선수'를 응징하기 위해 그 선수 집 앞으로 찾아간다. 원길이와 친구들은 그 선수의 형이 과거에 일본 헌병이었던 사실에 한층 더 흥분하여 떼를 지어 몰려간 것이었다.

> 냅다 대문을 발로 쾅쾅 내지르기 시작했다. 그러나 안에서는 아무런 기척이 없었다. 대문은 더욱 부서져나가는 듯 했다. 잠시 후, 쨍그랑! 하고, 안에서 유리 깨지는 소리가 났다. 누군가 그만 돌을 던졌던 것이다. 그러자,
>
> "이 죽일놈 자식들! 이자식들!"
>
> 고함을 지르면서, 누군가가 우루루 뛰어나오는 것이었다. (…중략…) 큼직한 대문이 와당탕 열렸다. 그리고 불쑥 나타난 것은 어른이었다. 물론 남자였다. 그런데 천만뜻밖에도 그 남자의 손에 커다란 칼이 번쩍이고 있는 게 아닌가. 일본도인 것이다. 그 커다란 일본도를 번쩍 쳐들며,
>
> "이자식들! 맛 좀 볼래!"
>
> 버럭 소리를 질렀다. 일본 헌병질을 했다는, 3번의 형인 것이었다. 학생들은 질급을 하고 우루 마구 뺑소니를 쳤다. 원길이도 질급을 하고 마구 내달았다. (…중략…) 원길이는 온몸이 떨리고 있었다. 참 이상한 것이었다. 해방이 되어 온통 세상이 우리 세상이 되었는데, 아직도 일본도를 집에 감추어둔 사람이 있다니, 정말 알 수 없는 일이었다. 겁나는 일이었다. (…중략…)
>
> "왜놈 앞잽이!"

"쪽발이 앞잽이!"

다른 학생들이 냅다 고함을 지르면서 돌을 던지자 원길이도,

"야, 이 앞잽이야아!"

하면서 돌을 던졌다. 그러나 남이 던지니까 나도 던진 것은 결코 아니었다. 처음으로 남에게 돌을 던진 원길이는 걷잡을 수 없이 가슴이 뛰었다. 그러나 결코 기분이 언짢은 것은 아니었다. 오히려 어쩐지 시원하고 재미까지 있는 것이었다. 그래서 원길이는 돌멩이를 또 한 개 집어 들었다.[15]

원길이는 "해방이 되어 온통 세상이 우리 세상이 되었는데, 아직도 일본도를 집에 감추어둔 사람이 있다"는 것에 놀라고 또 두려움을 느낀다. 이는 '일본도', 혹은 '왜놈 앞잡이'로 대표되는 식민지의 유산이 해소되지 않고 은폐(비가시화)되는 방식으로 '해방'된 세계 내에 잔존하게 되었음을 단적으로 시사한다. 결국 이러한 은폐에 의해 '일본도'는 해방 이후 한국 사회 속 어딘가에 깊숙이 숨겨졌으나 언제고 다시 불쑥 출현할지 모르는 예측 불가능한 것, 즉 온전히 통제할 수 없는 망령과 같은 존재가 되어 '체내화'된 것이다.

따라서 이 소설은 해방 이후 억압된 형태로 존속되어 온 식민지 유산이 '돌팔매질'이라는 척결과 거부의 운동을 통해 일소되거나 해소될 수 없는 지경에 이르렀음을 보여준다. 여기서 '돌팔매질'이라는 행동은 국교정상화를 통해 이뤄진 '일본'의 회귀에 대한 저항감이 한국사회 내부의 식민잔재에 대한 공격성으로 표출된 것이라고도 해석할 수

15 위의 글, 158쪽.

있는데, 문제는 이와 같은 행위가 하나의 상상적 해결에 지나지 않으며 현실에서의 불안 및 공포를 근본적으로 해소할 수는 없다는 점에 있다. 한국 사회 속 어딘가에 깊숙이 숨겨졌으나 언제고 다시 불쑥 출현할지 모르는 '일본도'의 존재가 드러난 이상, '해방'의 유토피아적 표상은 더 이상 불가능해져 버린 것이다.

이처럼 「일본도」는 식민지 유산의 존재를 조명하는 가운데, '일본'에 대한 불안과 공포, '왜소화'의 전략과 '해방'의 서사를 통해서도 해소될 수 없는 불안과 공포를 노출하게 된다. 그런데 흥미롭게도 이 소설 속에서는 그와는 상반되는 감정의 구조 역시 발견된다. 그것은 소설의 내용보다도 소설의 재현 형식에서 발견되는 것으로, 식민지적 과거를 그리는 작가의 노스탤지어적 시선임에 다름 아니다. 이는 식민지시기를 '민족사적 암흑기'가 아니라, 자신의 '유년기'로서 감각하며 되새기고 있는 작가의 개인사적 문맥이 강하게 영향을 미친 결과라고 할 수 있다. 일례로 아래의 인용을 살펴보면, 전시체제하 식민지 말기의 기억이 자애로운 부모의 슬하에서 보낸 '그리운 학창시절'로서 낭만화(재현)되고 있음을 엿볼 수 있다.

> 사십 여일만의 귀성이었으나, 마치 몇해만에 고향에 돌아간 듯한 기분이었다. 원길이는 감개가 무량하기까지 했다. 무엇보다도 밥그릇에 수북이 올라오도록 담아주는 밥이 감개무량한 것이었다. 비록 꽁보리밥이기는 하지만 말이다. 학교고 뭐고 집어치워버리고, 이런 고봉으로 담아주는 밥이나 실컷 먹었으면 싶었다. 집에만 있으면 그렇게 고봉으로 담아줄 턱도 없지만.
>
> "얼매나 배를 곯았길래 그새 이렇게 예빘노? 다 묵으래이."

> 어머니의 말에 원길이는 핑 눈물이 돌기도 했다. 그리고 그 많은 꽁보리밥을 다 먹어치웠던 것이다. 곯았던 배에 갑자기 그렇게 꽁보리밥이 들어가놓았으니, 재대로 소화가 될 턱이 없었다.
>
> 설사를 만난 원길이는 이튿날 도저히 집을 나설 수 없었다. 아라끼 중대장의 찢어진 풀무같은 목소리가 귀에 쟁쟁했으나, 할 수 없었다. 그리고 설사가 나와 하루라도 더 집에 머물게 된 것이 오히려 다행이라는 생각이 슬그머니 들기도 했다. (…중략…) 그러나 아버지 어머니는 학교에 못 돌아가면 큰일이라고, 불이야불이야 한약을 지어와서 닳여주는 것이었다. 근심스런 얼굴을 하면서. 남의 속도 모르고 말이다. 결국 안타깝게도 설사는 멎고 말았다.[16]

이렇듯 식민지시기를 역사적으로 서술하는 것과 그 시기를 자신의 유년시절로서 회고하는 것 사이에는 큰 차이가 있다. 물론 작중인물 원길이와 작가를 완전히 동일시하여 볼 수는 없지만, 이 소년의 시점에서 재현되는 식민지 조선의 모습은 고난과 시련의 민족사가 전개되는 배경이기 전에, 지난 어린 시절에 대한 그리움을 환기하는 서정적 풍경으로서 제시되기 때문이다.

앞서 말했듯, 식민지시기를 어린 시절의 통과의례나 성장기의 해프닝으로 재현하는 것은 '일본'에 대한 불안과 공포를 '해방'의 서사 안으로 회수해버림으로써 위기감을 극적인 쾌감으로 전환시키려는 동력학을 지닌다. 결국 이것은 되돌아오는 '일본'의 존재가 불러일으키는

16 위의 글, 150~151쪽.

피식민의 역사적 트라우마로부터 자기방어적인 태도를 취하는 것이라고 볼 수 있다. 단 이 유년의 기억이라는 필터는 그와는 정반대되는 감정을 동시에 드러내기도 한다. 이른바, '그때 그 시절'에 대한 향수나 그리움, 친근함 등을 의도치 않게 드러내는 것이다.

한수영의 연구는 하근찬 소설이 유년의 기억을 "민족이라는 대주체"에 '봉합'시키려고 하지만, "그 '봉합'이 제대로 이루어지지 않은 채 '균열'을 고스란히 노정"한다고 지적하는데,[17] 이러한 '균열'은 곧 글쓰기 주체의 자기언급으로 연결된다. 사회적 담론을 수행하는 차원에서 작가는 제국주의 일본의 식민지 지배 및 식민지 유산에 대한 비판을 시도하고 있으나, 한편으로 그 과정에서 식민지적 과거에 대한 향수와 애착을 품고 있는 자기 자신의 존재를 표면화하게 되는 것이다.

따라서 텍스트에서 '일본도'의 존재가 자아내는 위기의식이나 불안감은 당대의 사회적 분위기를 반영한 것일 뿐 아니라, 글쓰기 주체 자신이 내면에 품고 있던 불안을 암시하는 것이었다고도 볼 수 있다. 즉 유년의 기억이라는 필터가 '일본도'(제국주의 일본, 식민지 유산)와는 무관한 순진무구의 자기표상, 혹은 탈정치화된 형태로 이상화된 자기표상을 구축하는 장치였다면, 그 이면에서는 사회적 금기에 의해 은폐된 자아의 상, 혹은 주체의 자기동일성에 균열을 야기하는 식민지적 정체성이 억압된 채로 자리하고 있었던 것이다.

17 한수영, 「유년의 입사형식과 기억의 균열－하근찬의 유년체험 형상화와 식민화된 주체」, 『전후문학을 다시 읽는다－이중언어, 관전사, 식민화된 주체의 관점에서 본 전후세대 및 전후문학의 재해석』, 소명출판, 2015, 341쪽. 나아가 유년의 식민지 경험이 형상화되는 과정에서 발생되는 기억과 언술의 균열에 관한 보다 상세한 내용은 같은 책, 350~372쪽 참고.

2. '악의적인 일본'이라는 표상 – 오승재 「일제日製맛」

앞 절에서 살펴본 하근찬의 소설은 식민지 잔재와의 대면이라는 사건이 포스트식민 주체의 불안감과 위기의식, 그리고 자기존재의 균열로 드러나는 양상을 보여주는 것이었다. 이때 '일본', 혹은 '일본적인 것'의 존재는 과거의 유산이라는 측면에서 부각되었기에, 기본적으로 익숙한 것, 혹은 낯익은 것으로서 인식되거나 표상되었다.

그렇지만 당대의 사회문화 담론 모두가 식민지 역사와 그 기억에만 의존해서 '일본'의 존재를 이해하고자 했던 것은 아니다. 당대 지식인들은 '전후'라는 수사를 통해 새로이 변모한 '일본'의 출현에도 신경을 곤두세우고 있었으며, 나아가 그러한 이질적 타자가 한국사회 내부로 침투하여 미치게 될 영향을 경계하고 있었다. 한일국교정상화를 전후로 하여 발표된 다음의 두 글은 당대 지식인들이 '전후 일본'의 존재를 어떻게 담론화했는지를 단적으로 예시한다.

> 일본의 외설소설, 외설잡지는 세계제일이요 '性'의 상품화에 있어서는 파렴치할 정도로 집요하다. 타락한 日本의 '色'的文化는 한국의 젊은이들을 녹여 다시 '無名化'로 만들 것이 분명하며 이 '性' 매스콤이 벌써 보이지 않는 침략의 손을 뻗친지 오래이다. 선거 때나 입에 잠시 오르내리는 우리나라의 문화적 주체성쯤은 이 '色情攻擊' 앞에 쉬이 굴복하고 말 것이다.[18]

---

18 신일철, 「文化的 植民地化의 防備 – 日本의 '色情文化'를 막으라!」, 『사상계』 133(긴급증간호), 1964.4, 61쪽.

> 무엇보다도 더 深刻한 問題는 저들의 소위 無償·有償供與로 再開되는 經濟侵略에 따라 들어올 보다 더 可恐할 毒素를 지닌 文化情神的인 再侵略이다. 우리가 꼼짝달싹 못하게 될 저들의 必死的인 經濟侵略은 必然 필수적으로 저들의 倭色文化 腐敗毒素로 가득 찬 文化情神的인 再侵略이 이루어 질 것이라는 일이다. (…중략…) 우리 無意識大衆이 低俗한 倭國文化에 휩쓸려들 것은 勿論이고 저들 現在日本의 大多數知識層의 政治的 向背의 左傾的인 影響 역시 우리의 對共意識을 不透明하게 만들 憂慮가 짙다.[19]

여기서 '일본'의 존재는 두 갈래의 부정적 의미로 환원된다. 우선 그 하나는 한국의 '문화적 주체성'을 위협하는, 이른바 '왜색倭色'이라는 외설적이고 저급한 '부패독소腐敗毒素'를 지닌 존재이며, 또 하나는 한국 사회의 정치적 '좌경화'를 야기하여 '대공의식對共意識'을 흐리게 할 존재인 것이다. 이렇듯 야만적 존재로 격하되거나 정치적 불온성을 지닌 존재로 묘사된 '전후 일본'이란 냉전적 멘탈리티 속에서 생성된 타자 표상의 하나로서, 과거 '제국 일본'에 대한 표상과는 차별화된다.

물론 '제국 일본'과 '전후 일본'의 표상이 근원적으로 무관하거나 단절적인 것이라고는 볼 수 없다. 여기서 핵심적인 것은 전자에 대한 부정적 경험을 바탕으로 후자의 이미지가 형성되었다는 점이며, 그로 인해 두 경우 모두 '일본'을 한국의 민족적 '주체성'이나 '순수성'을 위협하는 타자로서 위치시키고 있다는 점이다. 한반도를 침탈하고 식민지화했던 '제국 일본'의 연장선상에서, '전후 일본'을 불순한 '악의malice'

19 박두진, 「調印直前 韓日會談 이대로 갈 것인가 (4)」, 『동아일보』, 1965.6.22.

를 감추고 있는 존재로서 파악하고 있는 것이다.

이 '악의적인 일본'이라는 표상은 단순히 타자에게서 발견되는 부정적인 측면을 '악'으로 규정하는 것이 아니라, '선'이나 '악'으로 단정될 수 없는 타자의 불가해성 그 자체가 부정적으로 인식됨으로써, 타자를 예측 불능의 '악의'를 품고 있는 존재the malicious로서 의심하는 것에 해당한다. 이상록의 연구는 이 시기 '일본'에 대한 한국사회의 태도가 구식민지 종주국이었던 일본에 대한 '증오·배척', 그리고 경제발전을 이룬 선진국가인 현대 일본에 대한 '선망·모방'이라는 양가적 태도를 취하고 있었다고 지적했는데,[20] 문제는 이러한 양가성이야말로 타자의 불가해성을 증폭시킨다는 점이다. 즉 '선망·모방'과 '증오·배척' 사이의 간극이 벌어질수록, '일본'이라는 타자는 '한국'이라는 주체를 분열시키는 '악의적인 존재'로서 발견되는 것이다.

이 절에서 다룰 오승재의 「일제日製맛」(1970)은 바로 그처럼 '일본'이라는 타자의 양가성으로 인해 내적 갈등에 빠진 인물을 제시한다는 점에서 주목을 요한다. 이제껏 이 소설은 연구 대상으로서 다뤄진 바가 거의 없는데, 이는 아마도 오승재라는 작가의 문학사적 비중이 그다지 크지 않다는 점에서 기인한 결과일 것이다. 그러나 좋은 의미에서든 나쁜 의미에서든 이 소설만큼 '일본'이라는 타자를 문제적으로 그린 경우도 흔치 않기에, 여기서는 간과할 수 없는 사례에 해당한다.

소설의 주인공인 '나'는 미국 하와이대학교 동서문화센터The East-West Center에서 유학중인 인물로, 거기에서 만난 일본인 여성 '가쓰꼬'와 연

---

20 이상록, 「증오와 선망, 배척과 모방 사이에서 - 한일협정 전후 한국의 미디어에 나타난 일본 표상」, 『한국학연구』 49, 인하대 한국학연구소, 2018.5, 393~430쪽.

인 관계가 된다. 이 둘은 한일 커플이라는 이유로 한국인 유학생 집단과 일본인 유학생 집단 모두에게 질시를 받는데, 특히 '나'의 친우인 '김가'는 가쓰꼬에 대해 "일본것들은 육체를 농락할 것밖엔 가치가 없는 것들이야"라며 험담을 서슴지 않고 '나'를 "친일파 매국노"라고 욕한다.[21] 그런데 이 둘의 순탄치 않은 연애는 단지 주변 환경 탓만은 아니다. 이른 시기에 유학생활을 시작하여 영어에 능숙하고, "서양 습관"에도 "일찍 개화"하였을 뿐 아니라, 독일제 폭스바겐을 소유하고 있을 만큼의 재력까지 지닌 가쓰꼬에게 '나'가 "일종의 열등의식같은 걸 느끼고"[22] 있기 때문이다. '나'는 그러한 열등의식을 뒤로 한 채 가쓰꼬에 대한 "자유로운 감정"에 충실하고자 하지만, 그럴수록 가쓰꼬에 대한 자신의 감정이 무엇인지 알 수 없게 된다.

> 딴은 가쓰꼬가 나를 이용하고 있다고 볼려면 볼 수 있었다. 그녀는 수월스레 차를 팔았다. 그러면서 지금도 필요하면 언제든지 나를 불러 어디고 가고 싶은 곳을 갔다. 휘발유 값을 나에게 부담하게 하는 여우같은 것이라고 악담을 할려면 할 수 있었다. 그러나 반대로 그녀는 나를 도와주고 있다고 볼려면 얼마든지 그런 이유가 있었다. 운전을 가르쳤고, 싼 차를 사게 했고, 또 방송국에서 용돈을 벌 수 있게 해주었고, 무엇보다도 나를 더 없이 위해주었고.[23]

---

21 오승재, 「日製맛」, 『월간문학』 3(1), 월간문학사, 1970.1, 84~85쪽.
22 위의 글, 85쪽.
23 위의 글, 90쪽.

가쓰꼬의 제안으로 일본인들이 운영하는 방송국에서 한국문화를 소개하는 일을 하며 용돈을 벌고, 또 그녀가 타던 차를 염가에 넘겨받게 된 '나'이지만, 그것의 과연 잘한 일인 것인가, 혹은 올바른 것인가를 알 수가 없다. 이러한 내적 갈등이 거듭되는 와중에 '나'는 가쓰꼬로부터 청혼을 받게 되고 그날 밤 둘은 성관계를 갖게 되는데, 이를 계기로 '나'는 자신이 가쓰꼬를 진정 사랑하는 것인지에 대해 의구심을 갖게 된다. 결국 '나'는 그에 대한 답을 내리지 못한 채 애매모호한 태도로 일관하여 가쓰꼬를 울리고 만다.

> "사실 난 처음부터 가쓰꼬와 결혼할 생각이 없었다. 그런데 복스럽고 예쁘게 생겨서 그냥 욕심만 냈던 거지." (…중략…)
>
> "아무리 그래 보세요, 제가 믿나."
>
> "그 뿐 아니라 내일부터 난 한국 학생들에게, 내가 이렇게 가쓰꼬를 정복했소 하고 이야기를 할 셈이오."
>
> "그건 너무한데요. (…중략…) 저는 당신이 그렇게 나쁜 분인 줄은 몰랐어요. 저를 이렇게 만들어 놓고선……전 몰라요."
>
> "내 장난이 너무 심했던 것 같애."
>
> 난 그녀의 얼굴을 두 손으로 받들고 바라보았다. 두 눈에 눈물이 가득 고여 있었다. 그녀의 입술에 나는 가볍게 입을 맞추었다. 눈물이 그녀의 볼따기를 흘러 내려 내 입술을 타고 혓바닥에서, 차고 짭짜름한 입맛을 주었다. 나는 그녀를 기숙사까지 데려다 주었다.
>
> "내일 아침 전화로 부르겠습니다."
>
> 하자, 그녀는 울다 그친 얼굴에 미소를 띠우며 까딱 고개를 숙이며 들어갔

다. 나는 혓바닥에 아직도 눈물의 감촉을 느끼며 입술을 빨았다.[24]

위와 같이 가쓰꼬의 청혼을 받아들이는 것도 아니고, 교제를 중단하는 것도 아닌 애매모호한 상태에서 소설은 마무리된다. 소설의 서사는 가쓰꼬를 바래다주고 자신의 기숙사로 돌아온 '나'가 김가의 험담을 뒤로한 채 잠자리에 들며 입맛을 다시는 장면으로 종결된다. "가만히 혓바닥으로 바싹 마른 입술을 핥았다. 달콤한 그녀의 감촉이 그곳에 남아 있었다."[25]

이처럼 비겁하다고밖에 볼 수 없는 '나'의 태도는 현재적 관점에서 보자면 비판 받아 마땅한 것이겠지만, 이 소설의 표제는 오히려 가쓰꼬의 존재가 문제인 것처럼, 즉 '나'를 성적으로 유혹하여 괴롭게 하는 일종의 병인病因인 것처럼 의식하게 만든다. 가쓰꼬라는 인물을 성적인 대상으로 단순 환원해버리는, 이 '일제맛'이라는 폭력적인 제목이 가히 심각한 수준의 여성혐오적 표현임에는 틀림이 없다. 다만 여기서 주목하고 싶은 점은 그것이 그저 여성혐오적 표현에 그치는 것이 아니라, 냉전을 배경으로 형성된 '전후 일본'이라는 타자 표상의 문제와 엮여 있다는 것이다.

우선 가쓰꼬에 대한 '나'의 열등의식이란 사실상 당대 한국사회가 일본에 대하여 갖고 있던 열등의식에 그대로 대응하는 것이라고 볼 수 있다. 즉 "서양 습관"에 "일찍 개화"하였고 재력을 지닌 가쓰꼬는 표상으로서의 '일본' 그 자체임에 다름 아니다. 그런데 여기서 의미심장한

24 위의 글, 95~96쪽.

25 위의 글, 97쪽.

것은 가쓰꼬라는 인물이 겉보기에는 흠잡을 곳이 없는, 그야말로 매력적인 '여성'이라는 점이다. 이는 앞서 살펴본 하근찬의 소설 「일본도」에 등장하는 일본인 교장처럼 악한惡漢의 모습을 체현하고 있는 일본인 '남성'의 존재와는 전혀 다르다. 따라서 이 소설은 '일본'에 대한 열등의식을 해소하기 위해, 일본인인 가쓰꼬를 조롱 또는 왜소화하는 방식으로 그리거나, '나'가 과격한 행동으로 그녀에게 분노를 표출하는 등의 서사 전개를 취할 수가 없다. 왜냐하면 그러한 서사는 무고하고 선한 인물을 무참하게 공격하는 꼴이 되어버리기 때문이다.[26]

다만 그렇다고 해서 이 소설이 가쓰꼬를 긍정적으로 그린 것이라고 단정해서는 안 된다. 여성 인물로 표상된 '그녀=일본', 달리 말해 '일제맛'이라는 욕망의 대상이 궁극적으로 '나=한국'의 자아를 분열시키고 있기 때문이다. 민족적 주체로서 '나'는 "단 한 사람이라도 일본 사람의 과거 잘못을 깨우쳐 줄 의무"[27]가 있음을 되새기며 연인인 가쓰꼬에게 한국의 식민지 역사에 대해 가르쳐 주면서, 그녀와 자신의 관계를 "국교 정상화"를 위해 나름의 방식으로 "외교사절" 역할을 수행하는 것이라고 자부하려 한다.[28] 하지만 그러한 과정상에서 가쓰꼬와의 관계가 깊어질수록 고국에 있는 부모와 '영희'['나'와 원래 연인 사이로 추정되는

26 물론 그러한 서사의 예를 전혀 찾아볼 수 없는 것은 아니다. 예컨대 『낙서족』(1959) 「신의 희작」(1961) 등, 손창섭의 소설에서 남성 주인공이 일본인 여성 인물을 성적으로 가학하거나 분노표출의 대상으로 삼는 장면을 어렵지 않게 찾아볼 수가 있다. 이 경우 한국인(조선인) 남성에 의한 폭력은 식민지적 남성성, 혹은 거세된 남성성의 왜곡된 표출과 그에 대한 자조적 시선이라는 문제와 밀접히 연관된다. 따라서 보다 상세한 논의가 요구되는 텍스트들이지만, 아쉽게도 이 글에서는 논지전개상 제약이 있기에 추후의 연구과제로 남겨두기로 한다.

27 오승재, 앞의 글, 86쪽.

28 위의 글, 90쪽.

인물]를 배반했다는 사실에 괴로워한다. 결국 남성 주체의 관점에서 볼 때 '그녀=일본'은 '나=한국'을 궁지로 몰아넣고 있는 것이다.

즉 '나'는 부모와 영희에 대한 의무나 의리로 대표되는 정신의 영역과 가쓰꼬에 대한 욕정으로 대표되는 육체의 영역으로 양분화된다. 가쓰꼬를 비롯한 일본인 여성을 "육체를 농락할 것밖엔 가치가 없는 것들"이라고 폄훼한 김가의 발언에 발끈해 온 '나'였지만, 소설의 마지막 부분에 이르자 '나' 역시 "가만히 혓바닥으로 바싹 마른 입술을 핥았다. 달콤한 그녀의 감촉이 그곳에 남아 있었다"라고 말하며, 연인인 가쓰꼬를 성적인 대상으로 단순 환원해버린다. 이는 곧 '일제맛'이라는 '육체적=왜색적'인 유혹이 '나'의 정신적 가치를 위협하고 있음을 뜻한다.

이렇듯 가쓰꼬의 여성성은 '나'를 계속해서 매혹시키는 것이면서도 '나'에 의해 완전히 점유될 수 없는 무엇이라는 점에서, '나'라는 남성 주체를 근본적으로 무력화시키는 '악의적인 것'이 되어버린다. 즉 성적인 대상으로 환원된 '그녀=일본'은 '나'가 정신의 주체성을 회복하기 위해서는 마땅히 부정하고 극복해야 할 타자로서 제시되는 것이다.

게다가 미국 땅에서 만난 일본인 가쓰꼬가 한국인인 '나'에게 결혼을 제안한다는 서사적 설정은 한일관계의 정상화 과정에서 이뤄진 경제 원조라는 문맥을 환기한다. 이런 문맥에서 볼 때, '일제맛'이라는 표제는 '그녀=일본'의 경제적 원조가 불순한 의도를 동반한 것일지도 모른다는 경계심의 표현이자, '그녀=일본'이 '나=한국'에게 애정과 호의를 베푸는 행위 자체를 의심의 눈빛으로 바라보도록 만드는 서사적 코드인 셈이다.[29]

그러나 이 텍스트는 가쓰꼬의 존재를 '악'으로 단정하는 독해 역시 불허한다. '나'는 가쓰꼬와의 관계를 쉬이 단절할 수 없는 위치인데, 왜냐하면 원칙적으로 이 둘은 "이렇게 어울려 살면서 서로 딴 나라를 이해하라는 것"을 목표로 하는[30] '동서문화센터' 안에 공동으로 귀속되어 있는 존재들이자, 미국의 냉전전략 하에서 하나로 결속된 한일양국의 관계를 대리표상하는 존재들이기 때문이다.

그런 연유로 '나'와 가쓰꼬 사이에는 아무런 변화도 일어나지 않은 채 소설은 종결되고 만다. 가쓰꼬가 마치 '본색'을 드러내듯 부도덕한 인물로 변하거나 '나'가 그녀와의 관계를 단념해버리는 등의 명확한 귀결점이 제시되지 않은 채 서사는 끝이 난다. 그런데 이러한 불명료한 결말이야말로 '그녀=일본'이라는 타자를 불가해한 존재, 즉 '악의'를 품은 존재로 계속하여 의심하도록 만드는 것일 수 있다. 역설적이지만 '악의'란 그것이 이미 현실화되어 드러나고 난 뒤에는 더 이상 '악의'(불가해하고 양가적인 무엇)일 수 없기 때문이다. '그녀=일본'이라는 타자는 과연 '선'인지 '악'인지를 파악하기 어렵고, 그에 맞서 대비하기 어렵다는 점에서 진정 '악의적인 존재'로 남게 된 셈이다.

그리고 이를 뒤집어 생각해보면 그 당시 한국이 놓여 있던 딜레마적 상황이 타자의 형상 속에 투영된 결과가 '일제맛=악의적인 일본'이라는 표상이라고도 볼 수 있다. '나'가 가쓰꼬의 청혼을 받아들이지도 또

---

29 김가의 발언은 독자로 하여금 그러한 의심의 시선을 유지하도록 만드는 것이라고 볼 수 있다. 예컨대 가쓰꼬의 폭스바겐을 사기로 결심한 '나'에게 김가는 "고 여우같은 계집의 상업전술을 그래 눈치도 못채니? 이제는 경제적인 침탈까지 당하는구나"(위의 글, 89쪽)라고 말하며, 가쓰꼬를 불순한 의도를 숨기고 있는 '일본'이라는 표상에 수렴시킨다.

30 위의 글, 93쪽.

거절하지도 못했던 것처럼, 당대의 한국은 미국의 냉전 전략을 무시한 채 일본과의 동맹적 관계를 저해할 수도 없고, 한편으로는 관계의 정상화를 통해 사회 내에 팽배한 일본에 대한 두려움이나 저항감, 열등감 등을 떨쳐내는 것도 불가능한, 그야말로 진퇴양난의 상황 속에 빠져 있었던 것이다. 결국 '일제맛=악의적인 일본'은 타자에 대한 규정적 해석을 내릴 수 없는 '나=한국(인)'의 무력함을 그 이면에 드러내는 것으로, '전후 일본'이라는 존재의 표상불가능성을 시사한다.

단 이때 한 가지 간과할 수 없는 것이, '나'를 '일제맛'의 딜레마 속으로 몰아넣은 이 '전후'라는 문맥이 다름 아닌 미국의 존재를 통해 구성되었다는 점이다. 앞서 살펴보았듯 이른 시기에 유학생활을 시작하여 영어에 능숙하고, "서양 습관"에도 "일찍 개화"하고, 독일제 폭스바겐을 소유하고 있을 만큼의 재력까지 지닌 가쓰꼬에게 '나'는 "일종의 열등의식"을 품고 있다. 그런데 이처럼 과거의 제국주의 일본과는 대비되는 '전후 일본'의 표상, 그 경제적으로 풍요롭고 개방적이며 선진화된 이미지의 원류는 다름 아닌 미국이라고 볼 수 있다. 그러므로 이 소설의 표제 '일제맛'은 또 다른 의미로도 해석될 여지가 있다.

예컨대 한일협정의 반대논리 가운데는 동아시아 자유진영의 주축으로 일본을 자리매김하려는 미국의 극동전략 변화에 대해 우려를 표하는 목소리도 적지 않았다. 당시의 논자들은 한일국교정상화가 한국이 "반공의 보루堡壘"라는 요충의 지위를 상실하고 "일본을 주축으로 하는 '아시아' 지역권에 포섭되는 길을 트는 것"이자, 미국이 "아시아 후진국으로서 근대화를 지향하는 모든 나라에 대한 하나의 '모델 케이스'로서 일본을 지목한 것"이라고 염려했다.[31] 이러한 당대의 문맥을 고려해 보면, '일제맛'이란 선진적 발전의 '모델 케이스'로 부상한 '전후 일본'의 존재와 이를 뒤따라만 하는 '나=한국'의 주변적 위치를 나타나는 기호이자, 나아가 배후에서 그 위계적 질서를 조직하고 있던 '미국'의 존재를 환기하는 기호로 재해석될 수 있다.[32]

따라서 김가의 지탄과 비난을 받으면서도, '나'가 가쓰꼬를 포기할 수 없는 까닭, '일제맛'에 계속해서 이끌리는 까닭은 그것이 단지 육체적인 쾌락을 자극하는 "'色'的文化"나 "倭色文化"같은 것이기 때문이 아니다. 오히려 이러한 이끌림은 미국을 중심으로 형성된 자유진영의 위계질서가 촉발한 신식민주의적 동일시의 욕망, 즉 냉전적 억압구조에서 산출된 '선진화=미국화'라는 불가능한 목표 그 자체를 가리킨다. 결국 '민족적 주체성과 정체성의 확립'을 강조하는 '김가'와 '선진화=미국화'의 개발주의적 입장을 대변하는 '나'의 존재는, 당대 한국 민족주의 담론 내에 공존하던 서로 모순된 두 개의 목표를 네거티브하게 드러낸 것이라고 볼 수 있다.

---

31 박준규, 「日本外交政策의 基調」, 『신동아』 10, 동아일보사, 1965.5, 96쪽; 홍성유, 「'協力'이냐 '侵蝕'이냐-韓日經濟交涉의 來日」, 『신동아』 10, 동아일보사, 1965.5, 142쪽.

32 마루카와 데쓰시는 1950년대 일본에서 번성한 '육체문학'과 관련하여 "전쟁 및 식민지(동원)의 기억과 함께 존재했던 외설스러운 '육체'를 소거하지 않고서는 '태양족'에서 표현된, 현재의 그 활기찬 삶 위에 세워진 대중소비문화의 등장은 아마도 가능하지 않았을 것"이라고 지적했다. 즉 식민지로부터 전시동원된 '육체'(조선인, 종군위안부)의 존재가 은폐 또는 제거됨에 따라, 일본남성의 성적 판타지를 자극하는 대중소비문화 속의 육체가 출현할 수 있었다는 것이다(마루카와 데쓰시, 장세진 역, 『냉전문화론』, 너머북스, 2010, 115쪽). 반면 「일제맛」의 경우, 일본인 여성이 한국인 남성 주체의 의해 성적 욕망의 대상으로 객체화된다. 이 상상적 관계 구도는 냉전적 위계가 낳은 한일관계의 비대칭성이 텍스트상에서 역전되어 나타난 것이라고 볼 수 있는데, 그러한 상상은 한일양국의 냉전적 위계를 규정하고 우열·경중을 재단하는 미국의 존재가 후경화됨으로써 가능한 것이었다.

3. 위태로운 존재들, 혹은 역사의 '상징'들

—정을병 「기민기」·「여행에서 한국을」, 송병수 「20년 후」, 박연희 「피」

앞선 두 절에서는 과거와 현재의 '일본'에 대한 표상을 다루었다. 이를 통해 '일본'이라는 타자를 둘러싼 사회문화적 담론과 글쓰기 주체 사이의 조응과 부조응이 각인된 것으로서 텍스트를 살펴보았다.

그런데 한일관계상에서 '한국(인)'이라는 주체에 의해 타자(객체)로서 포착되는 존재는 '일본(인)'에만 한정되는 것이 아니다. 알다시피 재일한국·조선인, '혼혈(아)' 등은 '한/일'이라는 양자 구도에서 이편과 저편 모두에 온전히 속할 수 없는 경계선상의 존재로 담론화되어 왔다. 이들 또한 양가성을 지닌 타자로서 인식되어 온 것이다. 이 절에서는 그들에 대한 문학적 재현이라는 문제를 짚어보고자 한다.

정을병 「기민기」·「여행에서 한국을」

우선 정을병의 중편 「기민기棄民期」(1969)와 단편 「여행에서 한국을」(1971)을 살펴보기로 하자. 이 두 소설은 '재일교포'[33]의 존재에 대한 관심을 촉구하며 '한일 법적 지위 협정'에 대한 비판적 시각을 제시하고 있다는 점에서, 당시 한국 소설로서는 흔치 않은 경우에 해당한다. 동시대의 문학에 나타난 재일한국·조선인 표상에 관해서는 다음 장에서도 논의할 기회가 있겠으나, 여기서는 일단 정을병의 두 소설에서 작

33 작중에서 "재일교포"라는 호칭이 주로 사용되고 있으나 "자유교포"라는 호칭도 간혹 사용된다. 따라서 이는 등장인물들이 "조련계"(총련)와는 무관하거나 분별되는 존재임을 강조하는 표현이라고 볼 수 있다. 정을병, 「棄民期」, 『세대』 74, 세대사, 1969.9, 386쪽.

가 또는 서술자가 그들을 민족공동체의 일원으로서 포괄하는 방식에 중점을 두고 살펴보려 한다.

국교정상화를 위해 체결된 한일 간의 협정을 통해 일본에 거주하는 '대한민국 국민'의 법적 지위가 확립되었는데, 그에 따라 1945년 8월 15일 이전부터 일본에 거주해온 '대한민국 국민'과 그 직계비속 가족에 대한 영주권이 부여되었고, 나아가 국민 건강보험 가입, 국외 강제퇴거 사유의 경감 등이 인정되었다.[34] 다만 이러한 지위를 얻기 위해서는 협정 발효일인 1966년 1월 17일부터 1971년 1월 16일까지의 5년 내에 '한국적韓國籍'으로 재외국민 등록을 하고 '협정 영주'를 신청하는 과정을 거쳐야만 했다. 소설 「기민기」는 그 신청 기한을 대략 일 년여 앞둔 시점에서, 곤경에 처해 있는 '재일교포'의 삶을 초점화한다.

'재일교포'를 기본적으로 '버려진 백성棄民'로서 규정하는 제목에서 짐작할 수 있다시피, 「기민기」는 한국 정부 및 한국 사회가 그들을 방치하고 있는 것에 대해 경각심을 고취하고 있다. 소설의 주인공인 '모요'와 그 일가는 모요의 아버지가 식민지시기에 징용되어 일본으로 건너 온 이후 그야말로 불행의 연속을 겪고 있다. 과로와 영양실조로 급사한 어머니, 아버지의 사업 실패, "조련계"(총련)의 꾐에 빠져 '북송北送'되어 떠나버린 둘째 '모산', 조선인이라는 이유로 취업 합격이 취소되고 연인(일본인 여자)에게도 버림 받은 셋째 '모요시', 또래 일본인들에게 괴롭힘을 당하는 막내 동생 '모다쓰', 그리고 일본 사회의 차별과 부당 대우에 항의하다가 수시로 싸움에 휘말리고 있는 장남인 모요. 이

34 이 협정의 정식명칭은 '대한민국과 일본국 간의 일본에 거주하는 대한민국 국민의 법적 지위와 대우에 관한 협정'이다. 주로 줄여서 '한일 법적 지위 협정'이라고 불린다.

렇듯 모요 일가는 "일본땅에서 일본인으로 태어나지 않았다는 저주"[35]로 인해 온갖 어려움을 겪고 있는데, 이때 부각되는 것은 이들이 '한일 법적 지위 협정'에도 불구하고 그에 따른 법적 보호를 받을 수 없는 위치이며, 그렇기에 종래의 불행으로부터 벗어날 길이 요원한 상태라는 점이다.

모요 일가는 가족 중 한명(모산)이 북한으로 향했다는 이유로 인해 '협정 영주' 신청을 주저하고 있는 것이다. "엄격히 자격을 심사해서 밀항을 했거나 제멋대로 일시 귀국을 한 놈들은 일체 허가해 주지 않고" 있기 때문에 "그 신청마감이 내년까진데 잘해야 약 10만쯤 될까"라고 작중에 언급되어 있듯이,[36] 모요 일가를 포함한 많은 '재일 교포'들이 사실상 '기민' 상태에서 벗어나기 어려운 속사정을 갖고 있는 것으로 그려진다.[37]

「여행에서 한국을」의 서술자인 '나'가 일본 '여행'의 노정에서 우연히 만난 '재일 교포' 박씨의 경우도 이와 마찬가지인데, 그는 해방 이후

---

35 정을병, 앞의 글, 381쪽.

36 위의 글, 407쪽.

37 다만 그 이후 민단이 적극적인 신청 운동을 전개한 결과, 1971년 1월 마감을 기준으로 한국적을 취득하고 영주권을 신청한 인원이 35만 명을 돌파하였다. 이는 60만 재일한국·조선인 전체 수의 과반을 넘긴 기록이었다. 총련측 입장에서 볼 때 이러한 결과는 일대의 참패였기에, 재일사회에서 총련의 쇠퇴가 현저화되는 계기가 되었다(金賛汀, 『朝鮮総連』, 新潮社, 2004, 117쪽 참고). 또한 일본 정부 역시 협정 영주 신청을 위해 여러 가지 수단을 취했는데, 외국인 등록 갱신 업무를 볼 때 협정 영주 신청을 권유하거나, 사건이나 사고로 경찰에 검거되었을 시 '영주권 소지자는 오무라 수용소로 가지 않아도 된다'고 제안했고, 상공인에 대한 자금 융자의 조건으로 영주권 취득을 요구하기도 했다. 그런데 『기민기』의 본문 중에도 나타나 있듯이 일본 정부는 그와 동시에 재일조선·한국인의 정치 활동을 전면 봉쇄하기 위한 '출입국 관리 법안'(입관법)의 제정을 추진했는데, 이는 재일 사회 및 일본 지식인 그룹의 거센 반발로 중지되었다(李瑜煥, 『日本の中の三八度線－民団・朝総連の歴史と現実』, 洋々社, 1980, 234~242쪽; 윤건차, 박진우 외역, 『자이니치 정신사－남·북·일 세 개의 국가 사이에서』, 한겨레출판, 2016, 477~478쪽 참조).

일본에서 한국으로 건너왔으나 결국 적응하지 못하여 밀선密船을 타고 일본으로 되돌아온 이력이 있기 때문에, 한국 측은 물론이고 "일본관헌에게도 떳떳하지 못한 입장"이다.[38] 이렇듯 소설 속 '재일교포' 인물들은 '북송'이나 '밀항' 등을 이유로 '법적 지위 협정'에 따른 보호를 받을 수 없는 일종의 결격사유들을 끌어안고 있는데, 서술자는 이러한 사정을 동정과 연민의 시선으로 묘사함으로써 그들에 대한 포용의 필요성을 부각한다.

> 박씨 일가는 한국엘 나왔었으나 고생만 직사하게하고 도저히 살아갈 길이 열리지 않아 밀선을 타고 다시 일본으로 돌아와 버린 모양이었다. (…중략…) 일시귀국한 과거가 있기 때문에 일본관헌에게도 떳떳하지 못한 입장에 있는 모양이었다. 그런데다 사업에는 실패해서 생활의 위협을 받고 있고, **게다가 끊임없이 조련계가 선전을 펴서 그는 이것도 저것도 아닌 어중간한 자리에서 방황하고 있는지도 모를 일이었다.** 고향으로 돌아가려도 수속이 까다로와 할 수가 없고. 대사관과는 일부러 거리를 두고 살아간다. **일본인의 박해에 못이겨 언제 불쑥 북송선을 타버릴지 모를 일이었다.**[39] (강조는 인용자)

인용에서 확인할 수 있듯 박씨라는 인물은 무허가로 국경을 건넌 민족배반자 · 위법자가 아닌, "조련계의 선전"과 "일본사회의 박해"의 피해자로 규정됨에 따라, 딱하고도 위태로운 상황에 처한 민족 공동체의 일원으로 그려진다. 물론 여기서 '북송'과 '밀항'이라는 행위가 간단히

38 정을병, 「旅行에서 韓國을」, 『다리』 2(8), 다리사, 1971.9, 95쪽.
39 위의 글, 194~195쪽.

묵인되는 것은 아니다. 그것은 '모국母國'의 입장을 대변하는 서술자로 하여금 '교포'들의 허물을 너그러이 감싸는 포용의 제스처를 가능하게 만듦으로써, "일본사회의 박해", 그리고 "조총련의 선전"과 대비되는 한국사회 및 남한체제의 우월성을 상징적으로 드러내는 장치로서 기능한다. 즉 서술자는 작중 인물에게 동정과 연민의 시선을 보내는 동시에, 그처럼 대상을 탈정치화하는 시선의 역학 속에서 반공주의와 반일 민족주의의 '상징'이 되는 '재일교포'의 상을 주조하고 있는 것이다.

「기민기」의 주인공인 모요에게서 '김희로'[40]의 모습을 쉬이 떠올릴 수 있는 것도 동일한 맥락에서 이해가능하다. 「기민기」는 그 공간적 배경부터 실제 김희로 사건이 일어난 시즈오카 현静岡県 시미즈 시清水市를 떠올리게 만드는 "조용한 시즈이시"[41]로 설정되어 있으며, '민족 차별'에 항의하며 경찰과 대치했던 김희로의 행동을 모방이라도 하듯이 모요 또한 악질 경찰인 '하세꾸라'의 폭언과 권모술수, 나아가 일본사회

---

40 '김희로(金嬉老) 사건'의 개요는 다음과 같다. 사업 실패로 인해 폭력단에게 빚 독촉을 당하던 재일2세 김희로(당시 39세)는 1968년 2월 20일 시즈오카 현(静岡県) 시미즈 시(清水市)의 환락가에서 폭력단원과 마주치게 되는데, 실랑이 끝에 김희로가 소지하고 있던 소총을 난사하여 그들 중 2명이 사망한다. 그 길로 도주한 김희로는 다음날 시즈오카 현 스마타쿄(寸又峡) 온천의 후지미야 여관(ふじみや旅館)에 들어가, 여관 관계자와 투숙객 13인을 인질로 삼고 농성에 돌입하였다. 스스로 농성 사실을 경찰에 통보한 김희로는 '민족 차별'에 대한 경찰의 사죄를 인질 교환의 조건으로 내걸었다. 보도 관계자로 변장한 경찰이 김희로를 제압하게 됨으로써 8시간 만에 종료된다. 사건의 직접적인 계기는 빚 반환 문제에 있었으나, 김희로가 일본인 경찰관이 이전에 재일한국·조선인에게 멸시적 발언을 한 것을 문제시함으로써 이 사건은 단순 살인 사건이 아닌, 차별 문제에 대한 고발 사건으로 보도되기 시작했다(윤건차, 박진우 외역, 앞의 책, 491~492쪽 참조). 한국에서도 이것이 크게 보도됨에 따라, 김희로는 일본사회의 차별과 싸운 영웅으로 여겨지기 시작했고, 대대적인 구명운동이 일어나기도 했다. 당시 한국 내 구명 운동을 확인할 수 있는 기사로는 「金嬉老救命위해 街頭서 署名運動」, 『동아일보』, 1968.9.5; 「市內서 金嬉老救出 署名運動」, 『경향신문』, 1968.9.9 등이 있다.

41 정을병, 「棄民期」, 570쪽.

의 차별 등에 대항해 나아간다.[42] 김희로의 경우가 그러했듯이, 모요는 위태로운 '기민'의 지위에 놓여 있는 동정과 연민의 대상이기도 하지만, 한편으로는 고귀한 '항일抗日'의 아이콘으로서도 그려지고 있는 것이다.

따라서 서사 속에 전경화되어 나타나지는 않지만, 작가가 가장 문제적인 사태로서 포착하고 있는 것은 모요와 같은 '항일'의 아이콘이 "조련계의 선전"에 의해 "언제 불쑥 북송선을 타버릴지 모를 일"인 것이다. 김희로 사건 당시에도 인질을 붙잡고 농성중에 있던 그를 설득하기 위해 찾아간 것도 민단계 인물이 아닌 총련에 소속되어 있던 작가 김달수金達寿였으며, 김희로가 체포된 이후 구성된 김희로공판대책위원회金嬉老公判対策委員会에 참가하며 특별변호인 자격으로 지속적인 활동을 한 인물도 김달수였다.[43] 따라서 당시 한국정부는 일본의 대책위원회 및 변호인단을 '공산당' 내지는 '좌익'으로 파악하고 있었으며,[44] 소설의 작가인 정을병의 시선 또한 거기서 크게 벗어나지 않았다고 볼 수 있다.

그러므로 그의 소설이 궁극적인 '위기' 상황으로 포착하고 있는 것

---

42 작가 정을병이 김희로 사건에 비상한 관심을 지니고 있었던 사실은 「여행에서 한국을」을 통해서도 확인할 수 있다. 이 텍스트에서는 김희로 사건에 대한 다음과 같은 직접적인 언급까지 이뤄지고 있다. "일본사람들은 김희로의 범죄결과만 보려고 하지. 그 원인이든가, 그 과정이라든가 하는 그런 것은 전연 보려고 하지 않지. 왜 그런지 알어? 그건 그 원인이 일본인들 자신에게 있기 때문이야. 당신네들이 그 사람을 그렇게 만든 거야."(정을병, 「旅行에서 韓國을」, 189쪽).

43 당시 김희로사건과 관련된 김달수의 활동에 관해서는 임상민, 「김희로 사건과 김달수－정기간행물 『김희로공판대책위원회뉴스』를 중심으로」, 『일본어문학』 72, 한국일본어문학회, 2017.3, 357~382쪽에 상세하다.

44 林相珉, 「金嬉老事件と「反共」－映画 〈金の戦争〉論」, 『일본문화학보』 51, 한국일본문화학회, 2011.11, 314쪽 참조.

은 실제 곤경에 처한 재일한국·조선인들의 삶 그 자체가 아니라, "이것도 저것도 아닌 어중간한 자리에서 방황하고 있는" 그들이 '대한민국 국민'이 아닌 '북조선인민공화국'의 '공민公民'이 될지도 모른다는 현실임에 다름 아니다. 이런 맥락을 고려할 때 다음과 같은 작중 인물들의 발언은 일견 초이념적인 자세에서 정부 당국을 비판하는 것으로 보일지라도, 사실상 그 이상으로 반공주의의 논리에 매몰된 것이라고 봐야 한다.[45]

> 그러니까 현 시점에서 우리에게 무엇이 필요하냐 하면, 역시 교포들이 단결하는 길밖에 없어. 굳게 뭉쳐야 해. (…중략…) 굳게 뭉쳐 본국정부와 긴밀한 유대를 갖고 압력단체의 강한 구실을 하는 일, 그것밖에 없어요. 그러면 정부는 모르는 척, 높은 자세로 일본 정부와 거래할 수 있잖아요?[46]

> 본국정부도 정신 바짝 차려야지. 60만 명을 정부가 이민시킨다고 생각해봐. 그 돈이 얼마나 들겠어? 교포정책을 적극적으로 해서 국가에 이익이 되게 해야 하고, 이 쪽발이 놈들의 버릇도 좀 고쳐놓구. 이 놈들에게는 당당한 자세가 필요하니까.[47]

---

45 이와 같은 작가의 태도는 이른바 '반공 휴머니즘'이라는 범주에서 이해될 수 있는 것이다. '반공 휴머니즘'이란 "반공주의를 자유와 인권과 휴머니즘을 보장하는 체제의 우월성을 과시하는 기제"로서 사용하는 것을 의미한다. 즉 "자유와 인권과 휴머니즘"의 가치를 통해 '재일교포'들을 포용함으로써 공산주의의 위협으로부터 그들을 구출해야 한다는 논리가 소설 속에서 자리하고 있는 것이다. 이하나, 「1950~60년대 반공주의 담론과 감성 정치」, 『사회와 역사』 95, 한국사회사학회, 2012 가을, 211~212쪽 참조.

46 정을병, 「棄民期」, 373쪽.

47 위의 글, 385쪽.

위 인용문에서는 재일한국·조선인을 '동포'로서 포용하여 반일과 반공의 테두리 안에 가둬두려는 태도를 엿볼 수 있지만, 오히려 이러한 태도는 그에 포괄될 수 없는 타자 존재의 불가해성과 양가성에서 기인한다. 그들은 언제고 '동포'에서 '간첩'으로 돌변할지 모를 존재로서 다뤄지고 있는 셈이다. 그렇기에 그들은 동정과 연민의 대상이 될 수는 있어도, 적극적인 '이민' 정책을 통해 본국 안으로 '구호'하는 것은 불가능한, 이질적 존재로서 또 다시 방기되어 버리는 것이다.

「여행에서 한국을」의 서술자인 '나'는 박씨와 만난 이후로 그가 총련계 인물인지 민단계 인물인지를 파악할 수 없다는 점에 불안해하며, 일본이라는 장소를 "오월이 동주한 난장판",[48] "흑백이 뒤섞여 사는 이런 나라"[49]라고 규정한다. 그리고 '나'의 '여행'은 그러한 일본을 '무사히' 빠져나오는 것으로서 마무리된다. 「기민기」가 '협정 영주'의 신청 기한을 일 년여 앞두고 쓰인 것에 반해 「여행에서 한국을」이 이미 그 신청이 마감된 이후에 발표된 소설이라는 점을 감안한다면, 이러한 결말은 또 다른 방식의 '기민'이라고도 볼 수 있지 않을까. 즉 '여행에서 한국을' 대면하는 사건은 냉전적 국가체계 안에서 용인될 수 없는, 혹은 온전히 영유할 수 없는 '한국'의 존재(재일한국·조선인)로부터 재차 등을 돌리는 방식으로 귀결하고 마는 것이다.

송병수 「20년후」

이어서 '혼혈'이나 '핏줄'에 관한 문제는 송병수의 「20년후」(1965)

---

48 정을병, 「旅行에서 韓國을」, 190쪽.
49 위의 글, 199쪽.

와 박연희의 「피」(1966)를 통해 살펴보겠다. 먼저 송병수의 「20년후」는 해방이 되고 20년 후에 이뤄진 한일국교정상화로 인해 '미애'라는 인물이 마주하게 되는 출생의 비밀을 이야기한다.

미애는 1946년 4월에 아버지 유씨와 어머니 최씨 사이에서 '팔삭둥이'로 태어났다. 징병으로 전장에 끌려갔던 아버지가 1945년 8월에 돌아온 뒤로 8개월만에 미애가 태어난 것이었다. 비록 팔삭둥이라고는 하나 미애는 오히려 또래 아이들보다도 건강하고 영리한 아이로 자라났으며, 성인이 되어서는 서울에 있는 대학에 우수한 성적으로 진학하였다. 또한 수완가인 어머니 덕분에 미애네 가족은 경제적으로 부족함이 없는 생활을 누려왔는데, 다만 한 가지 문제는 전쟁 중에서 한쪽 다리를 잃은 아버지 유씨가 전장에서 돌아온 이후로 무력함에 빠져 재기하지 못하고 있다는 점이었다. 미애는 그러한 아버지에게 안쓰러운 마음과 깊은 애정을 갖고 있었다.

그러던 중 미애는 한일협정의 체결 소식을 듣고 분개하여 데모에 참가하게 된다. 다른 무엇보다도 미애는 아버지 유씨의 다리를 그렇게 만들어버린 일본을 용서할 수 없었던 것이다. "그러기에 그녀는 '굴욕적인 한일타결을 결사 반대한다'는 것이 골자인 숱한 구호를 제쳐놓고 숫제 '우리 아버지의 다리를 보상하라'고 내심 외쳤다."[50]

데모로 인해 휴교령이 내려져 고향 집으로 돌아온 그녀는 아버지와 마주하게 되는데, 아버지는 미애를 앞에 두고 아래와 같은 종잡을 수 없는 질문을 던진다.

---

50 송병수, 「20년후」, 『세대』 28, 세대사, 1965.11, 405쪽.

"너도 한일회담 반대 데모 했니?"

"그럼요, 하구말구요."

"반대하는 이유는? 남들이 다 하니까 너두 무턱대고 따라한거니?"

"아이유, 아버지두 참 내, 내 나이 스물이야요." (…중략…)

"그런데 말이다, 네 딴의 신념이란게 무엇인지 모르겠지만 말이다, 만약에 네가 일본 사람으로 태어났다면 그래도 그 신념을 가질 수가 있겠니?"

"아이유, 아버지도 참 내……"

미애는 아버지의 말이 무엇을 뜻하는 것인지 알 수가 없었다.

유재석 씨는 대답을 재촉하듯 예의 그 착잡한 눈초리로 미애를 쳐다보기만 했다.

"아버지, 난 말이야요, 즉 내 신념이란건 말야요, 우리 아버지의 다리를 보상하라는거야요."

"음……?"

미애는 무엇인가 재미있을 것 같은 진전을 기대했으나 별안간 유재석씨는 침묵하고 말았다. 유재석씨는 말 없이 딸의 얼굴을 예의 그 이해할 수 없는 착잡한 눈치로 한참 동안 쏘아보다가 더더구나 이해할 수 없는 웃음을 피식 날렸다.[51]

아버지 유씨가 딸에게 던진 "만약에 네가 일본 사람으로 태어났다면 그래도 그 신념을 가질 수가 있겠니?"라는 물음의 진의는 '야마모도 마사요시'라는 한 일본인 청년이 미애네 가족을 찾아오면서 곧 밝혀진다.

---

51 위의 글, 405쪽.

그는 해방 이전에 미애네 마을에서 살던 일본인 부호인 '야마모도 다까이찌로'의 아들로, 아버지의 명을 받아 그들이 과거에 살던 집과 땅을 되찾고, 그의 이복동생인 미애를 데려가기 위해 한국에 온 것이었다. 즉 미애는 유씨의 친딸이 아니라, 그가 전장에 나가 있던 중에 야마모도 다까이찌로가 수하에서 일하던 어머니 최씨를 겁탈한 결과, 그 둘 사이에서 태어난 아이였던 것이다.

"미애야, 넌 이 청년과는 이복 남매다."

"네에? 무슨 소리야요?"

미애는 너무나 뜻밖의 선언에 펄쩍 뛰었다.

"진정해라, 넌 여덟 달만에 난 팔삭둥이가 아니고 열 달 다 채우고 나은 야마모도 다까이찌로씨의 딸이란다."

"뭐라구요?"

미애는 크게 울음이라도 터질 듯 울먹이면서 바르르 떨었다. (…중략…)

"못 가요. 나에게 아버지는 저기 저분 한 사람 뿐이야요. 나는 한국 사람 유재석씨의 딸인 외에는 어느 누구의 딸도 아냐요. 나는 나의 아버지 나의 어머니와 함께 있어야 겠어요. 안녕히 가세요."

미애는 단호히 말하고는 우두커니 서 있는 아버지 어머니 사이로 달려가 두 사람의 손을 하나씩 마주 잡았다. 그렇게 오래오래 잡고 있었다.

어느새 마시요시의 차는 멀리 신작로에 흙먼지를 흠뻑 날리며 달려가고 있었다.[52]

---

52 위의 글, 413~414쪽.

위에 인용된 부분은 이 소설의 결말이다. 이렇듯 이 소설의 서사는 미애의 최종적 결정, 즉 친부인 야마모도가 아닌 유씨를 자신의 유일한 아버지로 선언하는 것을 끝으로 종결된다. 친부모가 아닌 자신을 길러 준 양부모를 택하는 이야기는 그다지 새로울 것이 없는 통속서사에 해당한다. 다만 이 소설이 문제적인 것은 스스로가 '혼혈'이라는 충격적인 사실을 20년 만에 알게 되었음에도 불구하고, 미애에게서는 그 어떠한 정체성의 위기나 혼란을 엿볼 수가 없다는 점이다. 오히려 그녀는 '팔삭둥이'로 태어난 줄 알고 남몰래 위축되었던 과거로부터 해방된 것으로 묘사된다. 따라서 이 소설에는 인간의 심리 묘사에 있어 리얼리티가 결여되어 있다고 볼 수 있다.

그런데 리얼리티가 결여되었다는 사실 그 자체보다도, 이처럼 리얼리티를 희생시키면서까지 작가가 의도하고자 한 바가 무엇이었는지를 살펴보는 것이 중요하다. 우선 작중인물이 한일협정 반대 데모에 참가하게 된 동기에 주목해보자. 미애는 "얼결에 휩쓸린 데모가 목적하는 것이 자기가 관철하려는 신념과는 적지아니 동떨어지는 것"일지라도, "우리 아버지의 다리"에 대한 보상이라는 문제만큼은 포기할 수 없다는 신념으로 반대 데모에 가담한다. 즉 미애의 시선에 의해 "굴욕적인 한일타결"이라는 데모 구호는 현실과 동떨어진 것으로 후경화되고, "우리 아버지의 다리"에 대한 보상 문제라는 당사자성만이 한일협정 반대의 응당한 명분으로서 부각된다. 그러나 이러한 당사자성의 강조는 그와는 다른 이념적, 정치적 신념에 의거해서 반대 데모에 참가한 사람들을 그저 "얼결에 휩쓸린" 사람들로 치부해버리고 마는 것이다.

게다가 아버지 유씨의 "네가 일본 사람으로 태어났다면 그래도 그 신념을 가질 수가 있겠니?"라는 말에서 예고되듯이, 당사자성에 기댄 미애의 신념은 그녀의 출생의 비밀이 밝혀짐에 따라 곧바로 상실된다. 미애가 다까이찌로의 '핏줄'인 까닭에 어머니 최씨는 그가 패전 이후 일본으로 떠나며 남기고 간 집과 재물을 취할 수 있었는데, 미애의 출생의 비밀과 함께 이 사실이 밝혀짐으로써 "우리 아버지의 다리"라는 과거사에 대한 보상이 이미 이뤄진 것처럼 처리되어버린다. 그에 따라 미애가 한일 협정에 반대해야 할 이유도 흐지부지 사라진다.

결국 식민지배에 대한 '배상' 없이 수립된 한일협정에 대한 문제제기가 이뤄지자마자, '핏줄'이라는 숙명론의 논리가 그것을 뒤덮으며 과거사에 대한 묵인과 체념을 종용하고 있는 것이다. 이런 맥락에서 보면 "네가 일본 사람으로 태어났다면"이라는 아버지 유씨의 발언은 단지 미애의 친부가 일본인이라는 것을 암시하는 이야기가 아니라, 식민지 지배 하에서 일어난 과거사의 문제에 대해서는 더 이상 책임과 보상을 물을 수 없기에 그저 감내할 수밖에 없다는 수인론受忍論의 주장이라고 볼 수 있다.[53]

이에 비춰보면 마사요시 청년이 일본인을 대표하여 "그의 윗세대 사람들이 이 땅에서 저지른 죄과罪過"[54]에 대해 정중히 사과하며 과거의

53 '수인론(受忍論, Endurance Doctrine)' 또는 '전쟁피해 수인론(戦争被害受忍論)'이란 전쟁 등 국가의 존망과 관계된 비상사태에서 발생한 피해에 관해서는 그에 대한 배상을 국가에 청구할 수 없으며, 국민이 동등하게 감내해야만 한다는 논리이다. 이에 따르면 식민지시기 당시 제국 일본의 '국민'으로 귀속되어 있던 한국인・조선인(징용 피해자 및 '위안부' 피해자 등)의 경우도 그 피해에 관한 배상을 청구할 수 없다는 결론에 이른다. 수인론에 관한 보다 상세한 논의는 直野章子, 「戦争被害受忍論－その形成過程と戦後補償制度における役割」, 『比較社会文化－九州大学大学院比較社会文化研究科紀要』 23(1), 2016, 11~29쪽 참조.

54 송병수, 앞의 글, 414쪽.

집과 재산을 되찾는 일을 포기하고, 그에 힘입은 미애가 '팔삭둥이 콤플렉스'를 벗어던지며 "한국 사람인 유재석씨의 딸"임을 단호히 선언하는 소설의 마지막 장면은, 국교 수립 이후 한일관계(상호 청구권의 포기)라는 프레임 속에서 마치 모든 것이 '정상화'되었다는 듯이 서사를 마무리하는 것이다.

그러나 이러한 출생의 비밀을 알게 된 미애가 과연 아무런 문제없이 "한국 사람인 유재석씨의 딸"로서 살아갈 수 있을까라는 의문이 남는다. 아마도 그것은 현실에서는 불가능할 것이다. 쉬이 예상할 수 있듯이 미애는 '팔삭둥이'가 아니었다는 것에 안도하기보다는, 자신이 '혼혈'이라는 충격적 사실로 인해 더 큰 정체성의 혼란과 위기를 맞이하게 될 것이기 때문이다.

그렇다면 어째서 작가는 이 위태로운 상황에 처한 존재의 목소리에 귀를 기울지 않았던 것일까. 이러한 리얼리티의 결여는 단지 작가의 무능함이나 둔감한 태도에서 비롯된 것이 아니다. 오히려 그것은 한일국교정상화의 인해 정체성의 '위기'에 직면한 무수한 존재들, 그리고 과거사에 대한 '보상'의 기회를 잃을 '위기'에 처한 존재들을 '국가적 서사'를 정당화하기 위한 '상징' 체계 안으로 무리하게 수렴시키는 '체내화'의 과정에서 발생된 것이라 볼 수 있겠다. 따라서 이 '국가적 서사'란 식민지적 과거에 대한 망각과 묵인에 기초한 '대한민국'이라는 상상된 공동체의 서사이자, 그것의 '발전'과 '번영'을 위해 개인의 희생을 종용하고 미화하는 전체주의적 서사임에 다름 아니다.

한일협정 반대 데모에 참가한 사람들을 그저 "얼결에 휩쓸린" 사람들로 치부해버리는 태도에서도 볼 수 있듯, 국가권력에 대한 시민의 저항을 무의미한 것으로 냉소하는 시선이 이 소설의 서사 전반을 관통하고 있다. 게다가 미애가 어엿한 성인으로 자랄 수 있었던 것이 '야마모도 다까이찌로'가 남기고 간 재물 및 재산 덕분이었다는 서사적 설정은 이 소설이 '식민지 근대화론'적인 역사인식에 기초하고 있음을 시사한다. 식민지시기를 경험하지 않은 청년 세대(미애)가 그에 대해 무지하면서도 공연히 소동을 일으키고 있다는 듯이 탄식하는 아버지 유씨, 전쟁에서 입은 상처와 고통에 달관한 것처럼 보이는 그의 존재는 일본의 식민지 지배를 비판되어야할 과거가 아니라 오늘의 발전과 성장, 그리고 사회적 정상성의 회복을 위해 파묻어야 할 과거로서 감각하도록 만든다. 따라서 「20년후」가 리얼리티를 '결여'하고 있다는 것은, 역으로 이 소설이 '과잉'된 정치적 의도 하에서 쓰였다는 사실을 반증해주는 것인 셈이다.

박연희 「피」

박연희의 단편 「피」에서도 한일국교정상화의 인해 정체성의 '위기'에 직면한 인물이 등장한다. 이 소설의 주인공 '기요꼬'는 자신이 일본인이라는 사실을 숨긴 채 한국사회에서 살아가는 '일본인 처'인데, 기요꼬는 앞서 살펴본 「20년후」의 미애와는 정반대로 한일협정이 체결됨에 따라 더욱 내적 갈등에 처하게 되는 인물로서 그려진다.

본래 홋카이도北海道 출신인 기요꼬는 식민지시기 일본으로 징용되어 갔던 조선인 남편과 집안의 반대를 무릅쓰고 결혼하였고, 해방 이후 도망치듯 한국으로 건너와 정착하였으나, 남편은 슬하의 '섭'과 '숙'을 남긴 채 한국전쟁 중에 행방불명이 되어버린다. 그녀는 홀몸으로 아이들을 키우기 위해 생선 팔이 행상을 택했는데, 고객들에게 자신이 일본인이라는 사실을 숨기기 위해, 한국인이지만 일본에서 나고 자란 탓에 한국어는 어눌하고 일본어에는 능숙하다는 변명을 늘어놓으며 장사를 이어간다.

그러던 중에 기요꼬는 한일협정이 체결될 것이라는 소식을 듣는다. 기요꼬의 주 고객이었던 '배밧골 은행 사택' 부인들이 한일협정이 이뤄지면 '고향'(홋카이도)으로 가는 길도 열리고 "피차에 장사 할 수도 있고, 마음대로 내왕을 할 수" 있게 된 것이라며 그녀를 격려하였으나, 그녀는 오히려 "자기만의 신비스러운 세계를 침범 당하는 것" 같은 불길한 느낌을 받으며 "인제 일본말을 입 밖에도 내지 않으리라고" 결심하게 된다.[55]

한일관계가 '정상화'된다는 사실이 기요꼬에게는 "이야나 고도(싫은 일)"[56]일수밖에 없는 것은, 국가 간 관계 회복에도 불구하고 정체를 숨긴 그녀의 삶과 사회적 지위는 오히려 더 위태로워질 뿐이기 때문이다. 우선 한일협정이 강행되어 감에 따라 일본과 일본인에 대한 한국 사회의 분노와 원망이 고조되어 가는 것에 기요꼬는 위기감을 느낀다. 특히 아들인 섭의 반응은 기요꼬를 충격에 빠뜨린다.

> "일본 제국주의자들이 또 한국에 오게 됐으니, 기가 막혀서."
>
> 어머니인 기요꼬가 들으라는 듯이 며칠 전 섭은 저녁을 먹으면서 말했다.
>
> "그게 무슨 말이냐? 공부나 열심히 해. 네가 뭐 정칠 안다고 그러냐."

---

55 박연희, 「피」, 『사상계』 156, 사상계사, 1966.2, 283쪽.
56 위의 글, 283쪽.

혹시나 섭이 데모에라도 가담할까 두려워, 기요꼬는 자신이 일본 사람이라는 것도 의식 못하고 있었다.

"어머니한테는 미안해요. 그렇지만, 일본 사람이 두려워요."

뜻 밖에도 섭은 이렇게 딱 잘라 말했다. 기요꼬는 가슴 속이 섬뜩함을 느꼈다. 섭의 말을 듣고 나서야 자신이 일본 사람이라는 것을 의식하였던 때문이었다. 자기 몸에서 태어난 아들의 입에서 이런 말이 나오리라고는 꿈에도 생각 못하였던 것이었다.[57]

아들 섭으로부터 "일본 사람이 두려워요"라는 말을 들은 기요꼬는 한국에서 살아가기 위해서는 스스로가 일본인이라는 사실을 이전보다 더 철저히 감추어야 한다고 마음먹는다. 만약 그렇지 않으면 '섭'과 '숙', 그리고 자신에게 좋지 못한 일이 생길지 모른다는 막연한 불안감에 휩싸인 것이다.

게다가 기요꼬는 한일협정으로 양국의 왕래가 가능해진다고 해도 사실상 '고향'인 홋카이도로 돌아갈 수도 없는 입장이다. 한국인으로 나고 자란 아이들이 있을 뿐 아니라, 부모의 반대를 무릅쓰고 남편과 결혼하고 도망치듯이 한국에 건너와 정착한 그녀로서는 '고향'으로 돌아갈 면목조차 없는 것이다. 한일협정에 의해 '고향'으로의 길이 열렸다고 해도 차마 갈 수 없다는 생각에 기요꼬는 그리움과 우울에 젖어든다.

따라서 그녀에게 주어진 선택지는 자신의 '피'를 속여서라도 한국인이 되어 살아가는 길 뿐이다. 그것만이 "자기만의 신비스러운 세계를

57 위의 글, 285쪽.

침범 당하는 것"에서 벗어날 수 있는 방법이라는 듯이. 그래서 기요꼬는 아들에게까지 "어미는 일본에서 태어났을 뿐, 일본 사람이 아니라고 말을 할까"[58]라는 생각마저 한다. 소설의 마지막은 기요꼬의 처량한 신세를 묘사하는 것으로 끝난다.

> 기요꼬는 아득한 먼 하늘가를 쳐다보았다. 그쪽에 일본이 있을 것이라는 생각을 문득 먹어보았다. 얼른 시선을 피했다. 아예 그런 생각을 하지 않으리라고 기요꼬는 마음속으로 뇌까려 보았다. 오늘은 배밭골 은행 사택을 가지 않으리라고, 시장을 빠져 나오면서 기요꼬는 생각했다.
>
> "생선 사이소……생선이요."
>
> 아무 골목이나 접어들어 기요꼬는 소리를 지르면서 걸어갔다.[59]

'배밭골 은행 사택'을 피해 "아무 골목이나 접어들어" 가는 기요꼬의 행동은 자신의 '피'를 감추고 살겠다는 의지의 표현이지만, 그것이 "아득한 먼 하늘가" 저 너머에 "일본이 있을 것이라는 생각"을 아예 지워버릴 수는 없는 것이다. 그렇게 기요꼬는 일본인이 되어 '고향'으로 돌아갈 수도 없고 일본인이라는 '피'를 지워버릴 수도 없는 가혹한 운명을 짊어진 채 한국 사회 속에 남겨진다.

이처럼 소설 「피」는 기요꼬의 내면을 그림으로써 '일본인 처'의 문제를 표면화하는 한편, 그들을 동정과 연민의 시선으로 바라본다. 작중의 기요꼬를 비롯한 일본인 처들은 '피'는 일본인이지만 '국적'은 한국

58 위의 글, 287쪽.
59 위의 글, 287쪽.

인이다.[60] 그러므로 이 소설은 '피'와 '국적'의 불일치로 인해 고통 받고 있는 존재인 재한일본인 처들을 역사적 피해자로서 부각하고 있는 것이라고 볼 수 있다. 이는 송병수의 「20년후」가 '핏줄'의 문제를 다루는 방식과는 준별되는 것인데, 「20년후」가 '혼혈'의 존재를 '한국인' 또는 '한국'이라는 국가체계에 동화되어야 할 포섭의 대상으로 그리고 있는 반면, 「피」의 경우는 오히려 일본인 처로 하여금 '한국인' 되기를 강요하는 사회적 분위기를 비판적으로 그리고 있기 때문이다.

단 이들을 바라보는 작가의 동정과 연민의 시선은 '피'와 '국적'이 본디 일치되어야만 한다는 단일민족주의적인 국가관에 기반하고 있는 것이기에, 당대사적 한계를 드러내는 것이기도 하다. 그럼에도 불구하고 이 소설이 의미 깊은 것은 작중 일본인 처의 존재를 내적 갈등의 해소나 극복이라는 결말을 통해 '국가적 서사'의 '상징'으로서 수렴시키는 데에 주저하고 있다는 점이다. 앞서 살펴본 정을병, 송병수의 소설이 한일국교정상화가 표면화한 위태로운 존재들(재일한국·조선인, '혼혈')을 '한국'이라는 일국가적 동일성의 체계 내로 '체내화'하는 방식으로 쓰였다면, 박연희의 「피」는 타자를 현실 세계의 위기 속에 남겨진 존재로서 그릴 뿐이다.

이러한 서술 태도가 일견 무책임해보일지도 모르겠으나, 오히려 이

---

60 일본의 패전 이후 일본과 연합국 사이에 체결된 샌프란시스코 평화조약(1952년 4월 28일 발효)에 의해, 한국인과 결혼한 상태였던 일본인 처들은 일괄적으로 '한국적(韓国籍)'이 되었다. 박정희 정권에 의해 이들의 귀국 문제가 거론되기 시작하여, 국교정상화 이후에는 한일 양국 차원에서의 귀국 지원이 추진되었으나, 국적 문제로 인해 영구귀국은 쉬이 성사되지 못했다. 金子るり子, 「「内鮮結婚」で境界を越えた在韓日本人妻たちー日本人妻たちの軌跡と内面心理を中心に」, 『일어일문학연구』 95(2), 한국일어일문학회, 2015. 11, 317쪽 참조.

는 역사라는 '국가적 서사'에 의해 상징화될 수 없는, 혹은 그것의 일부로서 포괄될 수 없는 인간존재의 실존적 문제들을 직시하게 만든다. 즉 현실에 대한 '상상적 극복'[61]이라는 문학적 시도가 실패함으로써 드러난 여백의 자리, 그 봉인되지 못한 틈새야말로 한일관계의 '정상화'를 선언하는 '국가적 서사'의 허구성 그 자체를 가시화하는 것이다.

그렇지만 한일관계를 둘러싼 '국가적 서사'의 허구성과 그것의 여백 및 틈새에 관한 지적인 탐구는 최인훈의 소설을 통해 본격화된다고 볼 수 있다. 따라서 다음 절에서는 연작 단편 시리즈인 「총독의 소리」를 중심으로 '일본'의 회귀라는 현상을 '국가적 서사'를 상대화하기 위한 계기로서 포착하고 있는 최인훈 문학의 일면에 주목하고자 한다.

4. '소설적인 것'의 '환상'과 '비명悲鳴'의 알레고리

—최인훈 「총독의 소리」

최인훈의 장편소설 『태풍』에 관한 해설에서 정호웅은 이 소설의 특징을 다음과 같이 설명한다.

---

61 '상상적 극복'보다 정확히는 "현실의 결핍에 대한 상상적 극복(the imaginary correction of deficient realities)"이란 볼프강 이저의 용어로서, 지배적인 의미체계와 그 하위체계 사이의 대립을 허구적으로 통합함으로써 현실의 안정을 꾀하는 것을 의미한다. 이는 '레퍼토리(repertorie)'라는 소설적 상황을 연출하는 관습적인 설정에 의해 실현되는 것인데, 레퍼토리의 전략은 단순히 지배적인 의미체계에 대한 반복적 재현을 위한 것이 아니라, 지배적인 의미체계로부터 부정되거나 배제된 것들을 텍스트 안으로 끌어들임으로써, 이상적으로 변형되고 통합된 가상의 세계를 제시하는 것에 있다. Wolfgang Iser, *The Act of Reading : A Theory of Aesthetic Response*, Johns Hopkins University Press, 1980, pp.72~85 참고.

『태풍』을 열면 낯선 국명과 지명, 낯선 인명이 무더기로 나오는데 본래의 이름을 뒤집어 놓은 것들이다. (…중략…) 이 낯선 이름들의 낯설게 하기 효과로 인해 그 같은 실제의 역사와는 무관한 가공의 시공간에서 전개되고 있는 이야기로 읽히기도 한다. 그리하여 실제의 현실과 상상의 현실 사이의 경계를 모호하게 만듦으로써 두 현실을 원만하게 하나의 세계 속에 통합하는 것이 가능해졌다. 실제이면서도 실제가 아니고, 상상이면서도 상상이 아닌 그런 복합성의 소설 세계가 떠오를 수 있게 된 것이다.[62]

위의 해설은 소설의 특징을 매우 간결하고도 명료하게 요약하고 있다. 그런데 이것은 『태풍』에만 한정되는 이야기가 아니다. 최인훈의 소설은 그 전반에 걸쳐 "실제이면서도 실제가 아니고, 상상이면서도 상상이 아닌 그런 복합성", 즉 텍스트상의 지시체(기표)와 그 지시대상(기의) 사이의 알레고리적 관계가 두드러진다고 볼 수 있다. 이는 그의 소설이 그 자체로서 자기충족적인 허구세계를 구축하려는 것이라기보다, 거의 언제나 그것 너머의 관념이나 역사적 사태, 사물 등을 우의적으로 지시하기 위한 것임을 뜻한다.

이를 예리하게 파악한 선례로서 권명아의 연구가 있다. 권명아는 "최인훈의 소설이 지속적으로 '이광수'를 자기의식과 자기 지self knowledge의 한계를 사유하는 비판적 준거점으로 환기하고 있다"고 지적하였다.[63] 권명아의 논의에 따르면 『태풍』의 주인공 '오토메나크'는 식민지 조선의 지식인 '이광수'를 환기하는 것이면서도, '이광수'라는 인물

62 정호웅, 「해설—존재 전이의 서사」, 최인훈, 『태풍』, 문학과지성사, 2009, 509~510쪽.
63 권명아, 『식민지 이후를 사유하다—탈식민화와 재식민화의 경계』, 책세상, 2009, 173쪽.

자체를 가리키는 것은 아니다. 그것은 1960~70년대 국가주의적인 협력 이데올로기의 원형으로서 포착된, 이른바 '이광수적인 것'이라는 보다 보편화(추상화)된 관념을 우의적으로 지시하는 것이기 때문이다.

따라서 '오토메나크'라는 낯선 이름은 그저 소설의 '환상성'을 강조하기 위한 것이 아니다. 이 낯선 이름은 그것이 가리키는 대상이 역사상 일회적이며 단독적인 특정 인물('이광수')에 한정되는 것을 유보함으로써, 주인공의 존재로 하여금 역사 속에서 반복되는 보편적 현상('이광수적인 것')을 우의적으로 지시하도록 만드는 장치인 셈이다.

최인훈의 「총독의 소리」 연작도 이와 같은 알레고리적 특성에 유의하며 살펴볼 필요가 있다. 최인훈은 1960년대 중후반 「총독의 소리」 연작 세 편과 「주석의 소리」 한 편을 포괄하는 「소리」 연작을 총 네 편 발표했다.[64] 이 「소리」 연작에서 가장 특징적인 것은 그것들이 당대 시점에서는 이미 사라져버린 정치적 주체(조선총독, 임시정부주석)의 목소리가 라디오 전파를 통해 상상적으로 회귀하는 형식을 취하고 있다는 점이다. 『태풍』의 경우와는 달리 '총독'과 '주석'이라는 호칭은 상당히 낯익은 이름들이다. 그러나 현실세계에서 이미 소멸해버린 '유령'의 허구적 회귀라는 점에서 엿볼 수 있다시피, 그 이름들 또한 역사상의 일회적이며 단독적인 특정 인물을 가리키는 것이 아니라 하나의 추상적 관념이라고 봐야 한다. 여기서도 지시체(기표)와 그 지시대상(기의) 사이의 알레고리적 관계가 두드러지는 것이다. 이 절에서 유의 깊게 살펴보고자 하는 것은 이들의 알레고리적 관계가 당대사적 맥락에서 지

64 「총독의 소리 Ⅳ」(『한국문학』 35, 1976.10)는 70년대 중반에 발표된 것으로서 「총독의 소리」 제1~3편 및 「주석의 소리」와 시간적 간격을 두고 쓰인 것임을 알 수 있다.

니는 의미이다.

이를 위해 우선적으로 주목하고 싶은 점은 '총독'이나 '주석'의 담화를 담은 '소리'가 게릴라 라디오(해적방송) 전파를 타고 청취자에게 전달됨으써, 그들에게 중대한 정치적 결단을 촉구하고 있다는 점이다. 즉 「소리」 연작에서 '~의 소리'란 기본적으로 현 위기상황에 대한 경각심을 일깨우며 청취자들에게 정치적 행동의 실천을 요구하는 것임에 다름 아니다.

특히 「총독의 소리」 연작에서 흥미로운 점은 전파를 타고 전해지는 '총독'의 담화가 제2절에서 살펴본 '악의적인 일본'이라는 표상을 구현하고 있다는 점이다. '총독'은 한반도에 대한 재지배(식민지화) 의지를 드러내며, 반도에서 여전히 은인자중하고 있는 "충용한 제국신민", "제국군인과 경찰과 밀정과 낭인"들을 호명한다.[65] 그는 자신의 '악의'가 점차 실현되는 방식으로 한반도를 둘러싼 세계의 정세가 전개되고 있음을 강조하며, 청취자들에게 변함없는 절대적 충성과 복종을 요구한다. 단 '총독'의 담화는 한국사회에 대한 험담이나 조소, 빈정거림으로만 일관되는 것이 아니라, 한편으로는 국내외적 정세에 대한 예리한 통찰을 드러내며 반성적인 사유의 실마리를 제공한다.[66] 그렇기에 「총독의 소리」 연작을 한일국교정상화에 대한 반대 여론이 들끓던 당대 시대상과 겹쳐 읽으면, '총독'이란 곧 한반도 재침략을 노리는 '악의적인 일본'이라는 관념의 구현물이며, 그 전체 텍스트는 한일협정의 부당

65 최인훈, 「총독의 소리」, 『신동아』 36, 동아일보사, 1967.8, 472쪽.
66 장세진, 「"식민지는 과연 사라졌는가"－최인훈의 질문과 제3세계적 상상력」, 『숨겨진 미래－탈냉전 상상의 계보 1945~1972』, 푸른역사, 2018, 337쪽.

함과 그것이 가져올 총체적인 악영향 등을 역설적 화법을 통해 그려낸 작품으로서 읽혀진다.

그러나 이행미의 연구가 지적했듯, 이와 같은 해석은 나름의 타당성을 지니고 있으나 텍스트상에서 라디오 방송을 청취하고 있는 '시인'의 존재를 쉬이 간과하도록 만든다.[67] 「소리」 연작은 게릴라 라디오의 청취자로서 시인을 등장시킨다. 특히 「총독의 소리」는 총독의 담화가 "충용한 제국신민", "제국군인과 경찰과 밀정과 낭인"들이 아니라, 그러한 이데올로기적 호명에 부응할 수 없는 시인에게 전달된다는 특수한 상황을 전제로 한다.

늦은 밤 시인은 '총독의 소리'에 귀를 기울인다. "스스로 갈기갈기 해부해 놓은 청각기관을 한사코 긁어 세워서 부서진 청진기로 천리 밖에 있는 함정을 알아보려는 사람처럼 귀를 곤두세운" 그는 '총독의 소리'에 이끌리면서도 한편으로는 경계를 늦추지 않는다.[68] 시인에게 그것은 매혹의 대상인 동시에 공포의 대상으로서 그려진다. 눈앞에 보이지도 않고 손에 붙잡아 둘 수도 없기 때문에 단연히 부정도 긍정도 할 수 없는 그 목소리, 즉 '총독의 소리'는 시골뜨기를 문전에 붙잡아둔 카프카 소설에서의 '법'처럼 시인을 얽어매고 그를 무력화하는 힘을 발휘한다.

> 지척 지척 내리는 비 소리와 어울려 들려오던 방송은 여기서 뚝 그쳤다. 그는 어둠을 내려다 보았다. 그리고 창틀을 꽉 움켜잡으며 귀를 기울였다.

67 이행미, 「부활과 혁명의 문학으로서의 '시'의 힘 – 최인훈의 연작소설 「총독의 소리」를 중심으로」, 『한국학연구』 39, 인하대 한국학연구소, 2015.12, 313~346쪽.
68 최인훈, 「총독의 소리 II」, 『월간중앙』 창간호, 중앙일보사, 1968.4, 420쪽.

그 소리는 더는 들리지 않았다. 그 대신 더 어두운 소리들이 그 어둠 속에서 들려오는 것이었다. 피아노 치는 손마디 소리. 부스럭대는 엽전잎 소리. 올빼미의 목쉰 울음. 어딘가에서 다리미질하는 은밀한 소리. 니나노 니나노. 창백한 손마디에 쌍가락지 끼는 소리. 유세장으로 실려나가다 객사한 늙은 아이들의 허기진 울음. 총독의 피 묻은 너털 웃음. 시인의 흐느끼는 소리— 오 아시아의 비극의 밤은 길기도 함이여. 그리고 아주 가까이 아주 아주 가깝게 들리는 소리. **아구구아구구아구구구아구구구구**. 비명. **아구구아구구구아구구구구구**. 빗소리와 범벅으로 어우러져 들려오는 그 많은 소리들 가운데서 제일 가깝게 들려오는 이 소리는 그의 목구멍 속에서 나오는 소리였다.[69] (강조는 인용자)

방송은 여기서 뚝 그쳤다. 시인은 어둠을 내다 보았다. 그리고 창틀을 꽉 움켜잡으며 귀를 기울였다. 그 소리는 더는 들리지 않았다. (…중략…) 방대한 헛소문이 엉킨 전선들의 잡음처럼 뜻 없는 푸른 불꽃을 튀기는 속에서 갈피 있는 통신을 가려내기 위해서 원시의 옛날의 울울한 숲에서 먼 천둥소리를 가려 듣던 원시인의 귀보다 더욱 가난한 초라한 장치를 조작하면서 이 세상의 악의와 선의의 목소리를 알아 들으려는 나를 죽이려는 움직임과 (…중략…) 이 세상에는 까닭과 갈피와 앞뒤끝이 있어야 한다는 병적 공상 때문에 정신병원의 어두운 창살사이로 지나가는 사람들의 밝은 웃음을 수수께끼처럼 바라봐야 할 신세가 된 사람들과 그 자신이 살고 있는— 이 도시를 바라보면서 오래 오래 서 있었다.[70]

---

69 최인훈, 「총독의 소리」, 483쪽.
70 최인훈, 「총독의 소리 II」, 418쪽.

시인의 이성은 '총독'의 메시지가 "방대한 헛소문이 엉킨 전선들의 잡음" 중 하나임을 인지하고 있지만, 그의 감정은 근사하고도 실감나게 메시지를 설파하는 화법에 이끌리며 반복적으로 '총독의 소리'에 귀를 기울인다. 그것으로부터 거리를 두려고 하면서도 한편으로는 그것에 매료되어 있기에, 시인은 '방송'이 중단된 이후에도 분명한 정치적 판단이나 실천을 이행하지 못하는 것처럼 비춰진다.

단지 그는 명확히 의미를 파악할 수 없는 시어들을 "비명"처럼 내지를 뿐이며, 어둠이 내리깔린 "도시를 바라보면서 오래 오래 서" 있을 따름이다. 독자는 시인이 '총독'의 담화, 혹은 '악의적인 일본'이라는 존재에 과감히 대항해주기를 기대할지도 모르지만, 끝내 그것이 실현되지 못한 채로 소설은 막을 내린다. 즉, 시인은 '총독'이 그토록 조소하는 "정치적 음치音癡"임에 다름 아니다.[71] 이처럼 자신의 정치적 입장을 논리정연하게 밝힐 수 없는 존재인 시인은 무력하다. 그러나 무력한 시인의 이 '비명'이야말로 "방대한 헛소문이 엉킨 전선들의 잡음", 그리고 "이 세상에는 까닭과 갈피와 앞뒤끝이 있어야 한다는 병적 공상"과 이 연작 텍스트를 근본적으로 구별 짓게 만드는 중요한 차별점이 아닐까.

여기서 시인이 "악의와 선의의 목소리"를 분별하려 하거나 '총독의 소리'를 무턱대고 비난하는 인물이 아니라는 점에 주목해 보자. 이는 그가 다름 아닌 '시인'이라는 점에 주목해야 함을 뜻한다. '총독'의 담화가 신화적 서사의 체계를 구성하는 '소설적인 것the novelistic', 달리 말

71 최인훈, 「총독의 소리」, 475쪽.

해 "공들여 구상되고 자급자족적이며 의미화된 행들로 귀결되는 세계"를 구현하는 것이라면,[72] 시인은 그와 정반대되는 '시적인 것the poetical'을 대변하는 인물로서 나타나고 있다. 이렇듯 이 텍스트는 '총독'의 담화가 구축한 논리의 세계, 그 철저히 '악의'에 의해 "공들여 구상되고 자급자족적이며 의미화된 행들로 귀결되는 세계"에 맞설 존재로 시인을 등장시킴으로써, '소설적인 것'과 '시적인 것'의 대결구도를 가시화한다. '총독'의 담화에 또 다른 담화로 맞대응하는 방식이 아니라, 그것을 탈신비화하고 해체할 '시적인' 사유를 촉발한다는 점에서 「총독의 소리」는 새로운 반성적 사고의 지평을 개시하는 것이다.

작중 시인이 논리적 구조를 구축해가는 서사적 글쓰기 대신 단말마적인 '비명'을 쏟아낼 수밖에 없던 까닭, 그것은 아마도 '총독'과 '제국일본'의 존재를 부정하는 '적대antagonism'의 글쓰기가 그들의 정치적 화법과 똑 닮은 형식을 통해 이뤄지게 될 것이며, 그 결과 궁극적으로 그들을 또 다시 긍정하고 불러들이는 순환성의 오류에 갇혀버릴 것이기 때문이다.

요컨대 문제는 '내용'이 아니라 '형식'인 것이다. 현 위기상황에 대한 경각심을 일깨우며 청취자들에게 정치적 행동의 실천을 요구하는 담화의 형식, 그것은 곧 지성의 언어와 권력의 언어가 하나가 되어 공명하는 '국가적 서사'의 실천 양식이자 "방대한 헛소문이 엉킨 전선들의 잡음"이 제각기 그럴싸한 정치적 이념으로 미화되어 사람들을 현혹

72 롤랑 바르트, 김웅권 역, 『글쓰기의 영도』, 동문선, 2007, 32쪽. 영역본(Roland Barthes, *Writing Degree Zero*, translated by Annette Lavers and Colin Smith, Hill and Wang, 1977)을 참고하여 번역을 수정하였다.

하는 방식임을 시인은 '비명'을 통해 폭로하고 있는 것이다. 그렇기에 그는 온전히 '선의'에 의해 쓰인 것처럼 비춰지는 "환상의 상해임시정부" 주석의 담화문에도 회의적 태도를 취하며 완전한 긍정과 부정을 보류하고 있다.[73] '총독'이나 '주석'의 '소리'가 정치적 이데올로기가 자아내는 '환상'이라면, 시인의 '비명'은 그에 대한 '환멸'의 표현인 것이다.

따라서 시인의 존재는 단순히 무력하기만 한 것이 아니다. 김동식의 연구가 정확히 지적했듯 "총독은 한국 사회의 집단적 무의식의 후미진 모퉁이에 억압되어 있는 그 무엇"이자 "우리 내부에 숨겨진 자아이자 타자"라고 볼 수 있는데,[74] 시인은 그 초월적인 자아/타자의 목소리에 순응하길 거부함으로써 비로소 '시적인' 존재가 된다. 그는 강박적으로 '올바른 소리'를 가려내어 이를 좇으려는 '환상'을 적극적으로 거부하는 한편, 저 '비명'같은 날말들이 환기하는 의미의 여백void 속에서 시작(포에시스)의 새로운 가능성을 모색한다.

그러나 그것은 결코 예술의 태고적인 힘이 복원되는 신화적인 형태를 지시하지 않는다. 앞서 말했듯 이행미의 연구도 「총독의 소리」 연작에서 시인의 위상을 비중 있게 다루며 그것이 지니는 문학적 의미에 천착하였는데, 최종적으로는 최인훈 문학의 본령이 '시'의 추구에 있으며, 그것을 곧 "말과 힘이 분리되지 않는 문학"에 대한 열망으로 규정하였다.[75] 아마도 이는 「주석의 소리」 중에서 "말이 권력과 금력을 움

73 최인훈, 「주석의 소리」, 『월간중앙』 15, 중앙일보사, 1969.6, 372쪽.

74 김동식, 「「총독의 소리」와 「주석의 소리」에 관한 몇 개의 주석」, 『기억과 흔적－글쓰기와 무의식』, 문학과지성사, 2012, 168쪽.

75 이행미, 앞의 글, 341쪽.

직이는 것이 아니라 말을 들은 국민이 권력과 금력을 움직이는 것입니다"라는 작중 주석의 발언에 근거한 것으로 보인다.[76] 그러나 이처럼 '말'과 '힘'이 합일된 예술적 시원에의 회귀라는 준거 틀로 텍스트를 평가한다면, 시인의 "비명"은 그것의 중도실패를 의미하게 되고 결국 「총독의 소리」 연작은 완성성의 결여라는 부정적 가치평가에 도달할 수밖에 없다.

오히려 「소리」 연작은 총독과 주석의 담화문처럼 '말'과 '힘'을 합일시키려는 '국가적 서사'에 대한 풍자로 읽어야 할 것이다. 그렇기에 아래의 인용에서처럼 '총독'의 담화가 점차 시인의 화법을 닮아가며 불가해한 말들을 나열하는 것은 예사롭지 않은 것일 수 있다. 이는 '말'과 '힘'의 합일을 추구해온 정치적 글쓰기가 분열의 징후를 드러내며 그 자체의 허구성과 허위성을 노출하는 것이기 때문이다. 그러므로 '총독'의 화법이 시인의 그것을 닮아가는 과정은 "말과 힘이 분리되지 않는 문학"의 이데아가 점차 실현되어 가는 과정이 아니라, 그와 같은 문학의 이데올로기적 '환상'이 탈구축되는 과정인 셈이다.

> 일세를 도도히 흐르는 귀축들을 흉내낸 하이칼라 바람으로부터 제국의 향기를 지키기 위하여 스스로의 실존을 쇄국(鎖國)하여 국수(國粹)를 앓은 자의적 병자와 가난한 것이 곧 국수였던 타의적 병자는 무릇 기하이며 그것은 가난한 자를 더욱 가난하게 하여 그것이 서러워서 더욱 쇄국(鎖國)의 길을 달려간 사람들은 무릇 기하이며 달려간 사람들의 선봉에 서서 타향의 적

76 최인훈, 「주석의 소리」, 371쪽.

지(敵地)에서 철조망의 이슬로 사라진 충용한 장병이 무릇 기하인지. 본인은 다만 가슴벅찰 뿐입니다. 충용한 군관민 여러분 오늘을 당하여 권토중래의 믿음을 더욱 굳게 하는 것만이 반도에서 구령을 지키는 우리들의 본분이라고 알아야 하겠읍니다. 제국의 반도 만세.[77]

위에 인용된 부분은 「총독의 소리」 연작 중 제3편의 마지막 부분인데, 이때 총독의 화법이 시인의 그것을 닮아가는 점과 더불어 또 하나 주목을 요하는 것은 이제껏 1편과 2편에 등장했던 청취자로서의 시인이 나타나지 않은 채 저대로 소설이 막을 내린다는 점이다. 즉, 3편의 결말은 청취자의 존재를 시인으로 한정하지 않은 채 그 범위를 불특정 다수로 무한정 확장시킨다. 이러한 알레고리적 글쓰기의 전략은 텍스트를 읽고 있는 독자 그 자신 또한 시인과 다를 바 없이 "방대한 헛소문이 엉킨 전선들의 잡음"에 휩싸여 있는 존재임을 환기하는 것이 아닐까.

앞서 살펴보았듯 '총독'의 담화전략의 주요한 특징은 그것이 기존하는 "충용한 제국신민"을 호명하는 것이 아니라, 방송을 통해 담화를 불특정다수에게 전파함으로써 그러한 정치적 주체 자체를 생산하려는 것이라는 점에 있다. 그런데 이와 같은 담화 방식은 단순히 허구적 텍스트 속에서만 찾아 볼 수 있었던 것이 아니었다. 임태훈의 연구가 지적했듯 1960년대 한국사회에서 라디오는 정치적 도구로 활발히 이용되며 정권의 프로파간다 방송을 '벽촌僻村'에까지 송출하는 기능을 도맡

77 최인훈, 「총독의 소리 3」, 『창작과 비평』 12, 창작과비평사, 1968 겨울, 628~829쪽.

왔다.[78] 단지 이 경우에는 "충용한 제국신민"을 대신하여 "친애하는 국민여러분"이 호명되며 정권에 순종하는 '국민'의 형상이 주조되고 있었던 것이다.

게다가 군사정권의 프로파간다 방송만이 유일한 것도 아니었다. 냉전기였던 당시 한반도상에는 대북방송인 〈자유의 소리〉와 대남방송인 〈구국의 소리〉 등이 뒤엉켜, 거대한 '소리의 전쟁(심리전)'이 벌어지고 있다고 해도 과언이 아니다. 특히 황해도 해주에 송신소를 두었던 〈구국의 소리〉 방송의 경우, 남한 내에 있는 '한국 민주전선'에서 방송을 하고 있는 것으로 가장하였는데,[79] '총독의 소리' 역시 "재한在韓 지하비밀단체인 조선총독부 지하부地下部의 유령방송"을 자칭하고 있다.[80] 그렇기에 '총독의 소리'라는 표제가 이미 패러디의 형식을 취한 것으로서, 이때 '총독'이란 단순히 '일본'이라는 타자를 상징하는 것이 아님을 알 수 있다. 오히려 그것은 타자에 대한 '적대'를 통해 구성되는 국가주의적인 '환상' 그 자체인 것이며, 「소리」 연작은 그러한 '환상'의 지배가 역사상 일회적인 특수한 사건에 그치지 않고, 분단된 한국사회 속에 '체내화'됨으로써 일상에서 반복되는 일반적 현상이 되어버린 현실을 부각하고 있는 것이다.

이런 연유로 최인훈 소설의 "낯설게 하기 효과"가 "실제의 현실과 상상의 현실 사이의 경계를 모호하게 만듦으로써 두 현실을 원만하게 하

---

78 임태훈, 「국가의 사운드스케이프와 붉은 소음의 상상력－1960년대 소리의 문화사 연구를 위하여 (1)」, 『대중서사연구』 25, 대중서사학회, 2011, 284쪽.

79 안민자, 「대북방송의 정체성 변화와 프로그램 편성 연구」, 경남대 북한대학원 박사논문, 2008, 36쪽.

80 최인훈, 「총독의 소리」, 483쪽.

나의 세계 속에 통합하는 것"이라고 말한 정호웅의 주장은 재고될 필요가 있다. 지극히 당연한 말일 테지만, 일체의 허구와 상상력을 용인하게 만드는 소설이라는 제도를 빌리지 않는 이상, '총독'의 담화는 당대 한국의 담론장 안에서 언표될 수 없는 것이었다. 그럼에도 불구하고 소설의 위상학이 그것을 가능하게 만든다는 점이 중요하다. '총독'의 담화는 국가권력이나 사회규범이라는 '법'에 위배되는 내용임에도 불구하고, 허구와 상상력의 산물이라는 이유로 '법' 안에 존재할 수 있게 된 셈이다. 자크 데리다의 말을 빌리자면 "사건 없는 사건, 아무 것도 일어나지 않는 순수한 사건"이라는 형식을 통해 소설은 '법'의 존재를 가시화하는 동시에, 그 '법' 앞으로 독자를 인도하는 것이다.[81]

즉, 소설 「총독의 소리」는 "상상의 현실"이 "실제의 현실" 한가운데 자리하고 있음을 보여줌으로써 양자의 분별 불가능성을 시사한다. 그렇지만 그것은 양자의 "원만한 통합"을 위한 것이라기보다, 이데올로기적 '환상'에 지배되고 있는 "실제의 현실"을 "가상의 현실"을 통해 해체하기 위한 것이라고 봐야 한다. 따라서 시인의 '비명'은 '일본'이라는 타자를 향한 적의와 공포의 표현으로 환원될 수 없다. 그것은 '대한한국'이라는 국가체제의 외부가 아닌 내부에 '체내화'된 채로 연명하고 있는 '총독'의 존재, 수많은 사람들을 국가주의의 '환상' 속으로 끌어들이고 있는 그 낯익은 얼굴과 목소리를 새삼스럽게 인식하도록 만드는 '위기의 경보'인 것이다.

81 자크 데리다, 정승훈·진주영 역, 「법 앞에서」, 『문학의 행위』, 문학과지성사, 2013, 263쪽.

이제껏 이 장에서는 1965년 한일국교정상화의 수립과 이를 기점으로 대두되었던 '일본'의 회귀라는 문제를 다룬 소설 작품들을 살펴보았다. 이 작품들의 공통된 특징은 '일본'이라는 타자를 '한국'이라는 국가 및 사회, 그리고 자아의 존재 양상을 고찰하기 위한 '매개항medium'으로 삼고 있다는 점이다. 그런데 매개항이라는 말이 의미하는 바처럼, '일본'이라는 타자에 대한 서사화가 타자라는 대상 그 자체에 대한 고찰로 이어지는 것은 아니었으며, 그 대상을 경유하여 결국 주체에 대한 서사화로 귀결하는 것이었다. 이렇듯 타자의 출현을 위기로서 감각함에 따라, 주체가 동일자로서의 '자기the self'를 폐쇄적으로 구축하게 되는 자기방어와 자기검열의 동력학을 '체내화'의 실례로서 살펴보았다. 또한 이러한 '체내화'가 '대한한국'이라는 네이션(민족·국가)의 범주에 귀속된 개체들을 '국가적 서사'나 국가주의적 '환상' 속으로 흡수 및 통합하는 억압의 기제로서도 기능하였다는 점을 살펴보았다. 그리고 그러한 '환상'을 유포하는 신화적 서사의 정반대편 자리에 「총독의 소리」 연작을 위치시킴으로써 이 텍스트의 당대사적 위상을 새로이 정위하였다.

이하의 장에서도 '일본'이라는 매개항과 주체의 서사라는 근본 문제를 이어서 다룰 것이지만, 한일국교정상화 이후 일본국, 일본어, 일본인이라는 대상과 자아 존재의 관계 해명을 글쓰기의 핵심 주제로서 설정하였던 김소운과 이병주 등의 텍스트를 세밀히 독해함으로써 보다 심화된 논의를 전개하고자 한다.

제2장

식민주의적 시선의 전습과 변용

1965년 이후 김소운의 글쓰기를 중심으로

강상중과 현무암은 『대일본·만주제국의 유산』[1]이라는 책에서 '만주제국'이 남긴 군국주의적 파시즘의 유산이 박정희에 의한 독재 체제로 이어지는 과정을 살피고 있다. 이들의 논의에 따르면 한국전쟁의 발발은 한국과 일본의 만주출신 인물들(구만주군 장교와 구만주국 관리)에게 재기의 발판을 제공하였으며, 그 만주 인맥의 결탁을 통해 한일협정이 성사됨으로써 양국은 정치적, 경제적 유착 관계를 심화하게 되었다. 그러므로 이를 기반으로 기획된 '경제개발 5개년계획', '새마을운동', '총력안보체제' 등, 한국의 개발 독재 프로그램은 '계속되는 식민(지)주의'라는 맥락에서 이해될 수 있는 것이다.[2]

---

1 姜尚中·玄武岩, 『大日本·満州帝国の遺産』(興亡の世界史18), 講談社, 2010. 한국어 번역본은 강상중·현무암, 이목 역, 『기시 노부스케와 박정희－다카키 마사오 박정희에게 만주국이란 무엇이었는가』, 책과함께, 2012.

2 中野敏男, 「東アジアの「戦後」を問う－植民地主義の継続を把捉する問題構成とは」, 岩崎稔·中野敏男·大川正彦·李孝徳, 『継続する植民地主義－ジェンダー/民族/人種/階級』, 青弓社, 2005, 12~20쪽.

그렇다면 문화적 차원에서 식민주의의 유산은 어떻게 변용되어 온 것일까. 이 장에서는 그에 관한 나름의 답변을 제출하기 위해 김소운이라는 인물의 사례에 주목하고자 한다. 한일 양국 모두에서 번역가이자 수필가로 이름을 떨친 그는 한국 전쟁 이후 부득이한 이유로 일본에 체류하게 되었다가 국교가 정상화된 1965년에 한국으로 돌아온 독특한 이력을 지니고 있다. 단 이처럼 한국과 일본을 오간 이력 자체보다 중요한 것은 그러한 이동으로 말미암아 양국을 매개하는 그의 지식=권력이 계속적으로 유지될 수 있었다는 점이다.

따라서 이 장에서는 김소운의 1965년 귀국 이후 저작에 나타난 언어의 문제를 식민지적 과거와 현재의 연속이라는 측면에서 살펴봄으로써, 제국에 대한 모방模倣과 의태擬態를 통해 구성된 식민지 엘리트의 '일본' 지식이 한일관계의 정상화를 기점으로 재권력화된 양상을 밝혀보고자 한다.

1. '시선'이라는 문제계

한일기본조약이 정식으로 조인되고 얼마 뒤인 1965년 10월, 삼오당 김소운은 일본에서의 생활을 정리하고 한국으로 돌아온다. 그는 1952년 12월 베네치아 국제예술가회의에 참석하고 도쿄를 경유하여 한국으로 돌아오던 중, 당시 주일대표부로부터 여권이 압류되고 귀국을 금지 당하였다. 베네치아로 출발하기 전에 응했던 『아사히 신문朝日新聞』과의 인터뷰에서 이승만 정권을 비판했다는 이유에서였다. 그랬던 것이 국교정상화 이후 여권이 새로 발급되고 입국이 허락됨으로써 13년 만에 귀국길이 열렸던 것이다.

귀국과 동시에 시작된 김소운의 집필활동은 세상을 떠나기 전까지 쉴 틈 없이 진행되었다. 그는 방대한 분량의 에세이들을 꾸준히 발표하였으며, 한국인 학습자들을 위한 일본어 교재(『새 日本語』 I~III, 文朝社, 1971)를 직접 기획하여 출판하였고 일한사전(『精解 韓日辭典』, 徽文出版社, 1967)을 편찬하여 내놓기도 했다. 또한 1970년대에 들어서는 번역작업에 돌입하여 『한국미술전집』 전15권(同和出版社, 1975), 『김소운 대역시집』 전3권(亞成出版社, 1978) 등의 완역을 성사시키며, 1981년 73세의 나이로 타계하기까지 한국문학을 일본어로 옮기는 일에 매진하였다.[3]

그런데 1965년 귀국 이후 김소운의 글쓰기에 관한 연구는 의외로 그 수가 많지 않다. 김소운 관련 연구는 대개가 식민지시기에 집중되어 있는데, 이는 한국과 일본 모두에서 나타나는 경향이라고 볼 수 있다.[4] 물론 이것은 식민지 조선의 동요, 민요, 근대시 등을 수집하여 일본어(당시의 '국어')로 번역했던 일이 김소운의 이력 중에서 가장 문제적으로 비춰지기 때문이라고 볼 수 있다. 그러나 재일조선인 시인 김시종의 말

---

3 김소운의 이력과 저작물 그리고 기타 관련문헌에 관한 상세한 정보는 무라카미 후사코(村上芙佐子)가 편집한 「金素雲 著作・講演・放送等年譜」(『比較文學硏究』 79, 東大比較文學會, 2002.2)와 「金素雲関係文書資料年譜」(『比較文學硏究』 93, 東大比較文學會, 2009.6)를 통해 확인할 수 있다.

4 물론 김소운의 식민지시기 이후 글쓰기 및 행적에 관한 연구가 전무한 것은 아니다. 일례로 최재길(崔在喆)의 「金素雲の隨筆と日本」(『比較文學硏究』 79, 東大比較文學會, 2002.2, 46~62쪽)은 해방 이후에 본격화된 김소운의 수필(에세이) 문학 전반을 정리하고 그 의미를 해명한 바가 있으며, 요모타 이누히코(四方田犬彦)는, 연구논문의 형태는 아니지만, 김소운에 대한 일련의 비평적 전기(『われらが「他者」なる韓国』, 平凡社, 2000에 수록)를 통해 그의 1965년 귀국 이후의 삶을 조망한 바가 있다.

처럼 "전 생애 동안 일본어를 자국어에 연결하는 가교로서 두각을 나타냈던"[5] 인물을 조망하기 위해서는 식민지시기에 한정된 연구만으로는 부족하다. 오히려 김소운은 해방 이후에 더 많은 분량의 글들을 남겼으며, 특히 1965년에 귀국한 뒤로 한일 양국의 '관계 정상화'라는 시대적 배경에 힘입어 왕성한 집필 활동 및 번역 작업을 개진하였다. 그러므로 김소운 문학의 전체상은 그의 식민지시기 행적뿐 아니라 그것과의 단절 혹은 연속이 해방 이후에 어떻게 이뤄졌는지를 살펴봄으로써 비로소 파악 가능한 것이며, 이를 위해서는 무엇보다도 1965년 이후의 글쓰기에 주목할 필요가 있다.

여기서 특히 주목하려는 바는 김소운이 귀국 이후에 남긴 일본과 관련된 에세이들로, 대체로 '일본(어)'이라는 매개항을 통해 당대 한국사회를 조망하거나 진단하는 글들이다. 김소운은 '전후 일본'의 최신 동향과 경제성장으로 변모한 도쿄의 모습을 소개하는 민족지적 보고서를 내놓은 바가 있으나,[6] 그의 일본 관련 에세이 대부분은 '일본론'이라기보다는, 한국사회에 내재하는 일본문화에 대한 비판을 담고 있는 '한국론'에 해당한다. 이렇듯 이 시기 김소운의 글쓰기는 '시선'의 주체가 되는 입장에서 '한국(인)'이라는 객체를 관찰 및 고찰하는 태도를 견지하고 있었는데, 그 주·객의 관계를 형성하는데 있어 핵심적인 요인이 되었던 것이 바로 타자에 대한 지식=권력, 즉 국교정상화 이후 그 중요성과 필요성이 대두된 '일본(어)'에 관한 지식이다.

이 장에서는 그러한 '시선'의 역학을 실마리로 삼아, 좁게는 김소운

5 金時鐘, 「それでも日本語に不信である」, 『小文集ー草むらの時』, 海風社, 1997, 277쪽.
6 김소운, 『東京 그 巨大한 村落』, 培英社, 1969.

의 글쓰기, 넓게는 포스트식민 주체의 글쓰기에서 '일본(어)'이라는 대상이 차지하는 위상에 대해 논하고자 한다. 여기서 '시선'이라 함은 우선 자·타를 '비교'하는 행위를 뜻하는 것으로, 주체가 대상을 바라보는 일방향의 운동뿐 아니라 타자에게 비춰질 자기 자신을 통제적으로 구성하거나 표현하는 방어적 운동까지를 함축한다. 예컨대 김소운의 사회문화 비평에는 거의 언제나 '비교'라는 관점이 도입되며, 일본인의 시선에 비춰질 한국(인)의 모습에 대한 불안과 염려의 심정이 노출되어 있다. 이는 '조국'의 현실에 대한 비판적 인식에 그쳐 있는 것이 아니라, 타자와 대등성equality을 지닌 '정상적' 주체로서 자기 자신이나 '조국'의 존재를 가시화(표상)하려는 욕망과 밀접하게 연관된다.

또한 '시선'이란 아무런 매개 없이 직관적으로 사물을 포착하는 행위를 가리키는 것이 아니라, 주체의 과거 경험과 기억을 토대로 형성된 문화적, 역사적 산물이다. 김소운은 일본에 대한 도덕적, 문화적 우월감을 내세우는 태도를 무지의 소산으로 규정하며, 냉정히 한국사회를 되돌아봐야 함을 강조했다. 이토록 '조국'의 현실을 반성적으로 인식하는 일이 가능했던 까닭은 그가 단지 객관화된 시선의 소유자였기 때문이 아니다. 그 시선의 이면에는 일본사회 속 '조선인(한국인)'으로 경험했던 시선의 폭력, 이를테면 식민주의적(인종주의적) 차별의 시선에 의해 '이미-(욕)보였던-경험'이 강렬하게 각인되어 있던 것이다.[7]

---

7 레이 초우는 이처럼 타자에 의해 대상화된 경험이 무의식(기억) 차원에서 지속됨을 주장하였다. 이는 곧 '자기(the self)'라는 동일자가 근원적으로 타자 존재를 매개로 하여 구성(번역)되는 것이며, 그렇기에 '자기'에 대한 기술 또는 표현 안에는 하나의 동일성으로 환원될 수 없는 타자(성)가 항상적으로 결착되어 있음을 말하는 것이다. 레이 초우, 정재서 역, 『원시적 열정-시각, 섹슈얼리티, 민족지, 현대중국영화』, 이산, 2004, 268~273쪽.

따라서 김소운의 눈에 비친 '조국'의 모습이란 과거 경험에 대한 기억을 매개로 하여 초점화된 것으로, 주체와 동일시되는 대상인 한편으로 그로부터 분리(타자화)되어 있는 이중적 표상인 셈이다.

결국 '시선'이란 글쓰기 주체와 '일본(어)'이라는 대상 사이의 이중적 관계를 시사하는 것이다. 즉, 그것은 제국과 그 지배언어에 대한 모방과 내재화를 통해 구성된 식민지적 주체성을 의미하는 한편, 동시에 그러한 주체성의 식민지적 기원을 은폐 또는 외재화함으로써 획정되는 포스트식민 주체의 자기동일성을 가리킨다. 따라서 그것은 일방향적인 주객관계의 도식을 넘어서, 식민주의적 시선에 대한 전습과 변용이라는 주체의 형성사를 그 이면에 내포하는 것이라고 볼 수 있다.

이 '식민주의적 시선의 전습과 변용'이라는 비가시적인 배경은 '번역'이라는 주체의 실천을 가능하게 만드는 것이면서도 그 과정에서 철저히 망각되어버리는 무의식적 층위에 해당한다. 그러므로 김소운의 일본 관련 에세이가 지니는 당대사적 의미나 미학적 가치 등을 해명한다고 해서 '김소운에게 일본(어)이란 무엇인가'라는 물음에 곧바로 답할 수 있는 것이 아니다. 이 물음에 온전히 답하기 위해서는 그러한 글쓰기의 실천을 가능하게 했던 형식적 조건들에 대한 비판적 고찰이 동반되어야만 한다. 이 장에서는 그 형식적 조건들을 텍스트의 이면으로부터 전경화하는 것을 궁극적인 목표로 삼고자 한다. 그것은 곧 주체의 자기표상 속에 타자의 시선이 남긴 흔적들을 읽어내고, 완전히 지울 수도 드러낼 수도 없는 그 과거의 굴레에서 반복되던 주체의 몸부림을 가시화함으로써, 전 생애에 걸쳐 '일본(어)'과 '한국(어)' 사이를 오가며 자기 존재증명에 매달려야 했던 한 번역가의 '식민화 이후의 삶'을 재구성해보는 것을 의미한다.

2. '변태성 조국애'와 번역가의 사명

1965년 10월, 김소운이 한국으로 돌아왔다. 김소운의 귀국은 여타의 '재외한국인'이 '조국의 품'으로 돌아온 것, 그 이상의 의미를 부여받으며 주목을 받았다. 1965년 6월 국교정상화 수립을 이유로 일본에 대한 관심이 최고조에 달했던 당시, 풍부한 경험과 지식을 바탕으로 일본에 대한 '앎의 욕구'를 충족시켜 줄 문화계의 대표적 '일본통'이 돌아온 것이었기 때문이다. 신문 및 잡지사들은 그에게 원고를 청탁하기 위한 경쟁에 돌입하였으며,[8] 그 기대에 부응이라도 하듯 김소운은 귀국과 동시에 일본 관련 에세이를 쏟아내기 시작하였다.

이처럼 숨 돌릴 틈도 없이 집필 활동에 돌입해야 했던 김소운은 귀국 이후 약 한 달의 시간을 보낸 뒤에서야, 13년 만에 '조국의 품'으로 돌아온 심경을 밝히는 「변태성 조국애變態性 祖國愛」라는 글을 발표한다. 이 글에서 그는 '조국'에 대한 자신의 애정을 강하게 드러낸다. 이국에서 오랜 세월을 보낸 인물이 '조국'에 대한 애틋한 심정을 밝히는 일은 그다지 특별할 것이 없을지도 모른다. 그렇지만 김소운은 자신의 그것을 '변태성 조국애'라고 특칭하고 있다. 어떠한 이유로 그는 자신의

---

8 특히 신문사들이 김소운의 일본 체험 회상기를 획득하기 위해 치열한 경쟁을 펼쳤으며, 결국 『서울신문』과 『중앙일보』가 그의 회상기를 동시에 연재하게 되었다. 村上美佐子, 「金素雲 著作・講演・放送等年譜」, 96쪽.

'조국애'를 '변태적'이라고 고백했던 것일까.

> 돌아 온지 한 달, 아껴 가면서 두고두고 본다면서 나는 내 조국의 오늘의 모습을 그래도 몇 가지 보고 들었다. 소위 해적판이라는 일본책 번역을 수두룩이 늘어놓은 책가게도 보았다. 일순 소름이 끼치는 기분이었다. 허다한 문제들이 거기는 잠재해 있다. 눈앞에 보이는 책 그것보다도, 그런 책이 상품 가치를 유지하는 이유 속에 내 민족의 질환이 숨어 있다. (…중략…) 정치나 경제 같은 큰 문제들은 제쳐 두고 우선 서울의 이런 모습이 자연히 눈에 들어온다. 그러나 이상한 일이다. 그 모든 것이 내게는 불쾌하지 않다. 불쾌하지 않으면 절망감에 연할 까닭도 없다. 내가 너그러워서가 아니요, 그리웠던 나라라고 해서 그런 현실에 눈을 감는다는 것과도 다르다. 오늘 이 심경을 한 마디로 형용하기는 힘들다. 성욕(性慾)에 변태란 말이 있는 것처럼, 나도 변태성 조국애의 환자인지도 모른다.[9]

위에서 확인할 수 있듯 김소운이 말하는 '변태성 조국애'란 불쾌함을 느끼기에 충분한 '조국'의 병적인 일면과 대면함으로써 오히려 그에 대한 애정을 재확인하는 것이다. 이것은 맹목적 애국주의나 국수주의와는 거리가 멀다. 오히려 그는 자신의 '조국애'가 맹목적인 것이 아니기 때문에 '변태적'이라고 칭하는 것이며, 그런 연유로 '변태성'이라는 부정적 뉘앙스를 문자 그대로 받아들일 필요는 없다.

한국에 돌아온 뒤 도처에서 발견되는 병적인 현상들로 인해 그는

---

9 김소운, 「變態性 祖國愛」, 『日本의 두 얼굴－가깝고도 먼 이웃』, 三中堂, 1967, 243~244쪽.

"소름이 끼치는 기분"이었다고 말한다. 다만 이때 중요한 것은 김소운이 그러한 '조국'의 부정적 측면을 자신과 무관한 것으로 냉소할 수 없기 때문에, 그것을 마치 자신의 일면인 것처럼 동일시하여 감각하고 있기 때문에 "소름이 끼치는 기분"을 느끼고 있다는 점이다. 이로 미뤄볼 때 '변태성 조국애'는 광적인 애국심 같은 것이 아닌, "민족의 질환"을 자기 자신의 그것으로 전치함으로써 그에서 비롯되는 불쾌함이나 수치심을 기꺼이 감내하는 태도를 의미한다고 볼 수 있다.

특히 그는 다른 무엇보다도 "소위 해적판이라는 일본책 번역을 수두룩이 늘어놓은" 서울의 길거리 풍경에서 불쾌함과 수치심을 느끼고 있으며 그로부터 총체적인 "민족의 질환"을 진단하려 하는데, 이러한 인식 태도는 지식인의 세태 비판이라는 차원에서 간단히 이해될 수 있는 것이 아니다. 김소운이 "소름이 끼치는 기분"을 경험해야 했던 근본적 이유는 일본 서적의 무단번역과 불법복제라는 사회현상 그 자체가 아니라, 그런 불편한 모습이 타자의 시선, 특히 일본인의 시선에 노출될 상황을 무의식중에 가정하고 있기 때문이다.

> 오호라, 해방 스물세 돌! 갓난애가 대학을 나올 세월이건마는 그 세월도 이 땅에 뿌리박은 '**일본말의 망령**'을 내쫓지는 못했다. 내쫓기는커녕, 날이 갈수록 안하무인격으로 횡행활보하는 이 망령들……. 나는 일본의 우로에 살았고, 그 나라 그 땅에 정든 사람이다. 벚나무를 베어 넘어뜨린 애국자를 본 따서 이런 말을 한다고 행여나 오해하지 말기를 바란다. **올바르게 '이웃나라 한국'을 이해하고 친근하려는 일본인의 감각이, 오늘날의 이 한국을 어떻게 볼 것인가?** 생각할수록 모골이 송연할 뿐이다.[10] (강조는 인용자),

위 글에서 김소운은 한국사회의 일본어 잔재를 비판하고 있으나, "벚나무를 베어 넘어뜨린 애국자를 본 따서 이런 말을 한다고 행여나 오해하지" 말라고 강조하며 그 비판의 취지를 배타적 민족주의와 엄준하게 구별한다. 오히려 그의 문제의식은 일본인의 시선에 의해 대상화된 한국이라는 존재가 과연 어떻게 '번역(의미화)'될 것인가라는 우려와 두려움에 기초하고 있는 것이다. 이렇듯 그는 "일본어의 망령"이라는 식민지 잔재를 불식하지 못한 한국사회의 현실을 그 사회의 내재적 관점이 아니라 외재적 관점에서 문제화한다. 그렇기에 "올바르게 이웃나라 한국을 이해하고 친근하려는 일본인의 감각"이란 다른 누군가의 것이 아니라, 김소운 그 자신이 체득하고 있던 감각임에 다름 아니다.

'변태성 조국애'란 바로 그러한 감각을 매개로 하여 구조화된다. 단적으로 그는 "센진, 조센진, 요보, 과거에 일본인이 마련해준 이 호칭은 어느 의미로는 우리의 혈통을 증명해 주는 패스포트이기도 하다"라고 말한다.[11] 타자의 시선을 경유함으로써 내셔널 아이덴티티를 재확인하거나 민족의 대변자로서의 자기상을 획정하려는 태도는 그의 문학 전반을 관통하는 것이라고 볼 수 있는데, 이는 식민지시기를 포함하여 오랜 시간을 '일본 속 조선인(한국인)'으로 살아왔던 그의 경험과 무관하지 않다. 그가 일본인들의 한국 담론에 민감하게 반응하며, 그 속에 감춰진 차별의 감각을 예리하게 파악할 수 있었던 것은 바로 그러한 경험에 기반한다고 볼 수 있다. 예컨대 식민지 조선 출생의 작가 가지야마

10 김소운, 「'일본말'의 망령들」, 『목근통신』, 아롬미디어, 2006, 158쪽. 초출 1968년. 참고로 이 책에서 사용한 아롬미디어 판본은 1973년 삼성문화문고판 『목근통신』을 재발간한 것으로, 인용된 개별 글의 최초 발표 시기는 위와 같이 쪽수 옆에 적어 두기로 한다.
11 김소운, 「대일감정의 밑뿌리」, 『목근통신』, 110쪽. 초출 1963년.

도시유키梶山孝之에 대한 다음과 같은 비판은 당시로서는 찾아보기 어려울 정도로 예리한 일면을 지니고 있다.

> '한국은 내 혼의 보금자리'라고 교포 잡지에다 글을 쓴 일본의 인기 작가, 『이조잔영』이란 책의 저자 가지야마가 한국에 와서 대환영을 받았다는 소식을 듣고 나는 입맛이 썼다. 한국을 'わが魂のふるさと(내 혼의 보금자리)'라고 한 이 일본 작가의 본심을 밝히기는 그토록 어렵지 않다. (…중략…) 그가 '혼의 보금자리'라고 입에 침이 마르도록 예찬한 것은 그가 나서 자란 한국의 산천이오, 정복자로서 누려온 그 시절의 생활의 향수일 뿐, 결코 한국인이나 한국의 문화·예술을 흠모하고 존경하는 것이 아니다. 이 간단한 방정식조차 못 푼다고 해서야 말이 될 것인가.[12]

김소운이 한국을 '내 혼의 보금자리'라고 칭송하는 가지야마의 글에서 "정복자로서 누려온 그 시절의 생활의 향수"라는 이면을 들춰내고, 거기에 내재된 권력의지를 폭로한 것은 가히 시대를 앞지른 오리엔탈리즘 비판이라고 말할 수 있겠다. 그러나 그에게 이러한 비평이 가능했던 것은 그가 포스트콜로니얼리즘의 이론적 사유를 선취했기 때문이라기보다, 그 자신이 오랜 기간 동안 재일한국인의 지위에서 일본사회를 경험하며 그 사회 내에 팽배한 차별의 감각을 체득하였기 때문이라고 보는 편이 옳다.

기실 위의 글은 가지야마라는 일본인 작가에 대한 비판인 동시에,

12 김소운, 「이웃 나라 日本」, 『日本의 두 얼굴－가깝고도 먼 이웃』, 40~41쪽.

그 작가의 오리엔탈리즘적 이면을 파악하지 못한 채 호의와 찬사를 베푼 한국인들에 대한 비판이기도 하다. 하지만 김소운의 말처럼 "이 일본 작가의 본심을 밝히는" 일이 누구에게나 "간단한 방정식" 같은 것일 수는 없었다. 왜냐하면 가지야마의 의중이 "한국인이나 한국의 문화·예술을 흠모하고 존경하는 것"이 아니라 "정복자로서 누려온 그 시절의 생활의 향수"와 직결된다는 판단이 가능하기 위해서는, 이미 그 판단 주체가 "한국인이나 한국의 문화·예술"을 객관화하여 조망할 수 있는 메타적 관점을 갖추고 있어야 하기 때문이다. 그러한 관점은 스스로를 "변태성 조국애의 환자"로 진단하는 반성적 태도와도 합치되는 것인데, 이것은 주체가 자기 자신의 존재를 타자의 언어로 '번역'하여 인식하고 있음을 의미한다.

> 외래인을 접대함에 있어서 일본인의 '서어비스 스피릿'은 만점이란 것이 정평이다. 그러나 그것은 어디까지나 외래인에 대해서다. 패스포트를 가진 같은 여행자라도, 한국인, 중국인 이것은 외래인이 아니오, 삼국인(상고꾸징)이다. 앞선 자, 강한 자에 대해서는 허리를 굽히고, 약한 자 뒤 떨어진 자에게는 까다롭고 오만한 것이 인간 사회의 통칙이다. 그러나 이 통칙이 일본처럼 현저히 나타나는 나라는 드물다.[13]

"삼국인(상고꾸징)"이란 본래 제2차 세계대전의 전승국도 패전국도 아닌 '제3국'의 국민을 뜻하는 것인데, 패전이후 일본에서 재일한국·

13 김소운, 「'外國人'과 '三國人'」, 『日本의 두 얼굴－가깝고도 먼 이웃』, 53쪽.

조선인에 대한 차별어로 쓰여 온 말이다.[14] 김소운은 재일한국·조선인을 '삼국인'으로 차별하는 일본사회에 강한 불만을 드러내고 있는데, 이것은 단지 자신의 불쾌함을 토로하여 독자들의 공감을 얻고자 함이 아니다. 이와 더불어 그는 구식민지출신이라는 이유만으로 자기존재가 "상고꾸징"으로 '번역(의미화)'되어버리는 굴욕적 체험을 통해, '우리'와 '그들' 사이를 지배하고 있는 "인간 사회의 통칙", 즉 "앞선 자, 강한 자에 대해서는 허리를 굽히고, 약한 자 뒤 떨어진 자에게는 까다롭고 오만한" 힘의 논리를 절감하고 있는 것이다.

그러므로 김소운이 직면한 번역가로서의 과업이란 어떤 언어를 또 다른 언어로 옮기는 단순한 일이 아니었다. 우선 그것은 자신이 체득하고 있는 과거 식민종주국의 언어를 '외국어'로 타자화함으로써 '한국인'이라는 주체의 위치에 자기를 동일화하는 작업이어야만 했다. 다만 그처럼 주체로부터 분절되어 타자화된 '외국어로서의 일본어'는 그를 수치심과 열등감에 빠뜨리면서 자기존재의 불완전성을 노출시키는 창구가 되어버린다. 그 결과 '번역'의 실천은 또 하나의 중대한 임무를 수행하게 되었는데, 그것은 다름 아닌 '일본어(=외국어)'와 상호대등성을 지닌 '한국어(=자국어)'의 형상을 주조하는 일인 것이다.

이런 연유로 김소운이 해적판의 일본어 번역본이나 일상에서의 일본어 잔재 등을 "일본어의 망령"이라고 비판하면서 그에 예민한 반응을 보인 것은 민족적 감정의 발로 그 이상의 의미를 지닌다. 그가 말하는 "일본어의 망령"이란 '한국어'와 '일본어'라는 두 개의 국가어 사이

---

14 黒川みどり・藤野豊, 『差別の日本近現代史－包摂と排除のはざまで』, 岩波書店, 2015, 133~134쪽.

의 경계를 교란하며 양자의 비대칭성asymmetry을 징후적으로 드러내는 것인데, 그처럼 불완전한 '국어'의 형상은 '일본어'와 대등하게 비견될 수 없는 언어적 독립성의 결여를 표상하는 것인 동시에, 타자와 대등한 지위에서 발화할 수 없는 '한국(인)'이라는 주어의 불완전성을 표상하기 때문이다.

> 남의 문화를 배척하고 경원한 나라치고 번영의 역사를 이룩한 나라는 지상에 단 하나도 없다. 그러나 오늘날의 우리 생활에서 보는 허울만 따온 '일본색'은, 문화란 이름으로 부르기에는 너무나도 지나친 주착이요 망발이다. 칼로 무찌를 상대는 설교하는 일인 목사가 아니라 실로 우리들 자체의 망발이요, **정작 화형식을 올려야 할 것은 해방 4반세기토록 뿌리를 뽑기는커녕 날로 짙어만 가는 일본에의 향수, 일본어를 마침내 외국어의 원점으로 돌려보내지 못하는 언어생활의 혼란, 그것이다.** 진정한 의미의 '문화 교류', 그것은 까마득한 후일 얘기다. 그러나 그 날은 반드시 있어야 한다. 백제의 그 옛날처럼 살찌고 기름진 우리의 문화를 그들에게 나눠줄 날이 있어야 한다.[15] (강조는 인용자)

일본어를 '외국어'의 원점으로 돌려보내지 않고서는 일본과의 진정한 "문화 교류"는 불가하다는 것이 위 글의 주요 논지이다. 김소운의 관점에서 볼 때 '외국어로서의 일본어'에 대한 자각이 결여된 채로 쓰이는 국적불명의 일본어는 양국의 대등한 대화를 불가능하게 만드는

---

15 김소운, 「조국의 젊은 벗들에게」, 『목근통신』, 198~199쪽. 초출 1970년.

식민지의 잔재이자 문화적 재식민화의 징후이며, "일본에 대한 우리의 발언권"을 축소시키는 원인이 된다.[16] 따라서 김소운은 전문 번역가의 역할과 사명을 강조한다. 이때 주목을 요하는 것은 그가 말하는 번역가의 전문성이란 일본어를 유창하게 말하거나 일본인들과 원활하게 소통할 수 있는 능력 따위를 지칭하지 않는다는 점이다.

> 일본말은 배워야 한다. 그러나 최종 목적 하나만은 잊어서는 안 되겠다. (…중략…) 경제대국으로 성장한 일본 앞에 무릎을 꿇기 위해서, 그네들의 과학, 문화, 예술의 찌꺼기를 핥기 위해서, 그래서 배우는 일본말이라면 아예 일본어 같은 것은 배우지 않는 것이 좋다. 능하지 않아도 일본어의 기능을 효용할 길은 얼마든지 있다. 요는 정신이요, 근본 태도이다. 그러나 이왕 학습할 바에야, 보다 깊이, 보다 진지하게 일본어의 심부(深部)까지 침투해서 그네들의 정신문화를 이해하고, 올바른 문화 교류에 공헌할 수 있다면 그 이상 바랄 것이 없다. 천 사람, 만 사람에게 다 바랄 수는 없더라도 일본어를 하나의 사명감, 임무감으로 다루어 가야 할 그 방면의 전문가도 나와야 하겠다. 실상인즉 일본말의 보급보다도 그 쪽이 더 시급한 형편이지만 거기는 오랜 시간이 필요하다. 적어도 '외국어로서의 일본어'가 토대를 닦은 뒤에 이루어질 일이요, 누구나가 할 수 있는 '싸구려 일본어', '무책임한 일본어'가 오늘같이 횡행, 활보하고 있는 한 바라기 어려운 노릇이기도 하다.[17]

위에서 김소운은 '일본어 무용론'을 역설하고 있는 것은 아니다. 그

16 위의 글, 189~190쪽.

17 김소운, 「隨感 · 일본어」, 『목근통신』, 168쪽. 초출 1972년.

는 오히려 일본어 배우기를 권하고 있으며 그것이 절실히 필요한 것임을 강조한다. 단 그는 "누구나가 할 수 있는 싸구려 일본어, 무책임한 일본어"의 사례와 "일본어를 하나의 사명감, 임무감으로" 다루는 전문가적 태도를 엄밀하게 구별하고, 후자의 선결조건으로 "외국어로서의 일본어"가 성립되어야 함을 역설한다.

결국 전문성의 척도가 되는 것은 의사소통의 편리나 이익 추구를 위해 일본어를 능숙하게 구사할 수 있는 능력이 아니다. 김소운은 이를 "외국어로서의 일본어"를 통해 "그네들의 정신문화를 이해"하고 한편으로는 그에 상응하는 "우리의 문화"를 발굴하고 전달함으로써 "올바른 문화 교류에 공헌할" 수 있는 능력이라고 말한다. 환언하자면 그것은 각국의 정신적 고유성을 표상하는 '한국어(=자국어)'와 '일본어(=외국어)'라는 독립적 실체들을 일대일의 대칭구도 속에서 비교하여 사유할 수 있는 능력이다. 그러므로 김소운이 말하는 번역가의 사명이란 흔히 말하는 것처럼 언어적 장벽을 초월하여 원활한 소통과 의미전달이 가능하도록 만드는 것을 뜻하지 않는다. 역설적이게도 그것은 언어적 장벽을 굳건하게 재건하는 것, 즉 언어의 '국경'을 가시화하고 이를 지키는 파수꾼의 역할을 자처하는 것이다.

3. '혼성회화'와 '재일동포' — 손창섭 『유맹』, 서기원 「아리랑」

김소운이 명륜동 자택에서 말년을 보내고 있을 무렵, 한국의 전후세대를 대표하는 작가 손창섭은 일본 도쿄에서 새로운 생활을 시작하고 있었다. 1973년 부인(우에노 지즈코)이 있는 일본으로 건너간 그는 이때를 기점으로 그곳에서 여생을 보내게 된다. 그는 도일 이후 한국의 지인이나 미디어와의 접촉을 삼가며 지냈으나, 한국일보사의 권유로 1976년 1월부터 장편소설 『유맹』을 연재하게 되면서 집필을 재개하였다. 『유맹』은 일본에 건너온 작중의 '나'가 '재일동포'의 삶의 양상을 기록하는 형식을 취하고 있는 소설로서, 작자인 손창섭의 도일 이후 체험과 심경이 반영된 작품으로 알려져 있다. 여기서 이 작품을 상세하게 살펴 볼 여유는 없으나, 작중 '나'의 다음과 같은 발언에 잠시 주목해보고자 한다. 아래는 현재 도쿄에 거주하고 있는 '나'가 업무상의 이유로 잠시 한국으로 돌아온 소감을 말하는 부분이다.

> 모두가 당연히 한국말만 쓰는 한국인들이다. 내 나라에 돌아왔구나 하는 실감과 안도감이 가슴을 뿌듯이 채워준다. 첫째 무엇보다도 우리말만 쓸 수 있다는 것이 편하고 좋다. 일본서는 항시 상대를 경계하면서 되도록 정확한 일어를 쓰느라고 신경을 썼다. (…중략…) 일인과 대화를 하다 보면, 상대가 불시에 말을 멈추고, 이상한 표정으로 뚫어지게 쳐다보는 경우가 있다. '이 사람 발음이 이상한 걸, 아하 한국인이구나'하는 눈치다. 한국인이 한국인으로 보이는 것은 상관이 없다. 하지만 일인으로 오인했다가 중간에서 '이거 한국인 아냐'하는 상대방의 놀람과 심리적 변화가 왜 그런지 싫다. 그러므로 경우에 따라서는 일부러 서툰 일어를 써서 '이 사람 일인이 아니구나' 하는 인식을 처음부터 상대에게 주기도 하고, 때로는, "나는 한국인입니다." 필요도 없이 덮어놓고 국적부터 밝히고 나서 말을 시작할 때도 있다. 보통 발음이 용이한 간단한 대화로 끝날 때는, 한국이라는 표가 안나는 경우가

많다. 그런 때는 그런 때대로 묘한 불쾌감을 느낀다. 한국인인 자신을 상대방에게 일인으로 오인시켜야 하나 해서다. 스스로가 무의식중에 일인을 가장하고 일인 행세를 한 것처럼 기분이 좋질 않은 것이다. (…중략…) 차라리 한일 양국인도 동서양인의 차이처럼 외양상의 특징이 뚜렷했으면 좋겠다. 그러면 일인을 가장하고 싶은 재일동포일지라도 엄두를 못 낼 것이요, 나 같은 사람은 일어 문제로 신경을 안 써도 좋을 것이다.[18]

작중 '나'의 발언은 일본 내에서 타인과의 직접적 대면이나 대화가 이뤄지는 현장의 상황을 부각한다. 우선 작중의 '나'는 일본 사회 내에서 일본인과 대화를 나누다가 "이 사람 발음이 이상한 걸, 아하 한국인이구나"하는 상대방의 심리적 변화를 알아채고 불쾌함을 느낀 경험을 말하고 있다. 상대방이 '나'의 어색한 발음을 듣고 '한국인'이라는 것을 실제로 간파했는지는 알 수 없으나, '나'가 그처럼 타자의 시선을 의식하지 않을 수 없는 상황에 놓여 있으며, 그로 인해 스스로가 일본 사회의 이방인이라는 사실을 반복적으로 재인식하고 있다는 점이 중요하다.

그에 반해 "당연히 한국말만 쓰는 한국인들"로 둘러싸인 "내 나라"의 환경은 '나'의 경계심을 해제하게 만들고 안도감을 제공한다. 이는 곧 타자의 시선으로부터의 해방을 의미한다. 즉 특정 장소에서 개인의 발화라는 파롤의 차원은 그 발화가 이뤄지는 환경의 영향을 강하게 받는 것이라고 볼 수 있다.

18 손창섭, 『유맹』, 실천문학사, 2005, 483~484쪽.

그런데 여기서 문제적인 사항은 한국인과 일본인이 "동서양인의 차이처럼 외양상의 특징"이 뚜렷하지 않다는 사실이 오히려 주체로 하여금 타자의 시선을 과도하게 의식하도록 만드는 기제가 된다는 점이다. '나'는 외양상의 차이가 두드러지지 않기에 자기 의사와는 무관하게 일본인으로 오인되기 쉬우며, 그로 인해 의도와는 무관하게 정체를 감춘 채 일본인으로 가장하고 있는 것처럼 비춰지는 자기존재에 묘한 불쾌함을 느낀다. "일인으로 오인했다가 중간에서 '이거 한국인 아냐' 하는 상대방의 놀람과 심리적 변화"가 '나'에게 불쾌함을 주는 만큼, "한국이라는 표가 안나는 경우"에도 "한국인인 자신을 상대방에게 일인으로 오인시켜야 하나 해서" 불쾌하기는 마찬가지라는 것이다.

그렇기에 '나'가 내놓은 해결책은 일부러 '서툰 일어'를 쓰는 방법이다. "일인과 구별이 안 될 만큼 유창한 일본어"로 자기 존재를 가장하는 "한국인으로는 수치스러운 일"을 하기보다는, 차라리 '서툰 일어'로 자신이 한국인임을 처음부터 상대에게 드러냄으로써 자신의 양심과 타자의 시선 모두를 속이지 않는 편이 낫다는 주장이다.[19] 외양에서의 차이를 드러낼 수 없기에 "유창한 일본어"를 거부하는 것이야말로 유일하게 그들과 자신의 차이를 두드러지게 가시화할 수 있는 방편이라는 해석이다.

결국 '나'의 '서툰 일어'는 일본인과의 직접적 대면이나 대화가 불가피한 상황 속에서 그들의 시선을 철저히 의식한 결과이다. 그런데 이때 '나'를 바라보는 '타자의 시선'이란 단지 그가 마주하고 있는 일본인의

19 위의 책, 484쪽.

시선만을 뜻하지 않는다. 그것은 라캉적인 의미에서의 '대타자의 응시', 즉 '한국인'으로서 자기동일성을 주체에게 요구 또는 강요하는 국가·민족이라는 상징체계의 '법'인 것이다.[20] 그렇기에 '나'의 "서툰 일어"를 한국인으로서 일본인과 당당하게 마주하겠다는 의지의 표명이나 일본에 살고 있지만 민족적 정체성을 잃지 않겠다는 결의의 표현으로 곧이곧대로 이해해서는 안 된다. 오히려 여기에 드러나 있는 것은, 일본인과 '나' 사이의 근원적 차이를 밝히는 일이 난망하다는 사실, 즉 '서툰 일어'라는 방어막 뒤에 감춰져 있는 대타자라는 '법'의 공백 혹은 결여 그 자체이기 때문이다.

따라서 "일어 문제"를 대하는 손창섭의 태도는 히스테릭하다고 말할 수 있겠다. 이것은 곧 '서툰 일어'가 억압의 결과인 동시에, 그 억압의 기제인 '타자의 시선'을 네거티브하게 지시하고 있음을 의미한다. 『유맹』의 저자는 대타자의 응시 아래 놓인 자기 존재의 수동성에 대해 서술함으로써 그 응시의 흔적을 드러내고 있는 셈이다.

반면 김소운의 경우는 어떠한가. 『유맹』 속 '나'가 '서툰 일어'로 자신의 민족적 정체성을 증명하고자 했다면, 김소운에게 그러한 것은 "누구나가 할 수 있는 싸구려 일본어, 무책임한 일본어"에 지나지 않으며, '일본어'를 온전히 '외국어'로서 대하지 못하는 식민지적 콤플렉스로 의미화된다. 즉 "일어는 잘할 필요가 없다. 다만 의사소통만 완전히 할 수 있으면 족할 것이다"[21]라는 '나'의 발언과 "일본어를 하나의 사명

20 여기서 '법'은 곧 "모든 것을 훔쳐보는 자"로서 기능하며, 그와 같은 응시를 의식하는 개인을 "세계의 거울"로 위치시킨다. 응시에 관한 자세한 내용은 자크 라캉, 맹정현·이수련 역, 『자크 라캉 세미나 11－정신분석의 네 가지 근본 개념』, 새물결, 2008, 107~123쪽 참조.

감, 임무감으로" 다뤄야 함을 주장하는 김소운의 그것은 정면으로 대치하는 것처럼 보인다.

그렇다면 김소운이 말하는 "싸구려 일본어, 무책임한 일본어"란 무엇을 가리키는 것일까. 단적으로 말하자면 그것은 당시 한국사회의 일상에서 통용되던 '음성언어langue parole로서의 일본어'를 가리킨다. 즉 김소운에게 "내 나라"의 일상 공간이란, 『유맹』의 '나'가 감각한 것처럼 "당연히 한국말만 쓰는 한국인들"로 둘러싸인 곳이 아니라, 오히려 일본에 있을 때보다도 '일본말 소리'가 선명하게 의식되며 불쾌감이 야기되는 공간이었던 것이다.

> "그건 '구리아게' 했다니까……", "자넨 '데샤바루' 하면 안돼……", "우리 '가부시키' 해서 사자고……", "'야마모리'로 주어요……." 필자의 수첩에는 이런 뒤범벅 혼성회화의 실례가 수두룩하게 적혀 있다. 거리에서, 다방에서, 버스 간에서 우연히 귀에 들려온 말소리 들이다. '구리아게' 니 '데샤바루', '가부시키' 들은 굳이 일어가 아니라도 우리말로 족히 표현할 수 있는 말이요, 아이스크림을 시키면서 '야마모리'를 청한 손님도 '고봉'으로 달라든지, 우스개라면 "꾹꾹 눌러 담아……" 해도 될 말이다. 이럴 때 쓰는 일어는 한갓 습관이오, 타성일 뿐이다. (…중략…) **주책없는 혼성회화**를 정리해서 국어의 순결을 다시 찾는 한편, 외국어로서의 일어·일문에도 좀 더 책임 있는 태도로 연구하고 배워가는 길이 있어야 하겠다.[22] (강조는 인용자)

21 손창섭, 앞의 책, 484쪽.
22 김소운, 「야마모리로 주어요」, 『목근통신』, 206~207쪽. 초출 1969년.

앞에서 보았듯이 이러한 부정적 현실인식이 '변태성 조국애'의 동력원이 되는 것인데, 이것은 김소운이 견지하고 있던 '한국인'으로서의 주체성 그 자체가 '타자의 시선'(대타자의 응시 권력)을 모방함으로써 구성된 번역의 결과물임을 뜻한다.[23] 또한 이는 '외국어'로서 타자화된 '일본어'의 이념이 그와 대칭적으로 병립할 수 있는 '한국어(=자국어)'라는 하나의 완결된 전체상을 부각시키는 것과 일맥상통한다. 따라서 위와 같이 '혼성회화'의 존재에 그가 과민하게 반응한 까닭은 그것이 '부정확'하거나 '저급'하게 인식되기 때문만이 아니라, '음성언어로서의 일본어'라는 국적불명의 존재가 '외국어로서의 일본어'라는 이념, 즉 '한국어'와 '일본어'의 일대일 대칭이라는 상상의 도식[24]을 근원적으로 뒤흔드는 것이기 때문이다.

그런데 '혼성회화'가 '한국(인)'의 문화적 정체성을 위협한다는 김소운의 이 주장은, 요모타 이누히코四方田犬彦가 지적한 바처럼 그가 "1952년부터 13년에 걸쳐 재일의 삶을 살았다는 사실"과 한데 묶여 생각해볼 필요가 있다. 생전의 김소운과 인연이 있던 요모타는 만일 김소운이 살아 있다면 "당신은 그 13년 동안 언제나 조국에 돌아갈 생각만 하고 있었느냐고, 일본에 머물며 이 땅이 종언의 땅이 될 지도 모른다는 생각은 한 번도 하지 않았느냐"고 묻고 싶다는 말을 남겼다.[25] 이러한 물음이 중요한 까닭은 당시 한국사회 내에서 '재일동포'를 바라

---

23 호미 바바, 나병철 역, 『문화의 위치–탈식민주의 문화이론』, 소명출판, 2012, 196~197쪽.

24 사카이 나오키는 이를 '쌍형상화 도식(the schema of cofiguration; 対-形象化の図式)'이라고 명명한다. 사카이 나오키, 후지이 다케시 역, 『번역과 주체–'일본'과 문화적 국민주의』, 이산, 2005, 65~67쪽.

25 요모타 이누히코, 양경미 역, 「세번째 김소운」, 『우리의 타자가 되는 한국』, 삼각형북스, 2001, 262쪽.

보는 시선과 김소운이 '혼성회화'를 바라보는 시선 사이에 구조적 상동성이 존재하기 때문이다. 즉, 김소운이 '혼성회화'에 대한 비판을 반복했던 것은 "13년에 걸쳐 재일의 삶"을 살아온 그를 민족적 정체성을 상실한 '혼성'의 존재로 바라보던 한국사회 내의 시선을 의식한 결과라고도 볼 수 있다.

당시 한국사회가 '재일동포'를 바라보던 시선을 단적으로 보여주는 사례로서 서기원의 「아리랑」이라는 단편 소설이 있다. 이 소설에는 대공 임무를 수행하기 위해 일본으로 파견되어 '재일동포' 사회에 잠입한 '나'(군인출신의 정보원)가 등장하는데, 여기서 주인공인 '나'는 '재일동포' 인물들의 일거수일투족을 의심의 눈초리로 바라본다.

> 동경에는 우리나라 음식점이 적어도 백여 군데를 넘는다. 그러나 선량한 시민이라면 간판을 눈여겨보고 들어가지 않으면 안 된다. 조선요리라고 적혔거나 대동강 모란봉 따위의 글자가 보이거든 아예 근처에 가지 말아야 한다. 나는 이렇게 믿고 있는데 이곳에 사는 교포들은 반드시 그런 것 같지도 않다. 그렇다고 뭐 음식의 종류가 다르거나 솜씨가 틀리는 것은 아니다. 한국요리나 조선요리 할 것 없이 들척지근하게 일본화(日本化)된 맛은 매한가지이다. (…중략…) 그러나 그 중에서도 비교적 제고장 맛을 잃지 않고 있는 집도 있으니 요즈음 내가 자주 들리는 '아리랑'도 그 하나이다. 아리랑이란 간판에는 다른 군소리가 없고 다만 야끼니꾸(불고기)라고만 적혀 있다. 그러나 아리랑만으로도 우리나라 음식점이라는 것을 모를 일본 사람은 없다. 한국이니 조선이니 하는 단어가 없기 때문에 쉬 주인의 성분을 알 수가 없다. 내 짐작이지만 아리랑의 임자는 아마도 중립계일 것이다. 그러나 남북

통일론자일지도 모를 일. (…중략…) 그렇지만 내 호사스러운 혓바닥이야 스스로 속일 도리가 없다. 김유신장군의 말은 아니지만 이틀이 멀다하고 절로 발길이 그 쪽으로 향하게 된다. 그래야만 뱃속이 편하게 되니 상기 내가 사상의 무장이 덜 되어 있는 탓일까? 그럴리는 전혀 없다. **적어도 일본으로 파견된 사실은 곧 내 사상이 백퍼센트 보장되어 있음을 의미한다.**[26] (강조는 인용자)

제1장 3절에서도 살펴보았다시피, '재일동포'를 바라보던 당시 한국 사회의 시선은 '반공'과 '반일'이라는 프레임 안에 갇혀 있었다. 이렇듯 '재일 조선인'이든 '재일 한국인'이든 '일본화'된 "망국의 무리"이며, 그 중 북한을 지지하는 무리는 "빨갱이"라는 식의 과격한 논리가 지배하고 있었기에,[27] 일본에서 돌아온 귀국자 역시도 민족의식이나 사상을 "백퍼센트 보장"할 수 없는 존재로서 여겨졌던 것이다.

이런 사정을 고려하자면, 김소운의 글쓰기에서 반복된 '혼성회화' 비판은 '국어 순화'의 목적만을 위한 것이라기보다, 민족의식으로 충만하고 사상적으로 무결한 자기상을 대외적으로 구축하기 위한 내적 통제, 즉 대타자의 시선에 따른 자기검열과도 맞닿아 있었던 셈이다. 일례로 김소운은 일본에 거주하고 있을 당시에도, 한국의 독자들을 염두에 둔 채 '재일동포'와 자신의 존재를 엄밀히 구별지으며 다음과 같이 말했다.

---

26 서기원, 「아리랑」, 『창작과 비평』 2, 창작과비평사, 1966 봄, 166~167쪽.
27 위의 글, 169쪽.

8·15 광복으로 해서 도로 찾은 것은 국토나 자유만이 아니다. 잃었던 말(국어)을 다시 찾았다. 아무리 편리한 만능어기로서니 이제는 내 나라에서 '복상', '긴상'이 통용될 리 없다. 일본말이 외국어로서의 본래의 면목을 찾은 셈이다. 그러나 문제는 이것으로 그친 것이 아니다. 수십만이란 동족이 일본에 산다. 때로는 일본말, 때로는 우리말, 뒤죽박죽인 우리생활이 과거 시대의 유령처럼 물고 계승된다. (…중략…)

몇 해 전 일이다. 고베에 들렀을 때 P라는 청년이 단골인 어느 바에 나를 인도해 주었다. P군은 일본서 나서 자란 2세이다. 우리말은 겨우 흉내를 낼 정도인데 일본말은 진짜배기 이상으로 유창하다. 구석진 자리에 자리에 P군과 마주 앉았노라니 소언에 한 잔 거나하게 된 친구가 서투른 일본말로 무어라고 지껄이면서 비틀걸음으로 들어온다. P군과도 면식이 있는 모양이다. (…중략…)

"형의 친구인데요. 돈푼이나 모아 요즈음 일본인으로 귀화를 했답니다."

이 P군의 설명도 물론 일본말이다. 그러든 중에도 어서 오라고 빗발 같은 재촉이다. P군이 마지못해 일어서서 그쪽으로 간다. (…중략…) 돼지 목 자르듯 고래고래 고함을 지르면서도 덤벼드는데 이 친구의 배운 문서가 "키사마 조센진……", "오레와 닛폰진……" 이것 뿐이다. 그나마 그 창피막심한 일본말, 그런데도 "오레와 닛폰진"이요, 한쪽은 유창한 진짜배기 일본말인데도 "조센진도 바가야로"라니 도대체 이 구구는 어디서 맞춰져야 할 것인가. 언제인가 이 장면을 일본글로 쓴 적이 있었다. "가엾은 이 빈대 벼룩은 어느 DDT로 쓸어버리란 말인가." 이 글에 쓴 결구가 이것이다.[28]

---

28 김소운, 「'일본말'과 민족 감각」, 『목근통신』, 92~96쪽. 초출 1962년.

여기서 '재일동포'를 비판의 대상으로 상정하는 일은 민족적 주체로서의 자기상을 증명하기 위한 방편이 된다. 게다가 이러한 자기검열적 글쓰기가 타자에 대한 차별적 인식을 동반하며 이뤄지고 있음을 확인할 수 있다. 결과적으로 위 인용문은 자기검열이 타자성이나 이질성(혼종성)에 대한 억압으로 연결되는 과정을 보여준다.

그렇기에 이는 열등한 타자의 존재를 통해 자기 존재의 우월함을 확인하는 식민주의적 시선이 엘리트 지식인에 의해 전유되어 '동포' 사회 내부로 투사된 사례로서도 볼 수 있으며,[29] '재일동포'라는 이질적 대상을 거울로 삼아 어엿한 '한국인'으로서의 자기 존재를 과시적으로 드러내고 있는 김소운의 모습을 확인할 수 있다.

기실 이 점에 있어서는 『유맹』의 '나'도 마찬가지인데, '나'는 스스로를 '재일동포' 사회의 일원으로 인식하고 있지 않으며, 관찰자라는 우월한 시점에서 그들을 민족지적인 글쓰기의 대상으로 관찰하고 기록하고 있다. 이와 같은 관찰자와 관찰대상의 관계에서 "서툰 일어"라는 것은 결핍의 상징이 아니라 우월함의 과시가 된다. 작중에서 '나'의 "서툰 일어"는 일본인과 자신의 내셔널 아이덴티티를 구별 짓는 것이기 전에, 일본사회에 무비판적으로 동화되어 있는 '재일 동포'와 민족적 자각을 지닌 주체로서의 자기를 구별 짓는 기표로서 기능하고 있는 것이다.[30] 그러므로 김소운과 손창섭의 차이는 근본적인 것이라고 볼

29 고모리 요이치, 송태욱 역, 『포스트콜로니얼』, 삼인, 2002, 12~13쪽.

30 일례로 소설 속 '나'가 긍정적으로 묘사하며 심정적으로 동조하고 있는 인물인 재일 1세 최원복 노인의 경우, 약 40년의 세월을 일본에서 살아왔음에도 불구하고 "서툰 일어"밖에 구사할 줄 모르는 인물로 설정되어 있는데, 이는 단순한 우연의 일치가 아니다. 그의 "서툰 일어"는 일본 속에서 마치 "역사적 유물처럼 소중하고 신비"하게 보전해온 민족적 아이덴티티의 순수성과 도덕적 무결함 등을 상징하기 때문이다(손창섭, 앞의 책, 91쪽).

수 없다. 양자 모두 '재일동포'를 일본사회 속에서 '오염'된 '혼성'적인 존재로 바라보는 입장을 견지함으로써 엘리트로서의 자기 인식을 도모하고 있다는 점에서는 동일하다.

다만 일본에 남게 된 손창섭이 '서툰 일어'를 통해 일본사회에 '오염'(동화)되는 것을 거부함으로써 민족적 주체로서의 자기상을 획정하고자 했던 반면, 김소운의 경우는 그러한 '오염' 지대에서 '순결'을 지키고 돌아온 어엿한 '한국인'으로서의 자기 표상을 구축하기 위해, '한국어(국어)'와 '일본어(외국어)' 사이의 경계를 엄준하게 가르는 '번역가'로서의 "사명감, 임무감"을 강박적으로 드러내기 시작했던 것이다.

4. '언어의 경계'를 넘나드는 '시심詩心'

그런데 한 가지 흥미로운 점은 김소운이 그러한 "사명감, 임무감"을 전면에 내세우며, 말년의 숙원 사업으로서 계획한 것이 '고전(문학)' 번역이라는 사실이다. 귀국 이후 그는 "우리들의 고전을 일본문으로 옮겨서 그네들에게 읽도록 하는 것, 이것이 지금 내가 꿈꾸고 있는 십년 계획의 한국고전총서이다"라고 말하며 번역가로서의 포부를 천명한 바가 있다.[31] 또한 "길바닥의 조약돌만치 일본말이 흔해 빠진 이 나라

반면 '나'에 의해 부정적으로 그려지고 있는 최 노인의 친구인 고광일 사장, 혹은 교화나 구제의 대상으로 등장하는 재일교포 2세들이 하나 같이 "일인 사회에서 일인과 구별이 안 될 만큼 유창한 일본어"를 사용하는 인물들이다. 이렇듯 모국어인 '한국어' 이상으로 '일본어'에 능통하다는 것 자체가 결함의 표상으로 나타나고 있으며 수치스럽거나 반성을 요구하는 일로 의미화되어 있다.

31 김소운, 「일본말의 飜譯이란 것」, 『日本의 두 얼굴－가깝고도 먼 이웃』, 71쪽.

에서, 책임 있는 일본 고전문학 한 편이 소개된 일도 없다는 것은, 그 원인 이유가 어디 있었건, 우리로서는 부끄러운 노릇이 아닐 수 없다"고 한탄하며 '예술성'과 '순수함'을 견지한 "일본의 고전문학"이 적극 수용되어야 함을 주장했다.[32]

그러나 이 거창한 계획은 번역작업을 함께 할 동료를 구하지 못해서 끝내 실행될 수 없었다. "우리들의 고전을 일본문으로" 번역하는 작업과 "일본의 고전문학"을 '국문國文'으로 옮기는 작업 모두는 고도의 어학능력과 상당한 학문적 지식을 동시에 요구하는 것이었기에, 김소운과 대등한 능력자가 마땅히 없었던 것이 당시 실정이었다. 다만 그 계획의 성사 유무를 떠나 이 글에서 주목하고 싶은 바는, 그에게 번역가로서의 사명을 환기하고 있는 것이 "길바닥의 조약돌만치 일본말이 흔해 빠진 이 나라"의 상황, 즉 "싸구려 일본어, 무책임한 일본어가 오늘 같이 횡행, 활보하고 있는" 현실이라는 점이다. 이는 "우리들의 고전을 일본문으로 옮겨서 그네들에게 읽도록 하는 것"이 "문화의 교류"를 위한 것이기 이전에, '음성언어'가 지배하는 부정적 현실로부터 스스로를 이격시키기 위한 행위라는 점을 시사한다.

이를 염두에 두고 볼 때, 1970년대에 들어서면서 김소운이 번역 작업에 몰두하기 시작한 것은 '에크리튀르(문자언어) 세계'로의 도피라고도 말할 수 있을 것이다. 여기서 '에크리튀르의 세계'란 '음성언어'가 철저히 배제됨으로써 '한국어(한글)'와 '일본어(가나)'라는 두 개의 '문자언어' 사이의 차이가 선명하게 가시화되는 글쓰기의 영역을 가리킨

32 김소운, 「조국의 젊은 벗들에게」, 『목근통신』, 189쪽.

다. 질서정연하게 언어의 '국적國籍'이 분류되어 있는 이 영역 내에서는 그에서 예외적인, 혹은 그 정체를 식별할 수 없는 '음성언어'의 출현이라는 '사건'이 원천적으로 봉쇄된다.[33]

이렇듯 '음성언어'에 대한 억압 또는 배제를 통해 구성되는 '자국어'와 '외국어'의 경계에 대해서는 가라타니 고진에 의해 심도 있게 다뤄진 바가 있어, 중요한 참고점이 된다. 가라타니는 「네이션=스테이트와 언어학」에서 페르디낭 드 소쉬르가 음성언어langue parole만을 언어학의 대상으로 규정한 진의에 대해 해명하였다. 그에 따르면 소쉬르가 '내적 언어학'을 제창했던 까닭은, 구조주의자들처럼 '외적인' 것을 무시하기 위해서가 아니다. 그와 반대로 '외적인' 것의 소산을 내면화하고 있는 언어학을 비판하기 위해서이다. 민족어(국가어)를 기준으로 수립된 역사적 언어학과 민족지적인 연구에서 파생된 비교 언어학 등이 실제로는 근대국가의 수립과 제국주의적 팽창이라는 외적인 요인에 의해 구성된 것임에도 불구하고, 그와 같은 외적인 요소들을 내면화(은폐)함으로써 자립적 학문의 지위를 누리고 있다는 사실을 폭로하기 위한 것이다.[34]

따라서 가라타니는 소쉬르의 '랑그' 개념을 '국어'와 동일한 것으로 '오해'해서는 안 된다고 역설한다. 음성언어를 전제로 삼는 "랑그는 국가어가 아니며, 그러기는커녕 오히려 국가어에 의해 사라져버릴 것 같

33 여기서 '사건'이란 바디우 철학의 존재론적 맥락에서 이해되어야 한다. 사건은 "사물들의 상태에 대한 규칙들에 부합하는 것" 이외의 것들이 우발적으로 출현함으로써, 그 규칙화된 상황 상태 내의 결여나 공백이 드러나는 것을 의미한다. 알랭 바디우, 서용순 역, 『철학을 위한 선언』, 길, 2010, 55쪽.

34 가라타니 고진, 조영일 역, 「네이션=스테이트와 언어학」, 『네이션과 미학』, 도서출판b, 2009, 187쪽.

은, 게다가 그것들의 경계를 공간적 · 시간적으로도 명시할 수 없을 것 같은 언어"인 것이며, 오히려 그 무질서한 다수의 '랑그'들을 '국어'라는 단일하고도 표준화된 체계로 흡수하여 시공간적 경계를 명확하게 만드는 것이야말로 에크리튀르(문자언어)의 기능이라는 것이다.[35]

요컨대 에크리튀르는 배타적 경계를 가시화한다. 보다 정확히 말하면 '국어'와 '외국어'라는 문자언어의 체계가 마치 언어 내에 민족적 차이를 구별 짓는 경계가 실재하는 것처럼 감각하도록 만드는 것이다. 그러나 그것들의 차이는 순수하게 언어적 분별에 의한 것이 아니라 '외적인' 요인에 의해 규정되는 것임을 간과해선 안 된다. 언어 그 자체 내에 경계가 구획되어 있을 수 없으며, 시공간적 경계를 구획하는 정치적 행위가 언어를 '자국어'와 '외국어'로 양분시킬 뿐이다.[36] 이렇듯 '언어의 경계Borderline of Language'가 국가적 상상력에 의한 대리보충적 산물이라는 점을 환기할 때, 그 경계는 지극히 불안정한 것이라고 볼 수 있다. '국어'가 독립된 언어로서의 전통성을 유지하기 위해서는 타자 혹은 이국의 언어라는 대립항을 필요로 하는데, 이는 이미 '국어'의 독립성과 전통성을 위협하는 인자가 '국어'라는 이념에 내포되어 있음을 보여주는 것이기 때문이다. 따라서 언어의 국경은 항상적으로 위기상황에 처해 있을 수밖에 없으며, 보다 정확히 말하면 언어의 국가적 경계

35 위의 책, 189쪽.

36 예컨대 제국 일본의 언어적 식민주의에 동화되었던 경험을 지닌 주체가 '한국어'와 '일본어'를 대등한 국가어의 관계로 파악하며 양자를 비교 또는 대비하는 담론을 전개할 수 있었던 까닭은, 실제로 둘 사이를 대칭적으로 양분하는 기준점이 자명하게 수립되어 있었기 때문이 아니다. 오히려 그것은 제국/식민지 체제 해체 이후 동아시아 냉전 질서 하에서 재편된 양국의 지정학적 경계와 그것을 기준으로 자 · 타를 구별 짓는 국가적 상상력이 글쓰기의 실천을 통해 내면화된 결과인 것이다.

를 구획하려는 행위 자체가 그에 대한 침범, 파괴 등을 동반하고 있는 것이다.

그러나 주의해야 할 점은, 이로 인해 발생되는 위기의식이야말로 '국어'의 이데올로기적 기능, 즉 동일성을 보장하는 국가어에 동화됨에 따라 한 개인이 주체화되거나 국민화되는 기능을 지속시키는 주요한 동력이 된다는 것이다. 앞서 김소운은 한국사회에 잔존하는 "일본어의 망령"이 '국어'의 순수성을 저해하고 있음을 지적했는데, 이때 언어적 순결을 상실한 세태를 위기로 규정하고 이를 극복하려는 비평적 글쓰기의 실천이 곧 언어에 대한 주인의식을 환기하며 자국어와 자국문화의 소중함을 재인식하게 만든다. 특히 김소운에게 번역 작업은 그러한 주인의식을 환기시키는 중대한 계기가 된다. 그의 번역 작업이 한일 간의 문화 교류를 지향하는 것이기 전에, 그 전제조건으로서 언어의 배타적인 국경·국적을 실체화하고 규범화하는 것을 목표로 한다는 점이 이를 뒷받침한다. 결국 여기서 '번역'이란 에크리튀르 체계를 기준으로 '국어'와 '외국어'의 권역을 획정하려는 주체의 '비교'의 실천이 전개됨에 따라, '일본(인)'이라는 거울 이미지와 대칭되는 '한국(인)'의 문화적, 정신적 동일성이 상상적으로 재건되는 장치인 셈이다.

따라서 김소운이 천착하고 있었던 것은 두 국가어 사이의 유사성이 아니라 각자의 고유성인 것이다. 실제로 김소운은 그것을 부각시키기 위해 번역가의 전문성이 요청되는 지점, 그러니까 '고전(문학)'의 사례처럼 '축어역逐語譯'으로는 전달될 수 없는 정신의 고유 영역이 각 국가어 내에 존재함을 여러 차례 강조하였다.[37] 번역될 수 없는 것이 있기에 번역가의 개입이 절대적으로 필요하다는 이 주장은 모순되는 것인데, 바로 이 모순을 뛰어 넘고자 제시된 개념이 그 유명한 '시심詩心의 번역'이다.

번역이란, 어감보다 어의에 치중하는 논문 등 속에서만 어느 정도 가능할 뿐이요, 시나 동·민요를 번역하는 것은 아예 생각지도 말아야 할 일이다. 생활의 전통이며 생활 정신을 떠날 때, 이미 그 시(동·민요를 포함해서)는 반이 죽어버린다. 어떤 의미에서 솜씨 있게 잘 되었다는 역시도 기실은 원시의 4분의 1을 겨우 재현시켰다는 것이 에누리 없는 성과이다. 시를 남의 말로 옮긴다는 그 무모 자체가 벌써 하나의 도살 행위라고 볼 수 있다. 그렇다고 역시의 존재 이유를 아주 부정해버릴 수도 없는 노릇이다. 페르시아어를 배워야 「루바이야트」를 읽고, 독어를 알아야 괴테, 하이네를 이해한다는 것도 지나친 이상론일 수밖에 없다. 가능과 불가능의 타협－거기서 눈감고 용인된 것, 그것이 운문의 번역이다.[38]

어학력만으로는 번역은 불가능하다. 특히 그것이 시일 경우에는 번역자 자신이 시인이지 않으면 안 된다는 것, 그로부터 원어와 역어 양쪽 모두를 일단 자신의 것으로 숙련시켜 소화시키지 않으면 안 된다는 것—, (…중략…) 요컨대 시의 번역이란 '마음의 번역'이며, 어휘나 문자의 번역되어서는 안 된다—, 저는 그렇게 믿고 있고 있습니다. 이 '마음의 전달'을 위해서

37 일례로 김소운은 1978년에 출간된 『金素雲對譯詩集』의 일러두기에서 "재일동포 2세, 3세"들을 향하여 "逐語譯이 아닌 이상 母國語 學習에는 별 도움이 되지 않을 것이나, 祖國의 詩心의 실마리나마 그들에게 이해되어 주었으면 하고 바랄 뿐"이라는 말을 남기며, '축어역'에 대립되는 개념으로서 '詩心의 번역'을 제시하였다. 金素雲, 「對譯詩集 메모」, 『金素雲對譯詩集』(上), 亞成出版社, 1978, 4쪽.

38 김소운, 「일본말의 飜譯이란 것」, 『日本의 두 얼굴－가깝고도 먼 이웃』, 61~62쪽.

는 불필요한 가지를 잘라 버리기도 하고, 의식적으로 단어를 교체해야만 하는 경우가 있다는 것을 말씀 드리고 싶습니다. (…중략…) 시 번역을 위해서는 다소 이러한 월권이 불가피하게 발생하곤 합니다만, 원시의 마음을 존중하려는 원칙은 어디까지나 지켜져야 합니다.[39]

김소운의 주장을 요약하면 다음과 같다. '원시를 어의 중심으로 옮기는 축어적 번역은 일종의 '도살 행위'로서 '원시의 마음'을 전혀 전달하지 못한다. 따라서 '원시의 마음'을 존중하는 원칙이 지켜져야 하는데, 그를 위해서는 두 가지의 전제조건이 갖춰져 있어야 한다. 먼저 번역가 그 자신이 시인이 되어야 하며, 그에 더해 원어와 역어 모두를 자신의 것으로 소화시킴으로써 두 언어에 담겨 있는 '생활의 전통'이나 '생활 정신'에 대한 깊은 이해를 갖고 있어야 한다.'

일견 수긍할 수 있는 이야기처럼 들리지만, 그의 주장은 일반론을 가장하고 있는 특수론에 지나지 않는다. 그의 번역론상에서는 '언어의 경계'를 초월하여 '시심'을 전달할 수 있는 권리가 모든 번역가에게 열려 있는 것이 아니라, 김소운 그 자신에게만 독점적으로 부여되어 있기 때문이다. 그는 시인인 동시에 번역가인 자신만을 '언어의 경계'를 넘나들 수 있는 유일한 존재로 상정하며 '마음의 번역'을 고유의 권능으로 특권화하고 있는데, 그 결과 번역의 방향성은 "원시의 마음"을 존중하여 전달하는 것이 아니라, 오히려 그것을 자신의 것으로 소화하여 매개하고 있는 번역가의 '시심'만이 독자에게 전달되는 형태로 변질될

39 金素雲, 「韓国と日本のはざまで－東大での講演」, 『こころの壁－金素雲エッセイ選』, サイマル出版会, 1981, 242~244쪽. 번역은 인용자.

수밖에 없는 것이다.[40]

이를 통해 드러나는 것은 '싸구려 일본어', '무책임한 일본어', '주책없는 혼성회화' 등, 개별적 발화(파롤) 차원에서 발생되는 언어의 자의적 사용을 비판하며 언어의 규범적 사용을 강조했던 김소운이었으나, 그 또한 "원시의 마음"을 "가능과 불가능의 타협-거기서 눈감고 용인"하는 방식으로 사유화私有化하여 시어에 대한 자의적 해석을 반복해왔다는 사실이다. 이로써 '언어의 경계'를 가르는 '법'이 지엄하기에 "시나 동·민요를 번역하는 것은 아예 생각지도 말아야 할 일"이라고 말하면서도, 한편으로는 '시심의 번역'을 통해 그것을 극복할 수 있다는 주장은 예의 그 언어적 규범 내에 수렴될 수 없는 초과분이 존재한다는 사실을 스스로 인정해버리는 자가당착에 귀결한다.[41]

이 모순된 논리는 그 자체로서도 주목을 요하는 것이지만, '시심의 번역'이라는 말이 그러한 모순을 비가시화하는 역할을 한다는 점에도 주의할 필요가 있다. 그 텅 빈 기표는 '언어의 경계'라는 규범의 허구성과 공백을 지시하는 것인 동시에, 그 허구성과 공백 자체를 규범 내부로 흡수하여 은폐해버리는 이데올로기적 기능을 수행한다. 따라서 '시

40 오세종의 연구는 김소운의 번역이 안고 있는 이러한 문제점을 '시심의 행방(詩心の行方)'이라는 말을 통해 부각하고 있으며, 텍스트 분석을 통해 그것을 정치하게 해석하고 있다. 상세한 내용은 呉世宗, 『リズムと抒情の詩学－金時鐘と「短歌的抒情の否定」』, 生活書院, 2010, 73~127쪽 참조.

41 즉 서로 다른 언어로 재현 불가능한 것의 존재(시니피앙의 비대칭성)를 인정하면서도, 그것과는 무관하게 그 차이를 넘어서 궁극적인 의미 전달이 가능하다는 김소운의 주장은, 스스로를 '초월론적 시니피에(transcendental signified)'='초월론적 시심'의 보유자로 위치시킨다. 그러나 '초월론적 시심'은 문자 그대로 두 개의 언어 중 그 어디에도 귀속될 수 없는 것이기에, 또 다시 재현(번역) 불가능한 것의 존재를 불러들이는 모순을 반복할 뿐이다. 자크 데리다, 남수인 역, 『글쓰기와 차이』, 동문선, 2001, 439~444쪽.

심의 번역'을 통해 회피되는 것은 단순히 시어의 '번역 불가능성'이 초래되는 순간만이 아니다. 나아가 그것은 언어의 근원적 타자성과 직면함으로써 주체 그 자신이 스스로에게 '번역 불가능'한 대상이 되어버리는 순간인 것이다. 김소운은 그러한 순간을 다음과 같이 묘사한다.

> 모임의 자리를 물으려고 프론트 쪽으로 가려던 내 귀에 그때 유창한 일본말이 들려 왔다. 진짜 일본말을 서울에 돌아와 듣기는 그날이 처음이다. 14년 동안 아침 저녁으로 귀에 익었던 일본말—해방 전 30년을 두고 귀로 들어 온 일본말—내 나라에 살적에도 그 일본말과 인연 없이 지낸 날은 없다. 그랬던 일본말이건만, 몇 마디 안되는 '진짜 일본말'이 내 귀에 들렸을 때 등살이 오싹하고 오한이 전신을 훑어가는 그런 느낌이었다. (…중략…) 어째서 유독 그날 그 자리에서 들은 일본말만이 내 귀에 그토록 쇼크를 주었을까? 두고 두고 생각해 본 나머지 두 달이 지난 요즈음에 와서 겨우 거기에 대한 대답을 발견한 것 같다. 그 대답을 자세히 쓰기로 들면 하나의 심리소설적인 테마가 될는지 모르나, 한 마디로 말해서 그 위치 그 자리에 문제가 있었다. 거기는 도쿄도 교토도 아닌 내 고토(故土), 내 고장이다. 철나고부터 내 눈, 내 귀가 듣고 보아온 일본인, 그네들의 특권과 우월의식, 아침 저녁으로 그 우월과 대치하면서 나 자신이 길러 온 콤플렉스, 심리적인 조건반사, 내 생리 속에 숨어 있던 그 잠재의식이 수십 년의 시간 경과를 뛰어넘어 그날 그 자리에서 잠을 깬 것이 아니었던가. 만일 거기가 내 나라 내 땅이 아니고 일본의 어느 도시였던들, 귀가 4, 5개월, 일본말과 일시 멀어져 있다는 그런 조건이 아니었던들, 내게 그 오한이 지나갔을 리 없다, 이것이 내가 찾아 낸 나 자신의 회답이다.[42]

김소운은 서울 한복판에서 들은 '진짜 일본말'이 "그네들의 특권과 우월의식"을 환기하며 자신의 식민지 콤플렉스를 자극했다고 설명한다. 그러나 그것이 설령 '가짜 일본말'이었다고 해도 상황은 나아질 것이 없다. '싸구려 일본어', '무책임한 일본어'가 그에게 불쾌함과 수치심을 야기하는 것이었다는 사실은 앞서 살펴본 대로이다. 결국 김소운이 직접 밝히고 있다시피, 길가에서 우연히 보고 들은 '말'들이 그를 불쾌하게 만든 원인은 "그 위치 그 자리"라는 현장성에 있다. 주체의 언어적 규범에 균열을 야기하는 그 우발적인 '말'들은 현재라는 시공간에 시대착오적인 과거의 잔여를 불러들이는 것, 달리 말해 제국의 지배언어国語, 고쿠고였던 '일본어'와 식민지 '조선어'에 대한 기억을 상기시키는 것이기 때문이다.

이런 맥락에서 볼 때, '한국어'를 편역하여 그에 담긴 민족문화의 '순수함'과 '예술성'을 가시화하고자 했던 그의 집념은 동시에 무언가를 비가시화하는 형태로 전개되었다고 볼 수 있다. 그것은 다름 아닌 제국의 '고쿠고'에 완벽히 동화되기를 꿈꾸었던 식민지 '조선인'의 모습, 즉 김소운 그 자신의 과거인 것이며, '번역가의 사명'이란 그 과거가 빙의하는 "그 위치 그 자리"에서 벗어나기 위한 강박적인 몸부림의 다른 표현인 것이다.

42 김소운, 「불어오는 日本 바람」, 『日本의 두 얼굴—가깝고도 먼 이웃』, 54~56쪽.

5. '고쿠고国語'라는 거울과 나르시시즘의 시학

생을 마감하기 한 해 전인 1980년, 김소운은 은관 문화훈장을 수훈하였다. 번역을 통해 한국 문화를 일본에 알린 것이 국가적인 공로로서 인정된 것이었다. 그의 어학 실력과 시문학에 대한 조예가 '조국'의 땅에서 환영을 받으며 그 문화적 가치를 공인받은 것이었기에, 김소운 본인에게 이는 더할 나위 없이 명예로운 일이었으며, 삶의 마지막을 유의미하게 장식하는 일이었을 테다.

그러나 본래 김소운의 일본어 능력이나 일본문화에 대한 해박한 지식은 해방 이후 한국사회에서 환영받기 어려운 것이었다. 알다시피 해방이후 한국에서 '지일知日'이라는 기표는 '친일親日'과 다를 바 없는 것으로 의미화되었기에, 대놓고 드러낼 수 없을 뿐 아니라 철저히 감춰져야할 것으로 여겨졌다.[43] 소설 『유맹』의 '나'가 그러했듯 '일본에 대해 잘 안다'는 것, 혹은 '일본어를 읽고 쓸 수 있다'는 것이 하나의 전문적 능력이 아니라 민족적 의식의 결여로서 간주되었던 셈이다. 실제로 1952년 9월 베네치아 국제예술가회의에 참석하기 위해 환승지인 도쿄로 향한 김소운은 그곳에서 응한 『아사히 신문』과의 인터뷰 「최근의 한국사정」으로 인해 귀국을 거부당했는데,[44] 한국전쟁으로 인한 피해

43 한수영은 이와 같은 억압 기제를 '의도적 망각(intentional forgetting)'이라고 명명하였다. 그는 해방 이후 국민국가의 '단일 언어' 이데올로기에 의해 포스트식민 주체의 '이중언어적' 정체성이 은폐되어 왔음을 전후세대 문학을 통해 해명하였는데, 이러한 논의는 이 절의 내용을 구상하는 데 중요한 참조점이 되었다. 한수영, 『전후문학을 다시 읽는다 – 이중언어, 관전사, 식민화된 주체의 관점에서 본 전후세대 및 전후문학의 재해석』, 소명출판, 2015, 273~276쪽 참조.

44 金素雲, 「最近の韓国事情 – 八年ぶり来日の金素雲にきく」, 『朝日新聞』(東京, 夕刊), 1952.9.24.

와 피난생활의 곤궁함 등 한국의 부정적인 측면들을 상세하게 발설했다는 죄목으로 그에게는 '친일', 혹은 '민족반역자'의 이미지가 강하게 덧씌워졌던 것이다.

물론 그것은 김소운으로서는 억울한 처분이었다고 볼 수 있다. 해방 이후 그는 자신의 정체성이 '친일'과는 무관한 것임을 보여주고자 애쓰고 있었기 때문이다. 예컨대 한국전쟁 당시 부산에 있었던 그는 전화에 휩싸인 한반도를 '지옥'이라 칭하고 일본을 '천국'이라고 표현한 『선데이 마이니치』 좌담회 기사 「한국전선에 종군하여」에 자극을 받아, 그에 대한 비판을 담은 「목근통신」(1951.6)을 발표했다.[45] 거기서 김소운은 해당의 기사 내용을 조목조목 반박하며 일본에 당당하게 항의하는 민족적 주체로서의 자신을 어필하고 있다. 그것은 '지일'의 실천이 민족에 대한 배반이 아니라, 민족의 입장을 대변하여 일본에 대항할 수 있는 방편임을 증명하려는 것이었다고 볼 수 있다. 그러나 「목근통신」은 전시상황에 있던 당시 한국사회 내에서는 그다지 주목받지 못했던 것으로 보인다. 이는 1951년 11월 일본의 종합잡지인 『중앙공론』에 번역·게재된 이 글이 일본 내에 큰 반향을 일으켰던 것과 대조적인 반응이었다.[46]

그렇다면 김소운은 어떻게 한국사회에서 환영받는 '지일' 지식인으로 거듭날 수 있었던 것일까. 그것은 1965년 한일국교정상화라는 정치적 획기점의 연장선상에서 살펴 볼 필요가 있다. 한일국교정상화가

---

45 「韓国前線に従軍して」, 『週刊サンデー毎日』, 1950.9.10; 「목근통신」, 『大韓日報』 6월 연재.

46 金素雲, 「日本への手紙－木槿通信」, 『中央公論』 66, 1951.11. 이 글을 읽고 일본의 지식인인 미키 하루오(三木治夫)가 화답한 글 「「목근통신」을 읽고(「木槿通信」をよんで)」가 『日本의 두 얼굴－가깝고도 먼 이웃』에 수록되어 있다.

진행되던 1960년대 중반, 「목근통신」은 새롭게 가치를 인정받으며 한국사회에서 주목받기 시작한다. 김소운이 아직 한국으로 돌아오기 전이었던 1965년 8월, 언론인 홍종인이 『이 일본사람들을 보라』라는 표제로 「목근통신」을 단행본 형식으로 출간하였는데, 이 책의 머리말에서 홍종인은 그 출간의 의의를 다음과 같이 밝힌다.

> 소운형, 형도 짐작이 없지 않을 것입니다. 내가 어째서 책 이름을 오늘 갈아가지고까지 형의 「목근통신」을 오늘 다시 발간해야겠다고 억지를 피워야만 했을 것인가 하는 점입니다. 보십시오. 우리나라에는 저마다 애국자요, 정치가요, 또 모르는 것 없이 다 안다는 사람들이 하도 많다는 것입니다. 그 가장 뚜렷한 예로서 한일문제에 관한 찬성과 반대의 요란스러운 사태를 들 수 있을 것입니다. (…중략…) 지금 우리나라는 어차피 일본과 다시 접근치 않을 수 없는 처지에 있고 보니, 그 어느 때보다도 일본과 그 사람들에 대한 이야기가 가는 곳마다 입에 오르내립니다. 다시는 저들의 침략의 밥이 될 수 없다는 소리가 높고, 한일회담의 결과에 대한 불만과 반대의 소리 또한 높습니다. (…중략…) 여기서 더 장황하게 이야기를 벌여놓을 필요가 없을 것 같습니다. 일본 사람에 관한 구체적인 지식, 해부와 비판의 지식을 우리 국민 대중에게 공급하기 위하여 형의 「목근통신」은 부득불 그 이름을 고쳐서 여기에 내놓는 것입니다. 형이야말로 일본 사람의 속도 겉도 그 그림자까지 있는 그대로 해부하고 요리해낼 수 있는 가장 풍부한 일본에 관한 지식을 가진 분입니다.[47]

---

47 홍종인, 「머릿말」, 김소운, 『이 日本사람들을 보라 – 日本에 보내는 편지』, 首都文化社, 1965, 4~6쪽.

홍종인은 저자 김소운의 동의를 제대로 구하지 못한 상황임에도 불구하고, 이 책을 시급하게 출간해야 했던 이유를 위와 같이 설명하고 있다. 요약하면 한일국교정상화를 앞에 둔 현재의 위기 상황에서 "일본 사람에 관한 구체적인 지식, 해부와 비판의 지식"을 두루 갖춘 김소운의 혜안이 필요하다는 것이다. 바로 이 시점에 기다렸다는 듯이 김소운의 귀국이 이뤄진다. 귀국과 동시에 그는 '지일'이라는 타자에 대한 앎의 중요성과 필요성을 강조하며 '일본 전문가' 혹은 '일본어 전문번역가'로서의 자의식을 과시적으로 드러내기 시작한다. 즉, "일본과 다시 접근치 않을 수 없는 처지"에 놓인 상황으로 인해 대일對日 위기의식이 고조되어 가던 가운데, 마치 "한일문제에 관한 찬성과 반대의 요란스러운 사태"를 해결해 줄 '영웅의 회귀'인 것처럼 김소운이 등장한 것이다.

> '일본'이라면 무작정 소매를 걷어 붙이고 눈에 쌍심지를 올리는 '애국자'가 있는가 하면, 주착도 체통도 없이 영합과 추종으로 그들 앞에 맥을 못 추는 소가지 없는 친구들이 있다. 있다는 정도가 아니요, 이쪽은 절대 다수이다. 라디오, TV의 커머셜에 귀를 기울여 보라! 한국이 이미 실질적으로 일본의 문화 식민지가 된 것을 그 커머셜들이 여실히 입증해 줄 것이다. (…중략…) 알아야 하고, 알려야 하는데 문화 교류의 진정한 의미가 있다. 어차피 반만치 안다는 데서 온갖 오해와 당착이 시작된다. 우리 자신을 그들에게 올바르게 알려야 할 것은 물론이거니와, 그네들의 생활정신, 그네들의 문화의 모습을 보다 책임 있게 인식하고 파악할 의무가 우리에게는 있다. (…중략…) 일본에 대해서, 일본 문화에 대해서, 인제는 지레 겁을 먹는 그런 소극

적 자세를 지양하고, 과부족 없는 올바른 이해를 좀 더 자신 있게 길러 갈 때라고 생각한다. 그것이 우리들의 체질의 허점을 보강하는 면역의 방도이기도 하다.[48]

김소운은 "한국이 이미 실질적으로 일본의 문화 식민지가 된 것"이라고 경고하면서, 그 원인을 일본에 대한 어설픈 이해, 혹은 무지無知에서 찾고 있다. 바꿔 말하면 일본에 대한 "올바른 이해"가 문화적 식민지화의 위기를 극복할 수 있는 길이라고 말하고 있는 셈이다. 일본에 대한 지식과 이해의 필요성을 강조하는 김소운의 주장 자체에는 별다른 문제가 없어 보인다. 그렇지만 '일본을 알아야 한다'라는 주장이 언제나 그 타당성과 시의성을 인정받을 수 있었던 것은 아니었다는 점에 유의해야 한다.

앞서 홍종인이 상찬한 「목근통신」도 발표 당시보다 한일 국교정상화 시기에 재조명되며 관심을 받기 시작했다. 김소운 또한 귀국 이후 자신이 발간한 저작집에 「목근통신」을 수차례 재수록하며 그것을 자신의 대일의식을 집약한 대표작으로 내세웠다.[49] 이러한 일련의 현상들은 해방 이후 이른바 망각과 은폐의 대상이 되었던 일본(어)에 대한 지식이 더 이상 숨겨야 할 무엇이 아니라, 적극적으로 드러내어야 할 것으로서 그 가치가 재편되었음을 보여준다.

---

48 김소운, 「겁내지 말고 신중히－일본문화원 개설을 두고」, 『목근통신』, 222~224쪽. 초출 1971년.

49 「목근통신」이 수록된 그의 저작집은 『木槿通信』(大邱英雄出版社, 1951), 『馬耳東風帖』(大邱高麗書籍, 1952), 『恩讐三十年』(ダヴィッド社, 1954), 『希望はまだ棄てられない』(河出書房, 1955), 『이 日本사람들을 보라－日本에 보내는 편지』(首都文化社, 1965), 『日本의 두 얼굴－가깝고도 먼 이웃』(三中堂, 1967), 『木槿通信』(三星文化財團, 1973) 등이 있다.

제1장에서 살펴보았듯이 국교정상화를 계기로 일본과 구별되는 한국의 언어적, 문화적 정체성을 찾아야 한다는 위기의식이 당대 지식인들 사이에서 널리 공유되고 있었다. 귀국 이후 김소운은 그러한 시류에 편승하면서도, 당대 지식인들의 일본에 대한 태도를 정보나 이해의 결여가 낳은 국수주의적, 배타주의적 자세라고 비판함으로써 담론 공간 내에서 자신의 위치를 점할 수 있었던 것이다. 즉, 일본에 대한 무지를 경고하는 김소운의 발언은 당시 한국사회에 팽배하던 대일 위기의식을 토대로 제기될 수 있었던 것이며, '지일'이라는 것이 하나의 사회적 권위와 가치를 지닌 전문적 지식으로 인정받을 수 있었던 것도 국교정상화 이후 일본의 영향력 증대라는 당대사적 맥락 없이는 불가능한 일이었다.

결과적으로 한일국교정상화를 둘러싸고 전개된 위기의 담론이 현실을 위기로부터 구제할 '영웅적' 존재의 출현을 가능하게 만들었으며, 김소운 또한 자신이 견지한 '지일'의 지식=권력을 위기 상황에 대한 대처능력으로 정식화함으로써 한국사회에서의 발언권을 회복할 수 있었던 셈이다. 그런데 문제적인 것은 이와 같은 위기의 담론 양식이 김소운의 귀국 이후 행적에서만 발견되는 특징이 아니라, 그의 과거 행적에서도, 그러니까 식민지시기의 글쓰기에서도 발견된다는 점에 있다.

> 조선의 말은 이내 곧 문장어로서는 종지부를 찍으려 하고 있다. 생활 곳곳에서 그 그림자가 아주 사라지지는 않겠지만, 이미 사회어로서의 활발한 기능을 잃어 가고 있는 것은 사실이다. 최근 2, 3년 사이에 조선의 문단·시단은 갑작스레 활기를 이어가고 있는 것처럼 보이지만, 그러나 그 근저에 수

긍할 만한 필연적 동기가 없고서는 조금도 낙관할 수 없다. 조선의 문학이 어떻게 될지는 내가 가볍게 판단할 일은 아니지만, 오늘날 소학교 아동들을 통해 미뤄 보면 틀림이 없을 것이다. 아마도 10년 후에는 조선어로 쓴 시 작품은 존재한다고 해도 그것을 읽을 사람이 없는 것이 아닐까.[50]

이미 알려진 바대로 김소운은 식민지시기에 발표한 '조선어' 시 번역을 통해 일본문단의 권위자들로부터 대단한 찬사를 받았으며, 그들로부터 '조선의 시심詩心'을 대변하는 인물로 손꼽히게 되었다.[51] 그런데 그는 자신에게 큰 명성을 가져다 준 최초의 역시집인 『젖빛의 구름』에서 위와 같은 문제적인 발언을 남긴다. 위의 인용은 소멸의 위기에 처한 '조선어' 시를 '고쿠고=일본어'로 옮김으로써 '조선의 시심詩心'을 보전하고자 한다는 논리를 취하고 있다. 여기서도 어김없이 위기의 담론이 전개됨에 따라 그것을 위기로부터 구제할 주체인 김소운 그 자신의 출현이 이뤄지고 있다.

이 당시 김소운에게 번역이란 이내 사라지게 될 '조선어'로부터 조선민족의 '시심'을 적출하여 '고쿠고=일본어' 체계 내부로 이식시키

50 金素雲, 「Rへーあとがきに代へて」, 『乳色の雲－朝鮮詩集』, 河出書房, 1940, 309~310쪽. 번역은 인용자.

51 잘 알려진 바대로 김소운은 일본의 시인 기타하라 하쿠슈(北原白秋)와의 인연을 통해 일본문단에서 이름을 얻게 되었다. 기타하라의 도움으로 그는 『朝鮮民謠集』(1929), 『朝鮮童謠選』(1933), 『朝鮮民謠選』(1933), 그리고 『젖빛의 구름』을 잇달아 발표하며 '조선의 시심(詩心)'을 대변하는 인물로 불리게 되었는데, 이는 일본의 시인 사토 하루오(佐藤春夫)에 의한 명명이었다. 다만 호소미 가즈유키가 지적한 것처럼, 사토가 김소운의 역시에서 '발견'하고 있었던 것은 종주국 일본과 식민지 조선을 위계적으로 연결 짓는 "서정적 단일문화(mono cultre)"임에 다름 아니다. 이에 관한 보다 상세한 내용은 호소미 가즈유키, 정실비 역, 「전쟁책임론에 대한 시각－두 개의 '식민지'가 교착하는 장소」, 사카이 나오키 외, 『총력전하의 앎과 제도』, 소명출판, 2014, 333쪽 이하 참고.

는 일종의 집도행위와 같은 것으로, '소멸'의 위기를 순식간에 '환생'의 기회로 탈바꿈시키는 기술이다. 이때 의미심장한 것은 김소운이 사멸 위기에 처해 있다고 판단하고 있는 '조선어'란 '구어=음성언어'가 아니라 '문장어=문자언어'에 한정된다는 점이다. 그가 음성언어의 문제를 배제한 채로 논의를 전개하고 있는 것은 그것에 대해 무관심하기 때문이 아니다. 오히려 그는 언어의 위기란 근본적으로 민족정신과 밀접히 연관된 문자언어의 차원에서만 발생가능하다고 상정하고 있는 셈이다. 앞서 보았듯 그에게 문자언어는 민족의 정신이 가시화된 형태를 취한 것이자, 통합된 민족 공동체의 형상을 주체에게 제공함으로써 타자와의 경계를 구축하는 것임에 다름 아니다. 따라서 '조선어'를 '고쿠고=일본어'로 옮겨야만 하는 정당성을 전자의 소멸 위기에서 찾는 것은 비상한 정치적 함의를 지닌다. 그것은 곧 김소운 그 자신이 직면한 '조선어' 문장의 위기 앞에서, '언어의 경계'를 재건하여 민족의 정신을 사수하는 길이 아니라, 그 경계를 스스로 철폐함으로써 제국의 지배언어인 '고쿠고=일본어'에 흡수되는 길을 선택했다는 것을 뜻하기 때문이다.

가라타니는 "소쉬르가 살펴보려고 하는 음성언어란 그것들의 경계조차 불분명한 방언으로서의 다수언어이다"라고 말하며, "어떤 방언을 문자로 기술하면 그것이 그 방언을 '명확하게' 만들고, 그것에 의해 규범적인 것으로 변하게 된다"고 지적했다.[52] 이에 따라 당시 김소운의 번역이 지향했던 바를 살펴보면 그것은 '조선어'를 하나의 통일된 실체로

52 가라타니 고진, 조영일 역, 앞의 책, 189쪽.

서 "명확하게" 고착화시키는 민족지적인 "방언조사"의 일종이었으며, 그처럼 '고쿠고=일본어'로 '번역'되어 기록됨으로써 '조선어'는 '제국의 지방어'라는 지위를 부여받으며 제국의 언어체계 내로 흡수될 수 있었던 것이다. 윤상인의 연구가 적확하게 지적한 바대로, 그것은 식민지 주체가 식민지 종주국에 대해 품고 있던 '과잉동화'의 욕망을 시사하는 '차이 지우기' 번역의 일환으로서, "원시의 세계를 일본 전통의 시적 규범과 정서 속으로 수렴시키는 번역 태도"라고 볼 수 있겠다.[53]

그에 반해 1965년 귀국 이후 김소운은 '일본어'를 '외국어'의 일종으로 규정하며 '일본어'와 '한국어' 사이의 '차이 만들기'에 주력했는데, 이는 양자 간의 배타적인 경계를 실체화하고 양자의 상호대등성을 확충하려는 것이었다. 그런데 한 가지 의문인 것은 무엇을 위해, 혹은 누구를 위해 그 '언어의 경계'의 확립이라는 과제가 지급하게 내세워져야 했냐는 것이다. 아마도 그것은 '민족문화의 순결'을 회복하기 위한 것이기 전에, 최우선적으로 김소운 그 자신을 위한 것이 아니었을까. 보다 직설적으로 말하자면, 귀국 이후 김소운이 한국사회에 잔존하는 "일본어의 망령"을 비판하며 '한국어'와 '일본어'의 엄격한 구분의 필요성을 반복적으로 '전경화'했던 것은, 식민지 종주국의 지배언어에 충실히 동화되어 그들의 언어적 제국주의Linguistic Imperialism에 봉사하였던 자신의 과거를 '후경화'하는 것과 그 궤를 함께 하는 일이 아니었을까.

이는 단순히 김소운이 '친일'을 했는가 아닌가를 따져 묻는 것이 아니다. 여기서 주목해야 할 점은 이 이례적인 이중언어 능력의 소유자가

53 윤상인, 「번역과 제국과 기억-김소운의 『조선시집』에 대한 전후 일본의 평가에 대해」, 『일본비평』 2, 서울대 일본연구소, 2010.2, 81쪽.

'국어'의 이데올로기적 기능(동일성을 보장하는 국가어에 동화됨에 따라 한 개인이 주체화되거나 국민화되는 기능)에 수동적으로 이끌려온 것이 아니라, 적극적인 자세를 취하여 한 번은 '일본어(=고쿠고)', 또 한 번은 '한국어(=국어)'를 통해 자신의 동일성과 주체성을 수립하고자 했다는 사실이다.

이에 비춰 보면 두 개의 '국가어' 사이의 경계를 명확하게 구획하려 했던 김소운의 의지는 곧 자신의 과거로부터 완연히 분리된 현재의 자기동일성을 취득하기 위한 의지로서 재해석될 수 있다. 그러나 식민지 종주국과 그 지배언어에 동화되었던 과거의 배경이 부재하다면, 그 누구보다 '일본(어)'에 정통하다고 자부하는 '일본 전문가', '일본어 전문번역가'로서의 김소운의 현재 모습 또한 성립될 수 없다는 점을 환기해 볼 때, 그 과거와 현재, 예의 후경과 전경이 결코 분리될 수 없는 연속성을 지니고 있음을 알 수 있다. 재일조선인 시인 김시종이 김소운의 번역에서 문제적으로 포착했던 것이 바로 그러한 연속성이었다.

> 시인에게 있어 시라는 것은 곧 시인의 삶의 태도를 증명하는 것이다. 『젖빛의 구름』에는 그것이 누락되어 있다. 수록된 43명 시인의 프로필은 전부 '1940년'이라는 시의에 따라 적당히 소개되는 것에 그쳐 있다. 당시의 상황을 생각하면 무리일 것도 없다는 생각도 들지만, 『젖빛의 구름』의 3년 후, "40년의 조선시단을 관통하는 작품을 총괄"할 생각으로 출간된 『조선시집』 전기·중기, 그리고 『조선시집』 복간(復刊)판에도, 파멸적인 삶의 태도를 고수할 수밖에 없었던 조선 시인들 개개인의 존재증명은 그냥 지나쳐 버린다. 당연히 수록되어 있어야할 옥사한 시인의 이름도 없다. 그것은 전 생애

동안 일본어를 자국어에 연결하는 가교로서 두각을 나타냈던 시인의 명백한 사상처럼 보인다. 이 시인은 만년의 결실로서 『한일사전』을 편찬했다. 그것은 곧 가위눌린 것일 뿐인, 달의(達意)적인 어의들의 집적이다. 그렇기에 나는 숙련된 일본어를 불신한다.[54]

위의 인용은 1981년 김소운의 타계 소식을 접한 뒤 김시종이 선배 문인의 죽음을 애도하며 작성한 「그래도 일본어를 불신한다」라는 글의 일부이다. 잘 알려진 것처럼 김시종은 김소운의 역시를 전반적으로 재검토하여 『재역 조선시집』을 내놓은 바가 있는데, 이 짧은 글은 김소운의 역시에 대한 김시종의 근본적 문제의식이 무엇이었는지를 엿볼 수 있게 해준다. 김시종은 '일본어'를 다루는 김소운의 노련함, 혹은 능수능란함을 일종의 "가위눌림", 즉 식민주의의 언어 규범을 내재화한 자기억압의 산물로 규정하며, 그것이 번역을 통해 발현될 때 원작자인 시인의 존재와 그 삶의 태도, 시의 정치적 함의 등을 탈취하는 장치로서 기능하고 있음을 지적한다.[55] '일본어'에 능통하다는 사실 자체가 문제가 되는 것이 아니라, 그것이 해방 이후에도 아무런 역사적인 반성이나 회의 없이 온존되면서 그 문학적 능력의 탁월함을 뽐내고 있다는 점이 문제적이라는 것이다.

김시종의 문제의식은 상당히 명료하다. 번역가로서 김소운의 태도가 식민지시기 당시에나 그 이후에나 크게 달라진 점이 없다는 것이다.

54 金時鐘, 「それでも日本語に不信である」, 276~277쪽.

55 김시종은 김소운의 번역시가 수행하는 이러한 부정적 기능을 "망령의 서정(亡霊の抒情)"이라는 말로 표현하기도 한다. 金時鐘, 「亡霊の抒情」, 『金時鐘コレクションVII－在日二世にむけて(文集 I)』, 藤原書店, 2018, 200쪽.

실제로 김소운은 1978년에 부산의 아성출판사를 통해 『김소운 대역시집』 전3권을 출간하였는데,[56] 이 시집에 수록된 번역시 중 일부는 과거 『조선시집』에 수록되었던 것을 거의 그대로 옮겨온 것이고, 새로이 발굴되어 수록된 작품들에서도 번역의 문체나 방향성에서 변화된 점을 찾아보기 어렵다. 김시종이 보았을 때 그처럼 항상성을 유지하며 반복되어 온 번역의 실천은 김소운의 언어가 삶의 최후에 이를 때까지 식민주의의 주박에서 탈피하지 못했음을 증거하는 것이었다. 이는 김소운에게 '일본어'라는 것이 불신과 회의 대상이기는커녕, 역사의 흐름이나 시대의 변화를 초월하여 '조선의 시심'의 대변자라는 일관된 자아상을 가능하게 함으로써 그의 과거와 현재 사이의 간극을 봉합시키는 것이었음을 의미한다.

『재역 조선시집』을 내놓으면서 김시종은 김소운의 『조선시집』이 "역어譯語가 적절한 것인가에 대해 조선인의 입장에서는 단 한 번도 음미되지 못한 채" 그저 '명역名譯'으로 치켜세워져 왔음을 지적했다. 김소운의 번역에 "아낌없는 찬사"를 보냈던 유명인들은 사실상 "조선어와는 아무런 관계도 없는 일본 근대시의 대가, 중진들"이었다.[57] 결국 김소운의 『조선시집』은 원어인 '조선어'의 존재가 누락된 차원에서 수용되어 온 것이며, 달리 말하자면 김소운이 구사한 "숙련된 일본어"가 원어의 존재를 망각시켜버린 것이다.

---

56 金素雲, 『金素雲對譯詩集』(上・中・下), 亞成出版社, 1978.

57 金時鐘, 「『朝鮮詩集』を再訳するに当たって」, 『再訳 朝鮮詩集』, 岩波書店, 2007, vii쪽. 윤상인 또한 "『조선시집』에 대한 논의가 원천 언어인 한국어에 대한 검토 없이 도달언어인 일본어만을 토대로 이루어진" 탓에 그것이 "번역 없는 번역시집"으로 읽힐 수밖에 없었다는 점을 지적했다. 윤상인, 앞의 글, 57쪽.

그처럼 '조선어'의 존재가 망각된 자리에서 오히려 두각을 드러내고 있는 것은 일본의 고전적 문어文語, 아어雅語를 자유자재로 구사하고 있는 번역자 김소운의 존재이다. 따라서 그의 "숙련된 일본어"로 번역된 시들은 단지 번역 주체가 식민지 종주국에 대해 품고 있던 동화의 욕망을 예시할 뿐만 아니라, '고쿠고=일본어'에 완벽하게 동화될 수 있는 '조선인'의 모습을 가시화함으로써 식민지 '조선(인)'을 제국의 시야 내에 완전히 포괄시켜 파악하려는 식민주의적 욕망을 충족시킨다.[58] 즉 고색창연한 '고쿠고'로 번역된 '조선의 시심'이란 식민지 주체가 제국의 시선을 모방하여 스스로를 검열하고 그들을 흉내내는 방식으로 자기를 가시화(전시 및 과시)하는, 이른바 자기억압의 표현물임에 다름 아니다.

문제는 그러한 식민주의의 언어적 유산이 단순히 '조선어'를 '한국어'라는 국가어로 복권하고 '일본어'를 외국어의 원점으로 되돌려 놓는 행위를 통해서는 청산될 수 없다는 점이다. 물론 김소운은 자신의 "숙련된 일본어"를 타자의 언어로 외재화하기 위해 언어의 경계를 지키는 파수꾼으로서의 역할을 자처했다. 그러나 이러한 노력에도 불구하고 그의 번역이 획기적인 전기를 맞이할 수 없었던 까닭은, 여전히 그에게 '모어(조선어)'의 존재는 '시심의 번역'이라는 미적인 조탁과 재단의 과정을 통해서만 비로소 '일본어'와 대등한 국가어로서의 위상을

58 차승기의 연구가 지적하고 있듯, 이 경우 식민지/제국의 체제는 "식민지의 삶과 영토와 역사를 기입하고 분류·배치한 문서고 바깥의 세계는 존재하지 않으며, 식민지/제국의 표상의 세계 바깥도 존재하지 않는 듯이 간주하는 체계"라고 규정할 수 있다. 이러한 '가시성의 절대화' 경향은 권력과 법의 시선 바깥에 놓일 수 있는 부분을 모조리 '공적인 장'으로 끌어들이는 것을 목표로 삼는다. 차승기, 『비상시의 문/법-식민지/제국 체제의 삶, 문학, 정치』, 그린비, 2016, 262쪽.

획득할 수 있는 것, 그렇기에 항상적인 위기 상태에 봉착해 있을 수밖에 없는 원시성의 표상이자 결여의 기표로 머물러 있었기 때문이다.

최초의 '변태성 조국애' 이야기로 돌아가 보자. 그것은 자신에게 수치심과 불쾌함을 주는 '조국'의 일면을 통해 그에 대한 애정을 재확인하는 것이었는데, 달리 보자면 이는 자신이 동일시하고 있는 대상에게서 발견되는 결여와 공백을 인정하지 않으려는 태도라고 할 수 있겠다. 김소운은 그 불쾌하고 수치심을 주는 상황을 그저 참고 견딘 것이 아니다. 오히려 그는 그 결여와 공백을 자신의 주체성에 초래된 '위기'로 전치시킴으로써, 번역이라는 에크리튀르의 실천을 통해 이를 극복(은폐)하고자 했던 것이다. 이러한 맥락에서 볼 때 1965년 귀국 이후에도 김소운의 번역이 '일본어'를 '한국어'로 옮기는 방향이 아닌, 그 반대의 방향으로만 계속 이뤄졌다는 것은 단순한 우연이 아니다. 이는 그가 지향했던 번역이 '일본을 보여주기' 위함이 아니라 '일본에 보여주기' 위한 것이었음을 단적으로 예시한다. 그러한 번역을 통해 가시화된 '한국(인)'이라는 미적 형상, 혹은 "숙련된 일본어"로 번역된 '한국어'라는 것은, 사실상 그가 그토록 비판하던 한국사회의 '일본에 대한 무지'를 해소하는 일에는 아무런 역할도 하지 않으며, 오히려 그로부터 시선을 회피하는 일에 지나지 않는다.

따라서 '시심의 번역'이란 지식의 전달이나 문화교류라는 목적 이전에, 주체의 자기폐쇄적인 운동으로 파악되어야 한다. 그것은 '일본(인)'이라는 타자의 눈에 비친 자아의 나르시시즘적 형상, 그 완전무결한 모습으로 가시화된 자아의 표상을 통해, 역사의 흐름 속에서 정주할 곳을 상실해버린 자기존재의 불안정성을 은폐하려는 운동임에 다름 아니며, 그 강박증적인 운동의 반복 과정에서 식민주의의 언어적 유산들은 '소멸'의 위기로부터 또 한 번의 '환생'을 맞이했던 것이다.

결국 식민지와 그로부터의 해방, 그리고 국교정상화라는 한일관계의 전개과정에서 변한 것은 김소운이 아니다. 김소운의 "숙련된 일본어"는 변함없이 '위기'의 담론과 함께 반복되었으며, 그 '위기' 가운데서 제국의 '고쿠고'에 대해 품었던 동화의 욕망이 독립된 조국의 '국어'에 대한 애착으로 전유되었을 뿐이다. "일본문화의 본질을 이해하고 감수하는 것에 있어 나는 그 어떤 내지인보다 뒤떨어지고 싶지 않다"[59] 고 말하던 과거의 김소운과 "문둥이의 조국, 그러나 내게 있어서는 어느 극락 정토보다도 더 그리운 어머니 품이다"[60]라고 말하는 현재의 김소운 사이에 변화된 것이 있다면, 그것은 단지 그를 번역의 주체로 호명하는 국가(어)가 '일본(어)'에서 '한국(어)'으로 뒤바뀌었다는 사실일 따름이다. 이는 예의 그 '지일'의 아이덴티티가 제국에 대한 모방模倣과 의태擬態라는 자기 식민지화의 산물인 동시에, 자신의 그러한 기원을 끊임없이 부인해야만 하는 이율배반을 통해 구성된 것임을 말해준다.

그렇다면 '지식'이 오히려 '진리'를 은폐한다는 역설처럼, 김소운 그 자신이야말로 '일본어'를 '외국어'의 원점으로 영영 되돌려 놓지 못했던 것이 아닐까. 그가 자처한 두 개의 국가어를 연결하는 '가교'의 역할이란 결국 그 어디에도 완전히 정주할 수 없는 '비운'을 의미하는 것이 아닐까.

한국유학 시절 만년의 김소운을 내방했던 요모타 이누히코는 김소

59 金素雲, 「青年の荷」, 『綠旗』 4(9), 1939.9, 29쪽. 번역은 인용자.
60 김소운, 「목근통신」, 『목근통신』, 57쪽, 초출 1951년.

운과의 만남을 다음과 같이 회상한다. "노老 시인은 (…중략…) 서두를 떼고 약간 쉰 듯한 깐깐한 음성으로 이야기를 시작했다. 그것은 급변하는 시대의 물결 속에서 일본인이 어딘가 먼 곳에 놓아둔 채 잊어버리고 있는 전전戰前의 일본어였다."[61] 이때 요모타가 목격한 것은 단지 일본어에 능숙한 한국인의 모습이 아니었다. 그것은 '전전'이라는 과거시제 속에 주체를 박제시켜버린 언어, 식민화된 주체를 옭아맨 채 죽음을 완고하게 거부하고 있는 그 유령의 언어가 의식의 저편으로부터 불쑥 자신의 존재를 드러내는 장면이었던 것이다.

6. '이광수', 그 '부負의 유산'을 둘러싸고—선우휘 「묵시」

1950년대 중반, 당시 일본에 체류 중이던 김소운과 역사학자 도오마 세이타 사이에 작은 논쟁이 있었다. 논쟁의 발단은 도오마의 저서 『민족의 시民族の詩』로부터 시작되었다. 도오마는 조선의 민요와 근대시에서 일본 시에 결여되어 있는 피억압 민족의 저항적 역사의식을 발견할 수 있었다고 말하면서, 역사적 배경과 조선의 시를 겹쳐 읽으며 그에 나타나는 서사시적 요소들을 상찬하였다. 그에 반해 김소운의 역시는 "원작을 실질 이상으로 매끄럽게 조탁하여 번역함으로써 그 본래의 의미를 유약하게 만들어버린다"고 지적하며, 『조선시집』의 경우도 권력에 대항하여 비판적이거나 저항적인 작품들을 의도적으로 배제하고

---

61 요모타 이누히코, 양경미 역, 「김소운에 대한 추억」, 『우리의 타자가 되는 한국』, 222~223쪽.

있다고 비판했다.[62]

이에 대해 김소운은 오히려 도오마야말로 특정한 정치적 의도를 위해 부정확한 역사적 지식을 끌어들여 원시의 의미를 아전인수 격으로 해석하고 있을 뿐 아니라, 마치 식민지배의 당사자였던 일본인이 피식민 지배를 겪은 민족의 심정을 알겠다는 듯이 말하고 있다며 반박하였다. 이후 논쟁은 흐지부지되고 말았지만, 여기서 주목을 요하는 것은 김소운이 자신의 역시에 대한 비판은 일단 감수하더라도 도오마가 그의 저서에 쓴 이광수에 대한 '감상적'인 인물론 만큼은 용납할 수 없다며 강하게 비판하고 있다는 점이다.[63] 김소운은 도오마가 이광수를 '민족 반역자', '조선 독립에 큰 재앙을 초래한 인물', '민족성의 위선자'로 표현한 것에 분개하여 다음과 같이 말한다.

> 일본제국의 지배하에 있던 36년은 조선민족에게 있어서는 열병(熱病)을 앓던 시기이다. 천연두로부터 목숨은 건졌으나 그 열병의 자국은 남기 마련이다. 그 자국의 하나가 '이광수'라고 말할 수 있을 것이다. 그는 정치가도 사상가도 아닌, 그저 한명의 문필가였으나, 결과적으로 보자면 사상가가 짊어져야 할 비방도 정치가 받아야 할 회초리도 그 자신이 감수한 것이다. 사실 이광수 이상으로 조선 민족을 감화시킨 문학인은 없다. 나쓰메 소세키[夏目漱石], 시가 나오야[志賀直哉]도 그러하겠지만, 한 문학인이 한 민족에

62 藤間生大, 『民族の詩』, 東京大学出版会, 1955, 129~130쪽.

63 한편 재일조선인 작가 김달수는 『민족의 시』에 관한 서평에서 이 책을 상당히 긍정적으로 평가하였다. 특히 도오마의 이광수론을 "하나의 훌륭한 이광수론"이라고 칭하며 김소운과 대조적인 평을 남겼다. 金達寿, 「書評－藤間生大著『民族の詩』」, 『文学』 23(6), 岩波書店, 1955.6, 658~661쪽.

게 미친 감화라는 점에서 보자면 그의 발밑에도 미치지 못한다. 바로 거기에 그의 공과가 엄격히 비판되고 가려져야 할 요인도 있는 것이겠지만, 그것은 어디까지나 냉철한 역사안(歷史眼)을 통해 이뤄져야 할 일이다. 말버릇처럼 '일본 제국'이 튀어나오는 서생론(書生論)이나 고정된 정치인식으로부터는 정곡을 찌르는 비판은 나올 수 없다.[64]

이광수를 두둔하는 위의 발언은 그저 타인에 대한 연민이나 동정 같은 것이 아니다. 오히려 이것은 강한 동질의식의 표현이다. 김소운은 또 다른 글에서 "춘원 같은 분도 필경 삼오당의 한 분"이라고 말하며, 그것에 관해 "지구 위에 허다한 나라를 다 두어두고 하필 이런 나라에 태어났으니 제일의 과오가 아닐 수 없고, 이왕 났으면 농사나 짓고 장사나 할 것이지 인간의 감정과 지성에 상관하는 문학이니 예술이니 하는 이런 고생길을 택하였다는 것이 둘째의 과오, 또 하나는 그런 괴롭고 불행한 가시밭길을 택했거든 호열자, 티브스 별의 별 병이다 많은데, 삼십 전후에 죽어서 천재 소리나 한번 들어 볼 것이지 죽지 않고 살아서 욕된 목숨을 누린 과오일까 보냐. 이것이 내 신학설인 '삼오당三誤堂' 변이다"라는 설명을 덧붙였다.[65] '삼오당'이 김소운 그 자신의 호號임을 상기해 볼 때 이와 같은 인물평은 그가 얼마나 이광수와 자신을 동일시하여 인식하고 있었는지를 보여주는 대목이다.

---

64 金素雲, 「臆測と独断の迷路－藤間生大氏の『民族の詩』について」, 『文学』 24(6), 岩波書店, 1956.6, 759쪽. 번역은 인용자. 또한 이와 거의 동일한 내용의 이광수론이 小野十三郎・金素雲, 「對談－朝鮮の民族詩について」, 『日本讀書新聞』(夕刊), 1956.8.15에서도 반복되고 있다.

65 김소운, 「푸른 하늘 銀河水」, 『日本의 두 얼굴－가깝고도 먼 이웃』, 237~238쪽.

다만 이것은 김소운에게만 해당하는 이야기가 아니다. 이광수에 대한 이러한 긍정적 인식은 이미 당대 한국사회에서 공유되던 것이기 때문이다. 권명아의 연구가 밝히고 있다시피, 전후 남한의 사회문화 담론은 이광수를 저 홀로 민족의 과오를 뒤집어쓴 희생자로 의미화함으로써 식민지적 과거에 대한 공범의식을 자극하였고, 그 공범의식이 역사적 수난과 한의 서사로 뒤덮여지며 '이광수'의 이름은 '민족의 반역자'에서 '고귀한 순교자'를 상징하는 것으로 탈바꿈하였다.[66]

이를 보여주는 비근한 사례가 선우휘의 단편 「묵시默示」이다.[67] 이 소설에는 '서랑'이라는 가공의 인물이 출현한다. 작중에서 서랑은 이광수의 막역한 문우文友이지만, 식민지시기 말기에 이광수와는 다른 길을 걷게 된다. 이광수가 제국주의 권력에 협력하며 수많은 친일의 '말'들을 쏟아냈다면, 그에 반해 서랑은 벙어리가 되어 절필의 길을 택하게 된 것이다. 작가는 그 둘 중 누가 옳았는가를 따져 묻다가, 앞장서서 친일의 '말'을 도맡았던 이광수의 존재가 있었기에, 그 외의 사람들은 그런 험한 꼴을 당하지 않은 채 그 시절을 넘길 수 있었던 것이 아닐까라는 결론에 이른다. 즉 '말' 없이 그 시절을 지낸 사람들에게 저 홀로 '말'해야 하는 수모를 감당해야 했던 이광수를 비난할 자격이 없다는 것이다. 일본인 도오마에게 "냉철한 역사안"을 결여하고 있다고 꾸짖은 김소운이 정작 이광수의 '과오'에 대해서는 아무런 비판의 말도 남기지 않았던 것과 마찬가지로, 1965년 체제 성립기 한국의 '국가적 서

66 권명아, 『식민지 이후를 사유하다－탈식민화와 재식민화의 경계』, 책세상, 2009, 175~182쪽.

67 선우휘, 「默示」, 『현대문학』 17(2), 현대문학사, 1971.2.

사' 또한 그에 대한 최종적 판단을 "이미 말이 필요치 않다"[68]라는 묵언으로 대체하고 있었던 셈이다.

그렇다면 이러한 '묵시'의 논리, 일본의 식민지배에 대해 원망과 분노의 '말'을 쏟아내면서도 그에 협력한 존재들에 대해서는 감히 함부로 '말'해서는 안 된다는 이 이율배반적인 논리야말로 한국사회 내에서 '지일'이라는 이름으로 반복된 '이광수'적인 것, 나아가 '만주국'적인 것의 출현을 설명해주는 것이자, 전습에서 변용을 거듭하며 계속된 식민주의의 양상 그 자체를 보여주는 것이 아닐까. 결국 국가적 '위기'의 담론을 권력 획득의 '기회'로 삼아온 그것의 존재 양상은 식민지의 역사가 남긴 '부負의 유산'을 '영광의 상처'로 전유함으로써 존속된 것임에 다름 아니다.

단 이와 같은 전유가 냉전이라는 역사적 배경을 통해 이뤄졌다는 사실에 유의해야 한다. 즉 한일관계의 1965년 체제란 어디까지나 냉전을 통해 재구축된 엘리트들 사이의 유착 관계를 의미한다는 점을 새삼스레 상기할 필요가 있다. 따라서 다음 장에서는 위와 같이 '말'할 수 있는 권리를 독점한 지식=권력에 의해 한일관계의 냉전적 결속을 정당화하는 '국가적 서사'가 구축되는 과정을 살펴봄으로써, 그것이 결과적으로 초래한 과거사에 대한 무책임의 체계를 비판적으로 검토하고자 한다.

---

68 위의 글, 75쪽.

제3장

기억의 서사와 '우애友愛'의 정치학

이병주 『관부연락선』론

1. 방법으로서의 관계성

1965년 국교정상화는 한일 양국정부의 힘으로만 이뤄진 것이 아니었다. 이미 밝혀진 바대로 한일국교정상화는 한국과 일본을 냉전체제하 자유진영에 귀속된 '동지'로서의 관계로 정립시키고 '반공'이라는 공동의 목표를 통합적으로 추진시키기 위한 미국의 정치적인 지배기획에 기초하여 성립되었다.[1] 칼 슈미트는 정치적 행동과 동기의 기초는 '친구와 적friend or foe'을 구분하는 것에 있다고 말하였는데,[2] 이에 따르면 한일국교정상화는 양국을 정치적 동지의 관계로 공표함으로써 공산진영이라는 공동의 적을 확인하는 '우애의 정치학the politics of friendship'을 실천하는 행위였다. 그러나 이와 같은 관계성의 정립은 상당히 불안정

---

1 吉澤文寿, 『戦後日韓関係ー国交正常化交渉をめぐって』, クレイン, 2005, 36~38쪽.

2 칼 슈미트, 김효천 역, 『정치적인 것의 개념』, 살림, 2012, 39쪽.

한 것이라고 볼 수 있다.

우선 '친구와 적'이라는 이항대립의 구도는 그 외의 다양한 관계의 가능성을 배제한 채 양자택일의 선택지를 강요하지만, 그 선택은 문제의 해결점이 아니라 또 다른 문제의 시발점이 된다. 6·3운동을 단순히 '반일' 데모로 이해하면 안 되는 까닭이 바로 여기에 있다. "기탄없이 말해서 오늘날 현재로는 양국의 국교정상화는 양국정부의 국교정상화의 선線에 머물고 있지, 양국국민의 국교정상화는 아니다"라고 논평한 당대의 신문사설에서 엿볼 수 있듯[3] 그것은 무엇보다 군사정권에 의해 폭압적으로 이뤄진 관계 정립에 대한 반발이었기 때문이다. 민주적 의사결정권을 무시한 채 결과에 대한 순응만을 강요한 탓에, 오히려 시민들에게 일본과 정부 모두에 대한 적대감을 품게 만든 것이다. 즉 그것은 대립적인 관계들의 연쇄를 만들어내는 역효과를 가져왔다.

또한 그처럼 배타성의 원리에 기초하여 맺어진 관계는 끊임없이 상대를 의심과 의구의 대상으로 만들며, 그 관계 자체에 대한 재확인을 요구하게 만든다. 박정희 저격사건(문세광 사건)의 예에서 볼 수 있다시피, 국교정상화 이후에도 양국이 서로를 의심의 눈초리로 바라보거나 비난의 대상으로 여기는 일이 반복되어 왔다. 요컨대 우애의 정치학을 통해 맺어진 한일관계의 1965년 체제는 이미 그 출발점에서부터 일본 또는 한국은 '진정 우리는 친구인가'라는 식의 회의적인 물음을 끌어안은 채 개시되었던 것이다.

여기서 살펴볼 이병주의 장편소설 『관부연락선』(『월간중앙』, 1968.4~

---

3 「國交를 開始한 韓日兩國의 今後－錯雜한 感懷 속에서 批准書 交換式을 마치고」, 『조선일보』, 1965.12.19.

1970.3)은 바로 그와 같은 물음에 직면하여 쓰인 텍스트라고 볼 수 있다. 식민지시기부터 해방이후 현재에 이르기까지 작가의 체험을 자전적 방식으로 기술한 이 텍스트는 "요즘은 한일 양국의 국교도 트이고 피차의 내왕도 빈번한 모양"이라는 것을 동기로 삼아 내러티브의 전개가 시작된다.[4] 국교의 정상화라는 새로운 국면이 제국/식민지 체험과 해방 이후의 일화들에 대한 기억의 서사를 추동하고 있는 것이다.

물론 이 기억의 서사가 국교정상화에 대해 작가가 지니고 있던 찬반의 견해를 판별하기 위한 단서가 되는 것은 아니다. 한일국교정상화를 둘러싼 당대 한국사회의 담론은 국교정상화에 대해 대체로 부정적인 태도를 취했으며, 문학도 그에서 예외일 수는 없었다.[5] 다만 그것이 전부는 아니다. 칼 슈미트의 말대로 정치적 사고가 엄준하게 '친구와 적'을 양분하고, 찬성파와 반대파를 구별하는 것에 기초하고 있다면, 문학 담론은 사람들 사이의 양분될 수 없으며 불분명하고 애매모호한 관계들에 관심을 두고 있고 그에 기초하여 내러티브를 구성하기 때문이다. 따라서 당대의 문학 텍스트를 국교정상화에 대한 찬반의 논리가 개진되던 영역으로 환원하여 읽는 것은 문학 담론의 특수성을 간과한 독해에 지나지 않으며, 텍스트에 대한 다양한 해석의 가능성을 차단할 뿐이다.

『관부연락선』이라는 소설은 한일관계에 주어진 '진정 우리는 친구

4 이병주, 『관부연락선』(I), 한길사, 2006, 25쪽.

5 한일국교정상화에 대한 비판이나 부정적 인식을 직접적으로 드러내고 있는 문학 작품으로서는 남정현, 「사회봉(司會棒)」(『문학춘추』, 1964.6), 박영준, 「김교사」(『사상계』, 1965.10), 현재훈, 「사각의 현실」(『사상계』, 1966.2), 김용성(「재판관귀하(裁判官貴下)」(『창조』, 1972.3) 등을 손꼽을 수 있다.

인가'는 물음에 즉답을 하지 않는다. 그 대신 친구라고도 적이라고도 할 수 없는 미묘한 관계에 놓여 있는 한일 양국의 두 남자를 등장시키고 그들에게 기억의 공유라는 과제를 부과한다. 그 물음에 대한 답을 기억의 서사를 통해 도출될 사안으로 유보하고 있는 것이다. 이 장에서는 이 문답의 지연 속에서 환기되는 규정불가능한 지점들에 주목하고자 한다. 관계사적 측면에서 60년대 한일관계는 국교정상화를 통해 이룩된 회복과 변화의 정조, 그리고 그에 대한 양국 시민세력의 불만과 저항이라는 틀에서 논의되어 왔다.[6] 그러나 문학은 그와는 다른 방식으로 한일관계를 문제화한다. 그것은 국가 간의 공적인 관계를 가상의 무명인들의 사적인 관계로 치환하고 우의적으로 담론화함으로써, 명확히 규정할 수 없는 양자 사이의 관계성의 양태들을 의식적 또는 무의식적으로 노출하는 창구의 역할을 한다. 거칠게 말하면 가상의 세계가 오히려 현실의 허구성을 드러내는 역할을 하는 것이다.

물론 『관부연락선』의 결말은 하나의 완결된 대답을 구비하고 있으며 그에 대한 정당성을 주장하기 위해 기나긴 기억의 서사를 끌어들이고 있다. 작가 스스로가 이 소설을 과거사에 대한 하나의 '청산문학'이라고 칭하고 있으며,[7] 그 청산의 작업을 통해 불분명했던 모든 관계들을 하나하나 정립해감으로써 과거사에서 비롯된 제 문제들이 변증법적으로 극복되는 결말을 이끌어낸다. 이로써 『관부연락선』은 한일관계의 1965년 체제라는 우애의 정치학의 산물에 미적인 완결성을 부여하

6 한일국교정상화 성립과정의 내용과 그에 관한 1960년대 국내외의 정치적 반향은 김웅희, 「한일기본조약의 의의와 한계」, 아시아연구기금 편, 『한일관계 50년의 성찰』, 오래, 2017, 45~74쪽에 상세하게 서술되어 있다.

7 이병주, 「象徵的 舞臺」, 『月刊中央』 창간호, 1968.4, 427쪽.

는 기억의 서사를 구성한다. 그러나 그렇게 얻어진 결말 또한 독자의 공감이라는 담보 없이는 또 다시 지연될 수밖에 없다는 것을 간과해선 안 된다.

이 글 역시도 저자의 의도를 따르지 않고, 이를 거스르는 방식으로 텍스트에 대한 독해를 시도할 것이다. 가다머는 문학의 존재양식에 대해 "정신의 이해 가능성이 가장 소원疎遠한 형태로 외화外化된 것"이라고 지적하였다. 그러한 간접적 "이해 가능성"이라는 한계에도 불구하고 그가 문학에 남다른 의의를 부여한 까닭은 기록과 전승의 기능을 통해 수용자와 관계를 맺음으로써, 그것이 어떤 시대에서든 현재적 의미를 산출해낼 수 있기 때문이다. 따라서 그는 "문학은 소외된 존재가 생명을 상실한 채 존속하는 것으로, 후대의 체험자가 속해 있는 현실 속에 동시적 형태로 주어지는 것이 아니다. 오히려 문학은 정신적 보존과 전승의 한 기능이며, 그 때문에 어떠한 현재 속에서도 그 숨겨진 역사를 드러낸다"라고 부언한다.[8]

이 글 역시 텍스트 이면에 "숨겨진 역사"의 모습을 드러냄으로써 그것의 현재적 의미를 재고하려 한다. 다만 가다머가 말한 바대로 문학을 통해 전승되고 보존되어 온 불변의 정신을 수용하거나 수호하기 위해서가 아니다. 이 글이 추적하려는 "숨겨진 역사"란 오히려 그 전승과 보존의 기록으로부터 배제된 역사이며, 그렇기에 소설에 대한 의미론적 해석을 통해서는 접근할 수 없는 언어 저편의 역사이다. 그것은 정신적 '외화'에 도달하지 못한 채 과거와의 안정되고 일관된 관계수립

8 한스 게오르그 가다머, 이길우 외역, 『진리와 방법 – 철학적 해석학의 기본 특징들』(I), 문학동네, 2012, 227~232쪽.

에 실패한 기억의 층위이자, 특정한 시대적 정신의 고양을 위해 억압된 과거의 파편들인 것이다.

따라서 이 장에서는 역사를 정신의 자기전개로 규정하고 문학을 그 정신의 보존고保存庫로 바라보는 헤겔적 역사인식에 대항하여, 정신의 변증법적 전개과정에서 말소된 "숨겨진 역사"의 흔적들을 발굴하는 일에 천착한다. 알다시피 『관부연락선』을 둘러싼 선행연구는 저자의 학병체험이 소설에서 차지하는 의미나 위상을 규명하는 것에 치중되어 왔다. 특히 학병세대의 자기서사가 지니는 문학사적 또는 정신사적 가치에 대한 논평이 주를 이루고 있다. 그러나 이 글이 염두에 두고 있는 것은 '학병출신 작가' 이병주의 과거체험의 이력이나 그 체험의 희소성이 아니다. 이 글에서 문제화하려는 것은 작가의 개인사와 연관된 것들이 아니라, 소설 『관부연락선』이 과거의 체험을 재현하는 과정에서 동원하고 있는 미학적 장치들과 그것을 통해 실천되는 문학의 정치적 기능인 것이다.

즉 저자의 영향력 아래 소설이 자전적 기억의 서사로 해석되고 학병세대의 정신적 결과물로 수용됨에 따라, 오히려 은폐되거나 망각되고 있는 층위들을 텍스트의 형식적 특질에 대한 분석을 통해 드러내고자 한다. 그것은 곧 냉전적 힘의 질서와 국가권력의 독단에 의해 폭력적인 방식으로 이행된 한일관계의 정상화와 그에 정당성을 부여한 '국가적 서사'에 대항하여, 서사 속에 숨겨진 채로 그것의 완결을 저지하고 있는 비결정적인 관계성의 양태들을 읽어내는 전복적인 독해가 될 것이다.

2. 증언자의 사산과 과거의 잔여

해방 후 20년이 지나 국교정상화를 수립한 한일관계, 이를 계기로 등장인물 '나李'에게 한 통의 편지가 당도한다. 발신인은 식민지시기 일본 유학 시절 동창생인 'E'(일본인), 이 바다를 건너온 편지로 인해 '나'의 과거로의 회상이 시작된다. 유태림의 안부를 묻는 'E'의 편지를 받은 '나'는 그의 사망 소식을 전하게 된다. 그러자 'E'는 그 죽음을 애통하면서 한 가지 부탁을 해 온다. "그 탁월한 한국의 인물[유태림]을 기념할 만한 책"을 출간하고자 하니, '나'가 기억하는 유태림에 대한 "상세한 기록"을 보내 달라는 것이다.

> 유군이 동경을 떠날 때 내게 맡겨 놓은 물건 가운데 '관부연락선'이란 타이틀이 붙은 꽤 큰 부피의 원고 뭉치가 있다. 그 당시 읽었을 때도 흥미를 느꼈지만 지금 꺼내 읽어 보았는데 흥미가 있을 뿐만 아니라 대단히 중요한 자료란 자신을 얻었다. 나는 그것을 유군이 찾을 때까지 일체 공개하지 않고 소중하게 보관하고 있을 작정이었지만 유군이 앞으로 그것을 찾을 기회가 없으리라고 생각하니 한없이 슬프다. 그러니 이것을 그냥 버려둘 수도 없지 않은가. 적당하게 정리해서 해설을 달아 공개하고 싶은데 그러자면 유군의 생애를 알아야 할 것 같다. (…중략…) 나는 군에게서 온 편지를 통해 유군의 소식을 알자 동경 안에 있는, 유군을 알 만한 사람을 청해서 하룻밤 유군을 추억하는 밤을 가졌다. 그때 모인 모두의 의견이 그 탁월한 한국의 인물을 기념할 만한 책을 내자는 데 일치를 보았다. 이런 뜻도 있고 하니 우리의 성의를 보람 있게 해주기 위해서라도 유군에 관한 되도록이면 상세한

기록을 보내 주길 바란다.[9]

이것은 'E'가 '나'에게 보낸 편지의 일부인데, 이 편지로 인해 '나'는 불가역적 힘에 이끌리듯 글쓰기를 해야 할 처지에 놓인다. 일본에서 온 한 통의 편지, 그리고 유태림의 유고 『관부연락선』으로 인해 '나'는 지난 세월을 반추하고 기록하게 된다. "유군과 나에 대한 우정의 이름으로" 유태림에 관한 회고록을 써달라고 의뢰하는 'E', 반면 유태림에 대한 불편한 감정이 남아있을 뿐 아니라, "E와의 우정은 그 가능성 여부조차 생각"할 수 없었던 '나'.[10] 그럼에도 불구하고 궁극적으로 그 요청에 응함으로써 글쓰기가 시작된다.

우애(회복) 서사의 시작을 알리는 이 부분은 한일회담 과정에서 양국 정부가 '우호·화해'라는 대의를 표방하며 국교 재개의 교섭을 했던 바와 유사성을 띠고 있다. 다만 한일회담을 견인했던 '우호· 화해'라는 수사가 양국의 정치·경제적 결속을 위해 동원된 미사여구였다면, 이 텍스트에서 우애라는 이상적 관계의 표상은 과거 기억에 대한 공유를 통해 달성해야 할 목표로 제시되어 있다. 달리 말해 이 소설은 제국/식민지 체제 해체 이후 소원했던 두 인물을 접촉시키고, 그들의 우애관계를 성사시키기 위한 필요조건으로서 『관부연락선』(유태림의 수기)으로 상기되는 과거사의 문제들을 해명하려 한다. 역사와 글쓰기 사이의 인과적 선후관계에 대한 통념과 달리 욕망의 배치로서 글쓰기가 역사를 소환하는 것, 소설 『관부연락선』은 이처럼 "우정의 이름으로" 과거를

9 이병주, 『관부연락선』(I), 10쪽.
10 위의 책, 12쪽.

불러들이고 재배치하는 기억의 정치학을 실천하기에 이른다.

텍스트의 전반적 구조를 살펴보면 소설 『관부연락선』이 과거를 기술함에 있어 비상한 방식을 취하고 있음을 알 수 있다. 유태림이 남긴 "'관부연락선'이란 타이틀이 붙은 꽤 큰 부피의 원고 뭉치", 그것의 사본을 넘겨받아 검토하고 작성되는 '나'의 회상록, 그리고 최종적으로 이 모든 것들을 편집하여 'E'의 손에서 완성될 "한 권의 책". 우선 이 삼자구도 내에서 '나'의 회상록이 차지하는 위치와 비중이 다분히 문제적이다. '나'는 어디까지나 매개자 혹은 조력자의 역할을 부여받고 있는데, 그는 유태림의 행적을 대리 기술하는 전달자이자 책의 출판을 위한 자료 제공자에 지나지 않는다. 그럼에도 불구하고 소설은 그 매개적 지위에 놓인 '나'의 기록들을 중심으로 전개되며, 독자가 어째서 유태림이 "탁월한 한국의 인물"인지를 알기 위해서는 '나'의 기술에 의존하지 않을 수 없다. '나'는 유태림을 기념하는 책의 주인공도 아니며 책의 발행권자도 아니지만, 『관부연락선』이라는 텍스트 자체는 매개자인 '나'를 통해서만 구성될 수 있다는 점이 중요하다.

역으로 유태림은 '나'의 기억에 의존해서 삼인칭의 '그'로 객체화되고 과거시제로 기술되어야만 비로소 소설 속 주인공의 자격을 취득하게 된다. 그는 이미 저세상 사람이기에 더 이상 자신의 체험을 증언할 수 없으며, 본인의 수기를 유고로 남기긴 했으나 '나'가 그에 관해 기술하는 내용에 대해 이의를 제기할 수도 없다. 여기서 확인할 수 있는 것은 주인공 그 자신에 의한 직접적인 발언(반론)의 가능성이 봉쇄됨으로써, 즉 '증언자' 유태림의 존재가 '사산死産'됨으로써 글쓰기가 시작된다는 것이다.

이것은 무엇을 의미하는 것일까. 아우슈비츠 생존작가 프리모 레비는 그의 마지막 저작 『가라앉은 자와 구조된 자』에서 다음과 같이 말한다.

> 반복하지만 진짜 증인들은 우리 생존자가 아니다. 이것은 불편한 개념인데, 다른 사람들의 회고록을 읽고 여러 해가 지난 뒤 내 글들을 다시 읽으면서 차츰차츰 인식하게 된 것이다. 우리 생존자들은 근소함을 넘어선 이례적인 소수이고, 권력남용이나 수완이나 행운 덕분에 바닥을 치지 않은 사람들이다. 바닥을 친 사람들, 고르곤을 본 사람들은 증언하러 돌아오지 못했고, 아니면 벙어리로 돌아왔다. (…중략…) 왜냐하면 그들의 죽음은 육신의 죽음에 앞서 시작되었기 때문이다. 죽기 수주, 또는 수개월 전에 그들은 이미 관찰하고, 기억하고, 가늠하고, 표현하는 능력을 잃었다. 그들 대신 대리인으로서 우리가 말하고 있는 것이다.[11]

레비의 위와 같은 발언은 '증언문학testimonial literature'이라는 용어의 형용모순적인 성격을 시사한다. 레비는 아우슈비츠의 체험을 가감 없이 증언하고자 했다는 점에서 문학적 또는 소설적 허구를 자신의 글에서 배제하고 역사적 사실, 즉 진실만을 기록하려 했다. 그러나 말년의 레비는 위와 같이 자신의 증언이 철저히 실패했음을 시인하며, 자신을 '증인'이 아닌 '증인들의 대리자'로 규정하고 있다. 그는 그 자신의 의도와는 무관하게 '아우슈비츠의 문학'을 쓰고 있는 자신을 발견하게

11 프리모 레비, 이소영 역, 『가라앉은 자와 구조된 자』, 돌베개, 2014, 98~99쪽.

된 것이다. 물론 이것은 프리모 레비 그 자신이 거짓을 말했다는 뜻이 아니다. 오히려 그것은 소설에 의해 정식화된 글쓰기 체제(에크리튀르) 속에서는 결코 표현되거나 증언될 수 없는 사실의 층위가 있음을 암시하는 것이다. 그렇기에 위 글을 끝으로 귀결된 레비의 자살은 끝내 '소설가'가 아니라 '증언자'로 남길 원했던 그의 의지를 시사한다.

주인공 유태림의 죽음으로 시작되는 『관부연락선』은 그와 같은 '증언문학'의 형용모순성에 주의를 기울이며 재독될 필요가 있다. 이 텍스트에서 발견되는 중요한 특징은 증언과 문학, 논픽션과 픽션, 혹은 역사적 사실과 소설적 허구 사이를 오가며 구축되는 내러티브의 구조이며, '나'라는 매개자를 통해 양자가 변증법적으로 종합됨으로써 공동(공공)의 기억이라는 미학적인 결과물이 산출되는 구조이다. 결국 프리모 레비의 경우와는 달리 『관부연락선』이 명확히 보여주고 있는 것은, 과거 체험의 '증언자 이병주'가 아니라, 그 체험으로부터 미적인 거리를 확보하고 그것을 기억화=미학화하고 있는 '소설가 이병주'의 모습이다. 레비에게 아우슈비츠 체험이 온전히 언어화할 수도 또 절연할 수도 없는 과거의 지속으로 남겨졌다면, 이병주의 제국/식민지시기 체험은 『관부연락선』을 계기로 예술적(정신적) 차원으로의 승화를 도모하고 있는 것이다.

따라서 『관부연락선』은 단순히 체험담 혹은 증언록에 귀속될 수 있는 것이 아니며, 그렇다고 해서 순수한 허구적 구상물은 더더욱 아니다. 그것은 소설이라는 글쓰기 형식 속에서 구현되는 사실과 허구의 무차별적인 뒤엉킴이며, 양분화된 그것들 사이의 문턱을 자유롭게 넘나들며 서사를 구축하는 주체(소설가)의 토포스 그 자체인 셈이다. 이는 레비의 '증언'에의 의지를 끝내 무력화한 에크리튀르의 굴레가 이병주에게는 글쓰기를 위한 형식적인 조건이자 토대로서 전유되고 내면화된 것임을 말해준다.

알다시피 학병세대 문학론을 선구적으로 개진한 김윤식은 『관부연락선』을 비롯한 이병주의 작품들을 학병세대의 문학적 산물 내에서 가장 문제적이며 중요한 것으로서 다뤄왔다. 그의 주요 논지는 이병주의 문학은 학병세대의 교양주의를 대표하는 것으로, 작가가 이데올로기적 논리에 함몰되지 않고 역사적인 현상들에 대한 내면적 성찰과 반성을 거듭한 결과, 문학사적으로 독보적인 성과를 이룩하였다는 것이다. 거칠게 정리하면 이병주의 문학은 소설적 허구와 역사적 사실이 치우침이 없이 조화를 이룸으로써, 문학사에서 독자적인 지위를 일구었다는 평가이다. 그의 해석에는 역사적 체험에 대한 소설적 재현이라는 반영론적인 관점이 의심 없이 유지되고 있으며, 그 결과 이병주라는 작가 개인의 문학적 재능을 절대화하는 결론에 도달하고 있다.[12]

---

12 김윤식의 이병주 연구는 여러 저작들을 통해 이뤄졌다. 『일제말기 한국인 학병세대의 체험적 글쓰기론』(서울대 출판부, 2007), 『이병주와 지리산』(국학자료원, 2010), 『한일 학병세대의 빛과 어둠』(소명출판, 2012), 『이병주 연구』(국학자료원, 2015)가 대표적인데, 마지막 저서는 앞의 세 저서에 수록된 이병주 관련 내용들을 정리한 형태를 취하고 있다. 그의 지적인 영향력 하에서 "학병세대가 낳은 대형작가"로서의 '이병주'라는 문학사적 신화가 확대재상산되고 있다고 해도 과언은 아닐 것이다. 그는 "이 땅, 이 나라 지배층의 연령의 정신적 바탕에 관련된 마음의 흐름을 정확히 대변하던 이 거인의 자리를 메울 자가 있을 것인가. 그의 빈자리는 그대로 빈자리로 남을 수밖에 없다"는 평을 남기면서도, "물론 이러한 소리는 내가 할 처지가 아닐 터이다. 한국문학사가 이러한 평가를 내릴 권한을 갖고 있다고 믿기 때문이다"라고 덧붙였다. 그러나 "한국문학사"라는 권위적인 의미체계를 지탱하고 있는 중심부에 김윤식이 자리하고 있다는 점을 상기할 때, 이병주 문학에 대한 그의 개인적인 평가는 그대로 "한국문학사"의 공적인 평가로 수용되고 있다. 김윤식, 「한 자유주의 지식인의 사상적 흐름」, 김윤식·임헌영·김종회 편, 『이병주 문학연구 – 역사의 그늘, 문학의 길』, 한길사, 2008, 89쪽.

그러나 앞서 보았듯 이병주가 소설 『관부연락선』에 기술한 과거의 체험이란 "우정의 이름으로" 소환된 것이며, 그것은 의도적으로 생존자의 증언이라는 형식을 회피하고 있다. 따라서 이 텍스트는 역사적 체험에 대한 소설적 재현이라는 도식만으로는 설명이 불가한 복잡한 문제를 동반한다. 예컨대 레비는 자신의 증언의 기록이 의도치 않게 하나의 내러티브를 구축하며 반성과 치유의 담론으로 기능하고 있다는 사실에 고뇌하였다. 자기의 증언이 공동체의 사회문화적인 기억 속으로 흡수되어 감에 따라, 오히려 아우슈비츠에서 사라진 "진짜 증인"들의 존재는 소외되고 망각되어 감을 보았기 때문이다. 반면 『관부연락선』은 글쓰기의 출발점에서부터 텍스트의 사회적 의미와 가치를 분명히 밝힌다. 한일 양국의 '우애'의 이름으로 "그 탁월한 한국의 인물을 기념할 만한 책"을 만들기 위해 그에 부합할 기억들을 호출하고 있는 것이다. 그렇기에 이 기억의 구축은 특정한 의미생산을 지향하는 것이며, 그에 대항하는 요소들을 배제하는 작업을 내포한다.

근대소설의 "과거시제가 상정하고 있는 것은 구축되고, 공들여 구상되고, 자급자족적이며, 의미화된 행들로 귀결되는 어떤 세계"라고 롤랑 바르트는 말했다. 또한 삼인칭 객관의 시점에 대해서는 "인과관계의 연결, 명백함 혹은 비극성"이라는 "행위의 대수적인 상태를 실현"시키기 위해 "개인의 실존"을 소외시키는 기술이라고 평했다. 따라서 그는 역사적 글쓰기에 대한 근본적인 회의를 표명하는데, 역사적 사실을 기록하려 할 때에도 예외 없이 소설적 허구로부터 연원한 "거짓된 기호들이 필요"하기 때문이다.[13] 이에 비춰볼 때 『관부연락선』은 적극적으로 이 '거짓된 기호들'을 차용하며 과거를 "의미화된 행들로 귀결되는 어떤 세계"로 구축하고 있으며, 그것을 통해 의미론적인 "명백함 혹은 비극성"을 표현하려 한다. 그 '거짓된 기호들'이 내면화됨으로써 자신이 체험한 것조차도 '그'의 경험으로 객관화해서 볼 수 있는 미학적 거리가 확보되는 것이다.

단 이 미학적 거리란 그 자신의 체험으로부터 글쓰기의 주체를 분리시키고, 과거와 현재를 인위적으로 절연하는 기술techne이라는 점에 주의해야 한다. 예컨대 미국의 문화연구자 윌리 사이퍼는 다음과 같이 말한다.

> '거리'란 예술가나 과학자를 중립적인 방관자로 만들고, 배제와 절연에 의하여 그를 자연이나 미(美)의 영역으로부터 격리하는 고립의 관념임에 다름 아니다. (…중략…) 즉 이 방법론적 금욕주의는 예술가와 과학자를 소극적, 혹은 부재의 행위자로 만듦으로써, 자신이 수립한 영역으로부터 그 자신을 소외시킨다.[14]

윌리의 말처럼 '거리'가 "방법론적인 금욕주의"라고 한다면, 『관부연락선』에서 금욕되고 있는 것은 기억의 미학적 완결성을 저지하는 증언에의 의지이다. 왜냐하면 증언에의 의지란 근본적으로 "중립적인 방관자"의 등장을 거부하는 태도일 뿐만 아니라, 증언자들은 그들이 체

13 롤랑 바르트, 김웅권 역, 『글쓰기의 영도』, 동문선, 2007, 31~40쪽. 영역본(Roland Barthes, *Writing Degree Zero*, translated by Annette Lavers and Colin Smith, Hill and Wang, 1977)을 참고하여 인용 부분의 번역을 수정하였다.

14 Wylie Sypher, *Literature and Technology : The Alien Vision*, Vintage Books, 1971, pp.xvii~xviii.

험한 과거로부터 그들 자신을 격리시킬 수 없는 존재들이기 때문이다. 그러므로 유태림이 서사에서 중심적 지위를 차지하는 인물임에도 불구하고, 언제나 '그'로 회상되는 현세에 존재하지 않는 인물로 설정된 것은 증언의 목소리를 '지금 여기'로부터 배제하고 절연하는 전략을 구성한다. 이처럼 증언자를 과거에 고립된 존재로 묶어둠으로써, 역사적 사실과 소설적 허구의 분계선을 무효화하며 기억이라는 과거의 표상을 자의적으로 구성할 수 있는 권한이 글쓰기의 주체에게 수여된다. 즉, 우애라는 이데올로기적 목표 아래서 과거 체험에 대한 미학화를 실현할 수 있는 힘이 작가에게 주어지는 것이다.

그렇지만 『관부연락선』을 통해 실현된 기억의 구축은 성공적이라고 볼 수 없다. 이 소설은 식민지시기에 쓰인 유태림의 수기와 해방이후 유태림의 행적을 진술하는 '나'의 회상을 교차편집의 방식으로 배치한 뒤, 그것들을 하나의 내러티브로 통합하는 형식을 취하고 있다. 그런데 이와 같은 몽타주적인 글쓰기 형식 자체가 기억의 서사 속에 편입되지 못한 채 사라지거나 누락된 또 다른 과거의 존재를 독자에게 강력하게 암시하고 있는 것이다.

일례로 작중의 'E'는 유태림의 수기가 "한일합방과 한국 독립운동에 관한" 내용을 담고 있기에 현재로서는 공개할 수 없는 '잔여'의 분이 있다고 말한다. 지금의 한국이라는 장소에서는 그 글의 진의가 왜곡될 가능성이 있기 때문이라는 것이다.[15] 따라서 독자로서는 그 '잔여'에 해당하는 부분의 내용을 확인할 수 없지만, 공개될 수 없는 무언가가

15 이병주, 『관부연락선』(I), 26쪽.

여전히 남아 있다는 것만은 짐작할 수 있다.

> 이 기록 외에도 상당한 부피의 기록이 있지만 이것은 후일 한 권의 책을 만들든지 우리들의 기관지에 특집하든지 할 계획이 있으니 그때 그것을 보낼 작정이다. 그러니 사진을 찍어 보내는 기록은 이것이 마지막이라고 생각하고 양해하길 바란다. 군의 대성을 바란다. 자중하게.[16]

이렇듯 당장에 밝힐 수 없는 과거사의 존재를 암시하는 행위는 마치 유태림이라는 주인공이 사산된 채 소설에 등장해야 했듯이 한일 양국의 관계 회복을 위해 죽은 듯이 침묵해야만 했던 자들이 있었으며, 권력에 의해 그들의 존재가 불필요한 '잔여'로 처분되어 온 역사의 이면을 알레고리적으로 환기한다. 이것은 과거청산을 위해 기록된 역사 속에서 "자중"을 강요당해 온 자들의 흔적, 혹은 역사의 거대서사로부터 배제된 '잔여'로서의 과거가 소멸되지 않고 존속하고 있음을 말해준다.

이 '잔여'의 존재로 인해 유태림은 죽어도 죽지 않은 인물이 되며, 이 텍스트는 완전한 결말을 취할 수 없게 없다. 공동 기억의 대상이자 매개물인 유태림의 수기 『관부연락선』은 '나'와 'E'의 우애의 성사라는 목적에 봉사할 과거의 표상들을 산출하는 창구로서 기능하고 있지만, 한편으로 그 미적인 관계에 부응할 수 없는 '잔여'로서의 과거 또한 불러들이고 있는 것이다. 그 결과 작가에 의해 공들여 구축된 기억

16 이병주, 『관부연락선』(II), 한길사, 2006, 355~356쪽.

의 체계는 불안정한 것이 되어버린다. 그것은 언제든 자신의 "의미화된 행들"을 교란하고 "행위의 대수적인 상태"를 망가뜨릴 망령亡靈의 목소리를 끌어안고 있기 때문이다. 다음의 인용은 그것의 비근한 예가 된다.

> 유태림의 부대는 말(馬)부대였다. 말 부대의 병정은 다른 병과의 병정들보다 언제나 한 시간 먼저 일어나야 한다. 취침하는 시간은 같은데 기상하는 시간만은 한 시간 빨라야 한다는 건 불공평한 처사라고 하겠으나 말 시중을 들자니까 그만한 시간이 더 있어야 하는 것이다. (…중략…) 그러니 말 발톱을 씻을 시간은 있어도 자기 낯짝을 씻을 시간은 없게 된다. 어쩌다 보면 측간에 갈 시간도 없어지는데 나오는 것을 어떻게 할 수 없어 측간에 가놓고 보면 뒤엔 벌에 쏘인 만큼 부풀어 오르도록 따귀를 얻어맞아야 한다. 말 부대에서의 서열은 장교, 하사관, 말, 그리고 병정이란 순서다. **이건 결코 과장된 얘기가 아니다.**[17] (강조는 인용자)

김윤식은 「문학사적 공백에 대한 학병세대의 항변」이라는 글에서 위의 인용부분에 대해 다음과 말한다. "『관부연락선』의 작가 이병주는 이러한 치중대의 체험을 주인공 유태림을 내세워 '이건 결코 과장이 아니다'라고까지 언급해 놓는다. 만일 누군가 이를 문학적 과장이라 하면, 눈을 부릅뜨고 바야흐로 달려들 형국이다."[18] 그런데 김윤식의 말

17 이병주, 『관부연락선』(I), 78~79쪽.
18 김윤식, 「문학사적 공백에 대한 학병세대의 항변」, 『한일 학병세대의 빛과 어둠』, 소명출판, 2012, 39쪽.

처럼 그것을 역사적 사실을 증언하고자 하는 '학병세대의 항변'으로 순순히 받아들이기에는 미심쩍은 점이 있다.

일단 위의 "유태림의 학병체험 이야기"가 유태림 그 자신에 의해 기술된 것이 아니라는 점에 주목해보자. 서술자인 '나'가 밝히듯 그것은 "유태림에게서 직접 들은 이야기, 당시의 유태림을 잘 아는 사람들이 들려준 이야기들을 나 자신의 체험을 통한 추측을 토대로 종합한 것이다."[19] 즉 이 이야기는 '나'라는 매개적 화자에 의해 '문학적 과장'이 발생할 수밖에 없는 부분인 것이다. '이건 결코 과장이 아니다'라고 첨언하는 행위가 오히려 그것을 제외한 나머지 부분에서는 얼마든지 '문학적 과장'이 이뤄졌음을 방증한다. 따라서 여기에는 모순이 내포되어 있다. '나'의 서술이 이뤄지는 와중에 "이건 결코 과장이 아니다"라고 지적하는 사자死者 유태림의 목소리가 틈입된 것이기 때문이다.[20]

19 이병주, 『관부연락선』(I), 73쪽.

20 김종회의 연구도 이와 같은 지점들을 포착하고 있다. 다만 그는 "때에 따라 관찰자인 이 선생의 시점이 관찰자의 수준을 넘어서는 전지적 작가 시점으로 과도히 진입하는 경우가 적지 않다"는 것을 발견했음에도 불구하고, 그것은 "이 소설의 대부분이 작가 자신의 사고요 자전적 기록인 까닭"이라는 말로 간단히 해명하고 있다. 김종회의 연구는 그가 상정해 놓은 이병주의 전반적 "작품세계" 혹은 "전체적인 메시지"에 정당성과 자명성을 부여하기 위해, 자신이 발견한 징후적인 "구체적 세부를 덜 중요하게" 여긴 것은 아닌지 의문이다(김종회, 「이병주 문학의 역사의식 고찰-장편소설 『관부연락선』을 중심으로」, 『한국문학논총』 57, 한국문학회, 2011, 135쪽). 이렇듯 김윤식과 김종회를 필두로 한 기존 연구는 작중인물인 '나', 유태림, 그리고 'E' 모두를 하나로 포괄하고 종합하는 초월론적 존재로서의 작가 이병주를 상정하고 있기에, 소설의 형식상에서 노정되는 문제적 지점들을 아예 발견하지 못하거나 작가의 자기객관화 과정에서 발생한 사소한 오류로 치부해왔다. 이는 비교적 최근 연구에서도 발견되는 현상인데, 예컨대 정미진은 이병주의 자기서사가 여러 등장인물(페르소나)의 발화를 통해 이뤄진 것이 "자신이 몸소 겪은 학병 체험, 6·25전쟁, 이데올로기의 대립의 문제 등을 보다 객관적-사실적으로 기록하고자 하는 의도에서 기획된 것"이라고 말하며 이를 높이 평가하였다. 그러나 이와 같은 방식의 텍스트 해석은 '작가의 의도'를 무비판적으로 긍정하는 태도로서, "객관적, 사실적으로 기록"을 수행하는 예외적이고 특권적인 작가의 위상 그 자체가 이데올로기적 산물이라는 것을 간과하고 있다(정미진, 『이병주의 현실 인식과 소설적 재

결국 사자의 모습으로 회귀한 유태림의 존재, 그것은 하나의 인격을 부여받은 화자話者가 아니라 '국가적 서사' 안에 억압된 채로 '체내화' 되어버린 과거의 목소리임에 다름 아니다.

그렇기에 『관부연락선』에서 시도된 과거에 대한 미적 형상화의 방식이 학병세대의 교양주의가 이룩한 문학적 쾌거라는 식으로 소박하게 이해되어서는 곤란하다. 오히려 이 텍스트는 독재정권에 의해 추진된 한일국교정상화의 성립과 더불어, 반복적으로 상기되고 회자될 뿐, 양국관계에서 여전히 해결되지 못한 난제로 작용하고 있는 과거(과거사 문제)가 소급적으로 구성되는 양상을 드러내고 있기 때문이다. 이때 과거란 단순히 과거시점에 일어난 일을 뜻하는 것이 아니다. 그것은 글쓰기를 통해 비로소 문제적인 사건으로서 발견되거나 인식되어 소급적으로 구성되는 담론으로서의 과거를 뜻한다. 처음의 '나'는 "망각의 먼짓더미"를 거둬내고 "30년 가까운 세월의 저편에서 돌연 과거가 찾아든 것이다"라고 말하며 적잖이 당황해한다.[21] 이후 그 과거는 "우정의 이름으로" 이뤄지는 글쓰기 속에서 정리와 청산의 과정을 거치게 되지만, 오히려 그로 인해 더욱 더 끈질기게 자신의 존재를 드러내게 된다. 즉, 그것은 더 이상 "망각의 먼짓더미" 속에 내버려둘 수 없는 무엇인 동시에 말끔히 청산될 수도 없는 유령 같은 것이 되어, 작가의 의도를 무시한 채 텍스트 안에 출몰하기 시작한 것이다.

현』, 역락, 2018, 97쪽).

21 이병주, 『관부연락선』(I), 7~8쪽.

3. 한일관계의 냉전적 결속과 기념비로서의 소설

『관부연락선』은 비교적 이른 시기에 일본어로 번역되었다. 2017년 일본의 후지와라 서점藤原書店을 통해 『관부연락선』의 일본어판 단행본이 출간되었는데(『関釜連絡船』, 橋本智保 訳, 2017), "드디어 국역遂に邦訳"되었다는 이 책의 선전 문구와는 달리, 이미 1974년 1월 1일부터 1975년 7월 5일에 걸쳐 재일한국인들이 발행하는 신문 『통일일보統一日報』에 소설의 내용 전체가 일본어로 연재된 바가 있다. 『관부연락선』은 『월간중앙』의 연재가 종료되고 5년 만에, 그리고 최초의 단행본이 출간된 후 2년 만에, 현해탄을 건너게 된 것이다.

또한 바다를 건넌 것은 소설의 원고만이 아니었다. 『관부연락선』의 일본어 연재가 개시되던 시점에 이병주는 일본으로 건너가 한 좌담회를 주도하고 있었다. 1974년 1월 1일, 『통일일보』는 새해를 맞이하여 신춘정치 좌담회 「아시아의 평화를 말한다アジアの平和を語る」를 게재하였다. 일본 측 논객으로 당시 자민당 소속 참의원 우노 소스케宇野宗佑, 사회당 소속 참의원 오시바 시게오大柴滋夫 (아사히신문 논설주간 에바타 기요시江幡清 서면참가), 한국 측 논객으로 당시 유신정우회 소속 국회의원이었던 권일權逸이 참여한 이 좌담회에 이병주는 사회자 자격으로 참가하였다.

비록 사회자 자격이었다고는 하나, 이병주가 그 누구보다 왕성하게 발언하며 토론을 주도했음을 확인할 수 있다. 특히 그는 자신의 견해에 대해 사회당 오시바 시게오의 적극적인 동의를 구하는 방식으로 논의를 전개하였는데, 그 중심내용은 일본의 혁신세력이 한국사회에 대한 비판을 철회하고 '친북親北'적인 태도를 수정해야 한다는 것이었다. 분단 상황에 처한 한반도를 중심으로 '아시아의 평화'를 고려할 때, 일본과 한국이 보다 긴밀한 관계를 이룩해야만 '공산주의 노선(소련-중공-북한)'에 대항할 수 있는 균형적 힘을 보지할 수 있다는 견해였다.[22] 요컨대 그는 일본측 인사에게 '친구와 적'을 엄밀하게 구분할 것을 요구했던 셈이다.

여기서 흥미로운 것은 신문 지면상에 한일관계의 과거사를 회고하는 작가 이병주와 그것의 오늘과 앞날의 정세에 대해 논하는 정치평론가 이병주가 동시적으로 출현하고 있으며, 양국관계의 '정상화Normalization'라는 당위적 사명을 공유함으로써 그 둘 사이가 아무런 모순 없이 연결되고 있다는 것이다. 한일국교정상화가 양국정부의 정치·경제적 결속을 실현한 것이었다면, 이병주에게 중요했던 것은 거기에 누락된 정신적, 감정적 차원의 유대를 회복하는 것이었다. 그것을 위해 그는 자기 저서의 일본어판 출간에 정력적인 노력을 기울였으며 수차례의 대담 및 좌담을 통해 일본 지식인들과 접촉을 거듭해왔다.[23] 이는 제국/식민지시기라는 시련과 불행의 과거사를 성숙과 갱생의 계기로 삼는 미적 이데올로기를 동반하는 것이자, 불확실하거나 애매한 관계들을 절단하고 명확한 우애의 표식을 제시하는 것이었다.

---

22 「新春政治 座談会：アジアの平和を語る」, 『統一日報』, 1974.1.1.

23 참고로 70년대 중반 『관부연락선』은 『통일일보(統一日報)』 연재에 이어서 단행본 출간도 예정되어 있었다. 중앙일보 기사는 『통일일보』에 연재된 『관부연락선』이 "재일 한국인뿐만 아니라 일본인들에게까지 크게 인기를 얻어 (…중략…) 일본의 몇몇 출판사와 신문사들이 이씨에게 출판교섭을 해 왔다"고 알리며, 나아가 모 문학잡지사를 통해 출간이 결정된 일역 판의 "번역원고는 통일일보에 게재됐던 원고를 사용치 않고 권위 있는 일본 작가가 맡은 것"이라고 소개했다. 그러나 이 단행본은 어떤 이유에서인지 결국 출간되지 못했고, 그 이후의 출판교섭도 중단된 것으로 보인다. 「이병주씨 『관부연락선』 일역 출판 예정」, 『中央日報』, 1975.2.26.

유태림의 아들은 현재 S대학의 불문과에 재학하고 있다. 아버지가 없는 대신 조부모와 어머니의 극진한 사랑 속에 아쉬움 없이 자라고 있다. 자기 아버지를 닮아 뛰어난 재질을 가졌으며 인간성도 따듯한 모양이어서 교수들과 동배들의 사랑을 받고 있다는 얘기였다. (…중략…) 끝으로 한 가지 부탁이 있다. 가즈에라고 하는 여자와 유태림 사이에 낳은 아들이 있다고 들었는데, 유태림의 아들이라고 밝힐 필요 없이 그 아들과 유태림의 부친과를 짧은 시간이나마 상면시킬 수가 없을까. 그 사람이 한국으로 나와도 좋고 유태림의 부친이 일본으로 가도 좋다. 그 사람의 얘기를 전했더니 유태림의 부친은 도쿄에 있는 손자를 한번이라도 보고 자기의 마음이 우러나는 대로 뭐든 정을 표시할 수 있는 흔적을 해줄 수만 있다면 아무 여한이 없겠다는 것이다.[24]

가즈에에게 군의 부탁을 전할 참인데, 섣불리 했다간 실패할 염려가 있어 몇몇 친구들과 의논한 결과 구조적으로 설득하기로 했다. 일본에서 제일가는 사생아를 만들겠다고 공언한 바 있지만 지금쯤은 아버지의 이름을 가르쳐줘도 될 시기가 아닌가 하는 생각도 든다. 유태림과 같은 인물이 아버지라면 그 아들에게 손색이 될 리도 없으니 말이다. 도쿄에 있는 유태림의 아들은 인턴도 마치고 지금 대학병원에 근무중인데 우리와 상종하던 시절의 유태림과 너무나 닮은 데는 놀랄 정도다. 상냥하고 진지한 청년 의사로서 촉망이 크다고 들었다.[25]

위의 인용은 『관부연락선』의 결말부에 해당한다. 이처럼 소설이 결

24 이병주, 『관부연락선』(II), 354쪽.
25 이병주, 『관부연락선』(II), 355쪽.

말에 이르면 서사에 등장하지 않던 유태림의 두 아들에 대한 정보가 '나'와 'E'의 서신을 통해 공개된다. 여기서 볼 수 있듯 유태림이 해방 후에 낳은 아들은 부친을 여읜 채 살아왔음에도 불구하고 "자기 아버지를 닮아 뛰어난 재질을 가졌으며 인간성도 따듯한" 인물로 자라나 '아버지의 아들'을 정확히 체현하고 있다. 또 유태림과 일본인 여성 가즈에 사이에서 태어난 아들도 부친에 대해 전혀 모른 채 살아왔으나, "유태림과 너무나 닮은 데는 놀랄 정도"의 인물로 장성하였으며, 이제는 '나'와 'E'의 노력을 통해 '아버지 이름Name-of-the-Father'을 정당히 부여받게 될 예정이다.

결말에서야 갑작스레 모습을 드러내는 두 아들의 존재가 중요한 것은 '해방후' 한국과 '전후' 일본을 대리표상하는 그들이 '아버지의 이름'을 공유하게 됨으로써 문자 그대로 형제의 관계를 이루게 되기 때문이며, 나아가 '아버지의 이름'으로 그들에게 하달되는 것이란 '형제끼리 다투지 말고 우애 좋게 지내야 한다'라는 지상명령이기 때문이다. 예컨대 이병주는 「韓·日兩國의 젊은 世代에게-相互排他의 惡循環을 거듭할 것인가」라는 글을 통해 다음과 같은 우애론을 전개한다.

> 좋아하건 안하건, 원하건 원치 않건 앞으로의 나라의 운명과 동양의 운명은 양국의 청년들이 공동 책임을 지고 맡아야 하는 것이다. 우열의식이 병을 만들고 지나친 경쟁의식이 화를 만드는 일이 있어도 안 된다. 일본의 청년은 조상이 저지른 범죄행위의 공범이 되어선 안 될 것이고, 일본 청년이 그들 조상의 범죄 노릇을 안 하는 한 우리의 청년은 과거에 대한 추궁을 그들에게 해선 안 될 것이다.[26]

본래 한국어로 작성된 이 글 역시 동명의 제목으로 번역되어 『아시아공론アジア公論』이라는 일본어 잡지에 게재된다.[27] 양국의 청년들에게 "상호배타의 악순환"을 종결하길 요구하는 작가의 이 제언은 소설 속 두 아들에게 '아버지 이름'으로 하달되는 일종의 불가역적 명령으로서 족히 바꿔 읽힐 수 있다. 말하자면 초월적인 부권의 영향력 아래에서 형제애brotherhood에 근간한 남성들의 동성동맹homosociality이 구축됨으로써[28] 일체의 과거사 문제가 무효화되어 버리는 것이다.

이때 유태림의 2세들이 오로지 아들(남성)뿐인 것은 단순한 우연으로 보기 어렵다. 이 철저한 여성성의 배제는 서경애와 가즈에라는 두 인물이 텍스트상에서 지니는 위상을 통해 보다 명백히 확인할 수 있다.

---

26 이병주, 「韓·日兩國의 젊은 世代에게-相互排他의 惡循環을 거듭할 것인가」, 『북한』 3(8), 북한연구소 1974.8, 93쪽.

27 李炳注, 「韓日両國の若い世代に与う-近くて遠い現実を克服するための若い世代の生活指標は何か」, 『アジア公論』, 1974.9, 106~112쪽. 참고로 『아시아 공론(アジア公論)』은 일본으로 한국의 정보를 발신했던 일종의 홍보잡지로서, 외무부 산하 한국홍보협회와 한국국제문화협회가 발행하였으며 1972년 9월 창간하여 1987년 12월 폐간되었다. 이에 대한 상세한 내용은 田中則広, 「1970-80年代における韓国の対日情報発信-対外広報誌 『アジア公論』を中心に」, 奥野昌宏·中江桂子 編, 『メディアと文化の日韓関係-相互理解の深化のために』, 新曜社, 2016, 146~173쪽을 참고하라.

28 '동성동맹성(homosociality)'은 주로 역사학이나 사회학 영역에서 사용되는 것인데, 간단히 말해 동성들 간의 사회적 유대를 뜻한다. 이 용어는 연애 또는 성적 관계를 배제한 동성 간의 결속을 의미하며, 주로 남성들의 우애관계, 사제관계, 멤버십 등이 그에 해당한다. 미국의 문학자인 이브 K. 세지윅은 '동성동맹적 욕망(Homosocial Desire)'이라는 표현을 통해 이를 문제화했는데, 이때 세지윅이 '욕망'이라는 용어를 도입한 까닭은 '동성동맹성'을 단순히 감정이나 관능 차원의 문제가 아니라, 사회적 권력 관계를 형성하는 구조의 문제로서 다루기 위해서였다. "물질적 기반을 동반하는 남성들 간의 관계는 계층적으로 조직화되어 남성에 의한 여성 지배를 가능하게 하는 상호의존 및 연대를 산출해내는 것"으로, 그와 같은 지배 구조의 존속과 강화를 위해 '동성동맹적 욕망'은 필연적으로 "강제적 이성애"와 "동성애 혐오"를 내포하고 있음을 세지윅은 강조한다. Eve Kosofsky Sedgwick, *Between Men : English Literature and Male Homosocial Desire*, Columbia University Press, 1985, pp.1~5.

단적으로 말해 그들의 여성성은 남성에 의해 정복되고 통제돼야 할 것으로서 그려진다.[29] 일본인 남성동료들(학우, 교수 등)과는 달리, 일본인과 조선인을 강하게 구별지으며 유태림에게 '조센징'으로서 열등감과 굴욕감을 주던 여성(가즈에), 유태림의 애매모호한 입장을 힐난하며 열정적으로 좌익사상을 추수하는 여성(서경애), 이들 모두는 유태림을 우울과 수치의 감정에 빠뜨리는 인물로서, 남성주체가 지니고 있는 이성적인 면모와 객관화된 시선을 위협하는 '감정적' 존재들로 표상된다.

따라서 가즈에가 일본유학 시절 유태림과 관계를 맺게 되어 그의 아들을 낳게 되었다는 갑작스러운 귀결, 그리고 한국전쟁기에 실종된 유태림이 죽지 않고 "서경애란 여자와 산속에서 만나 빨치산의 무리에서 탈출해선 심산의 동굴 속에 숨어", "제2의 인생을 기획하고 설계했을 것"[30]이라는 'E'의 바람이 시사하는 바는 비교적 명확하다. 이것은 두 여성인물의 '불온성'과 '통제불능성'을 남성인물과의 성적 결합을 통해 '지양'하거나 '교화'함으로써, 한일관계가 재개된 오늘날 남성들(유태림의 두 아들)이 새롭게 구축하게 될 동성동맹에 정당성을 부여하는 것이다. 반면 '여성적인 것'은 건강하고 진취적인 사회, 혹은 우애로운 한일관계의 '정상화'를 위해 청산되어야 할 '병적인 과거', 혹은 '과거라는 병'으로 의미화(은유화)된다.

---

29 이병주 소설의 남성중심적 서사에 대한 비판은 노현주, 「남성중심서사의 정치적 무의식 – 이병주 소설의 여성인물 형상화를 중심으로」, 『국제한인문학연구』 14, 국제한인문학회, 2014.8, 29~49쪽에 상세하다. 소설 속 "여성들이 남성의 정치성과 남성적 가치들을 드러내는 효과적인 장치"로서, "남성입장에서 여성의 훼손된 성적 가치는 자신이 구성한 남성 상징계의 균열을 의미하거나 또는 관용과 포용력을 과시하는 매개로서 형상화" 되었다는 지적은 상당히 설득력을 지니고 있다.

30 이병주, 『관부연락선』(II), 355쪽.

앞서 강조했듯 『관부연락선』은 우애라는 이데올로기적 목표 아래서 과거 체험에 대한 미학화를 실현한다. 이를 통해 구성되는 과거의 표상은 우애라는 정신적인 가치를 위해 봉사하는 기념물이 되며, 두 아들의 젊음으로 표상되는 건강하고도 진취적인 한일관계의 '정상화'를 위한 초석이 된다. 그런 이유로 이 소설을 통해 작가 이병주가 식민지시대부터 해방 이후까지의 체험 중 무엇을 기록하고 있는가는 부차적인 문제이다. 그것을 독자가 감상할 수 있는 미적 대상으로 구성하려는 것, 불우했던 과거를 유의미하게 기념하려는 것 자체가 이미 중요한 문제를 내포한다. 이치가와 히로시의 말을 빌리자면 그것은 과거체험의 탈신체적 '외화外化'를 통해 기억의 사회적 공유가 시도되는 것이자, 한편으로는 공감의 공동체를 구성함으로써 기억 자체를 극복하려는 망각의 시도이기 때문이다.[31] 그 결과 과거는 그 체험의 고유성을 상실한 채 '이해 가능한 것'으로서 전유되어, '지금 여기'의 현실과 단절된 것으로서 배출된다.

유태림의 죽음을 둘러싼 미학적 표상들이 중요한 의미를 지닌 것으로서 부각되는 까닭도 그 때문이다. 그의 죽음은 한 개인의 죽음이 아니라 모든 무명의 존재들의 '운명적 죽음'으로 표상됨으로써 제의적인 성격을 강력하게 부여받는다. 『관부연락선』에는 서사를 지배하는 두 개의 죽음이 자리하고 있는데, 그 중 하나는 앞서 논의된 유태림의 죽음이며, 또 하나는 유태림이 'E'와 함께 추적하는 원주신이라는 인물의 죽음이다. 유태림의 수기 『관부연락선』은 이 원주신이라는 인물의

31 市川浩, 「可能的世界による発見－想像から知覚へ」, 『身体論集成』(岩波現代文庫), 岩波書店, 2001, 310쪽.

정체를 추적하는 내용이다. 원주신은 1909년 송병준이라는 친일인사에 대한 암살시도가 실패하자 관부연락선에서 뛰어내려 자살한 인물이다. 그런데 흥미로운 것은 원주신과 유태림, 이 둘의 죽음이 내러티브 속에서 몽타주됨으로써, 전자의 죽음이 후자의 죽음을 예고하는 '전조前兆, Figure'의 구조를 취하고 있다는 점이다.[32]

> 융희 3년 12월 19일 일본국 시모노세키에서 출범하여 20일 부산에 입항하는 이키마루에 시모노세키에서 한국인 청년 1명이 탑승하였는데 그 선객명부에는 일본 유학생 원주신(元周臣)이라고 기록하였고 나이는 20세인데 20일 오전 6시경에 그 배가 쓰시마 도(對馬島) 오키노우미(沖海)에 이르렀을 때 홀연 그 청년은 선미(船尾) 갑판에서 의복을 벗고 만경창파 노도 중에 몸을 투(投)하였는데 그 유류물(遺留物)은 가방 1개 중에서 서적 수십 권이요, 서적 중에 그 도장을 찍은 곳은 파기하였으며 그 사인(死因)은 재일본 송병준을 주살(誅殺)하고자 하여 일본에 도항하였다가 목적을 미수하고 공연 귀국함이 무면대인(無面對人)하여 울분을 불승(不勝)하여 자살을 수(遂)한 것이라 운(云)하였더라.[33]

---

32 구약성서의 등장인물이나 사건이 신약성서의 내용을 상징적으로 예고하는 것을 '전조'라고 한다. 랑시에르는 이를 예언적인 텍스트가 자신의 '언어'를 '육체'적으로 실현시킬 사물이나 현실을 요구하는 에크리튀르의 정치 문제와 관련시킨다. 그에 따르자면 "전조는 두 가지의 현실을 운반한다. 하나는 물질적 생산물로서의 형상적 현실(*figurative* reality)이며, 또 하나는 그 형상적 현실이 진실이 도래할 육체와 맺는 관계라는 전조적 현실(*figural* reality)인 것이다." 즉 '예언적인 텍스트'의 진리는 단지 '언어'적 형상으로서가 아니라 그것이 '육화(incarnation)'됨으로써 비로소 증명될 수 있기에, 예언을 따르는 자가 '전조적 현실'을 짊어지고 수행하는 정치적 실천 없이는 예언 그 자체가 성립될 수 없다는 것이다. Jacques Ranciere, "The Body of Letter : Bible, Epic, Novel", *The Flesh of Words : The Politics of Writing*, translated by Charlotte Mandell, Stanford University Press, 2004, p.81.

인용된 부분은 작중 신문기사로서 유태림이 원주신이라는 인물에 흥미를 갖게 되고, 그의 정체를 추적하는 작업에 착수하는 동기가 된다. 실제로 이 기사는 1909년 12월 24일 『대한매일신보』에 게재된 「청년 청년青年 靑年」의 기사내용과 일치한다.[34] 그런데 소설은 유태림이 원주신이라는 인물의 정체를 추적함에 따라, 점차 원주신이 본명을 알 수 없을 뿐 아니라, 그 가명으로도 특칭할 수 있는 개인이 아님을 순차적으로 보여준다. 그 과정에서 드러나는 문제적 지점들을 짚어보면, 현해탄에 투신한 원주신이 역사에 길이 남을 행위를 하고도 이름을 남기지 않았다는 점,[35] 원주신은 사실 어떤 한 인물이 아니라 민족반역자들을 척살하고자 만든 비밀결사였는데 결국 그 목적달성에는 실패했다는 점이다.[36]

이로써 '역사'에 길이 남을 수 있을 인물임에도 불구하고, 결국엔 목적한 바를 완수하지 못해 이름을 남기지 못한 모든 이들이 원주신일 수 있다는 잠재적 가능성이 열린다. 특히 텍스트에서는 유태림이 암묵적으로 지시되고 있다. 따라서 유태림이 원주신의 정체를 추적하는 것은 곧 자신의 정체를 밝히는 과정이기에 오이디푸스적이라고 볼 수 있고, 한편으로 그 추적의 과정이 자신의 죽음으로 연결된다는 점에서 비극적이다. 원주신에 관한 신문기사가 단서가 되어 그를 추적하다가 원주신의 일부가 되어버리는 기묘한 구조, 그것은 마치 신탁神託의 예언이 그것의 진의를 해석하려는 자에 의해 현실화된다는 신학적 운명론의

33 이병주, 『관부연락선』(I), 160쪽.

34 그 밖에 '원주신'과 관계된 기록은 「소년투해보(少年投海報)」(『황성신문』 1909.12.24)과 황현의 『매천야록』 속 「유학생 원주신의 투신」(임형택 역, 『역주 매천야록』 下, 문학과지성사, 2005, 614쪽)을 통해 확인할 수 있다.

35 이병주, 『관부연락선』(I), 224쪽.

36 이병주, 『관부연락선』(II), 37~44쪽.

체계와 닮아 있는 것이다.

대한제국·식민지시기 원주신의 죽음이라는 형상을 해방기·한국전쟁기 유태림의 앞날을 예고하는 전조로서 위치시키는 이 몽타주적 기법은 질적으로 상이한 두 개의 죽음 사이에 연결고리를 만든다. 그것은 원주신의 죽음이라는 역사적 사실로부터 그것을 추적하는 유태림의 수기라는 소설적 허구를 발생시키고, 다시 그에서 결과한 유태림의 죽음이 대문자 '역사History'가 규정한 사실의 의미와 의의를 재규정한다는, '운명'이라는 신학적 허구의 힘을 시사한다. 요컨대 정체를 알 수 없기에 허구적인 것이 되어버린 원주신의 죽음이 유태림의 죽음을 매개로 하여 현실성을 부여받음으로써 한국의 근현대사 전체가 한편의 잘 짜여진 '비극悲劇'으로 구조화되는 것이다. 그렇다면 이 민족사의 비극화를 통해 생산되는 의미란 무엇인가. 아마도 그에 대한 대답은 발터 벤야민에게서 구할 수 있을 것이다.

> 무죄에 대한 관계는 따라서 운명에는 등장하지 않는다. 그리고 더 깊이 들어가는 물음은, 과연 운명 속에 행복에 대한 관계가 있느냐이다. 행복은, 불행이 의심할 여지가 없이 그렇듯이, 운명에 대한 구성적 범주인가? 오히려 행복한 사람을 운명의 연쇄와 그의 운명의 그물망에서 풀어내주는 것이 행복이다.[37]

벤야민의 말에서 확인할 수 있다시피, '운명'은 '죄'라는 신학적인 개

---

37 발터 벤야민, 최성만 역, 「운명과 성격」, 『역사의 개념에 대하여 외』, 길, 2008, 69쪽.

념과 밀접하게 연관된다. '(원)죄'라는 개념은 한 개인이 겪게 되는 시련이나 고통, 불행 등을 '죄'에서 비롯된 '운명'이라고 설명하며, 그에게 가해진 모든 폭력들을 정당화한다. 그렇다면 원주신과 유태림의 경우는 어떠한가. 앞서 살펴본 바대로 무고한 그들에게는 '죄'가 없으며, 굳이 있다면 시대를 잘못 타고난 '죄'밖에 없다는 결론이 도출될 뿐이다.

그러나 문제의 핵심이 거기에 있다. 바로 그로부터 '죄'는 전적으로 '역사' 그 자체에 있는 것이고, 무명의 존재들은 그 '역사'의 흐름 속에서 불가피하게 불행한 죽음을 맞이했다는 도식이 산출되기 때문이다. 그 결과 무명의 존재들의 '운명적 죽음'은 그들의 무고함을 증명해주는 역할을 하게 되고, '역사'는 처벌의 대상이 될 수 있는 실체가 아니기에 그에서 비롯된 모든 폭력적 사태들은 감내하는 수밖에 없다는, 피의자는 없고 피해자만 있는 무책임의 체계가 완성된다.

이 '운명'이라는 신학적 허구의 힘 앞에서는 그 누구도, 무엇도 탓할 수가 없다. 원주신이 자살을 택하고, 유태림이 한국전쟁에서 객사한 바가 보여주듯이, '운명'의 힘 앞에서는 오로지 "한반도의 비극과 불행은 한국인의 책임으로 다루고 설명해야 할 문제이지 남을 탓할 성질의 것이 아니다"[38]라고, 그저 자책하고 순응해야 하는 주체만이 자리할 수 있기 때문이다. 결국 역사의 비극화는 "바다의 사상이 너무나 크기 때문에 바다에 관한 사람의 사상을 꾸밀 수가 없다. 원주신이라고 해도 무한한 역사 속의 미소微小한 하나의 점에 불과하다. 원주신을 하나의 미미한 점으로 만든 역사도 이 바다 위에 펼쳐 놓으면 한 가닥의 가냘

38 이병주, 『관부연락선』(I), 228쪽.

픈 실오라기가 될 뿐이다"[39]라는 결론에 도달할 수밖에 없는 셈이다. 따라서 이병주 문학에 대한 아래와 같은 평가는 재검토되어야 한다.

> 이병주의 문학관, 소설관은 기본적으로 '상상력'을 중심에 두는 신화문학론의 바탕에서 출발하고 있으며, **기록된 사실로서의 역사가 그 시대를 살았던 민초들의 아픔과 슬픔을 진정성 있게 담보할 수 없다는 인식 아래, 그 역사의 성긴 그물망이 놓친 삶의 진실을 소설적 이야기로 재구성한다는 의지를 나타낸다.** 그러한 역사의식의 기록이자 성과로서, 한국문학사에 돌올한 외양을 보이는 『관부연락선』, 『산하』, 『지리산』 등의 장편소설을 목격하게 되는 것이다.[40] (강조는 인용자)

> 이병주는 소설을 통해 한국 현대사를 재구축하고 있다. 그의 글쓰기는 역사적 '사실'을 전면에 내세우는 방식과 '픽션'을 중심으로 구축하는 방식으로 양분되어 있다. 전자의 경우 자신의 역사체험 기억을 통해 공적인 역사에서 배제되어 왔던 사건과 인물을 복원하고, 역사적인 사료를 재검증하는 방식으로 역사적 진실을 밝혀냈다. 반면 후자의 경우에는 창작시기와 작품의 시간적 배경이 근접해 있기 때문에 '픽션'을 전면에 배치하여 우회적인 방식으로 당대의 문제를 지적하고 그것을 역사로 기술하고 있다. **역사의 행간에 묻힌 인물들을 되살려 내어 공적인 역사의 틈을 메우고 있는 이병주의 소설은 역사에 대한 인식의 폭을 확장시켰다는 점에서 작품의 의의를 찾을 수 있다.**[41] (강조는 인용자)

---

39 이병주, 『관부연락선』(I), 290~291쪽.

40 김종회, 앞의 글, 139쪽.

41 손혜숙, 『이병주 소설과 역사 횡단하기』, 지식과교양, 2012, 340쪽.

여기서 "민초들" 혹은 "역사의 행간에 묻힌 인물들"이라고 표현된 무명의 존재들은 본디 대문자 '역사History'라는 거대 서사 속에 등장할 수 없는 존재들인데, 이병주의 소설이 그들의 사적인 소서사를 기록함으로써 "역사의 성긴 그물망이 놓친 삶의 진실을 소설적 이야기로 재구성"했다거나 "역사에 대한 인식의 폭을 확장시켰다"는 지적에는 나름의 일리가 있다. 그러나 문학이 "공적인 역사의 틈"을 메우거나 "역사의 성긴 그물망이 놓친 삶의 진실"을 말하고 있다는 식의 설명은 텍스트에 대해 아무 것도 해명하지 못할 뿐 아니라, '국가적 서사'라는 신화적 의미의 체계를 더욱 견고하게 만드는 일에 지나지 않는다.

또한 무명의 존재들의 사적인 소서사를 기록하는 것이 곧 "역사적 행간에 묻힌" 그들을 잊혀지지 않도록 만드는 것, 즉 "민초들의 아픔과 슬픔"을 망각으로부터 구출하는 것이라고 볼 수 없다. 문학을 통해 이뤄지는 무명의 존재들에 대한 기록, 그것이 독자에게 '기억하라'라는 수행의 의무를 강조하고 있다는 점에는 틀림이 없다. 그러나 문학이라는 제도는 그 기억을 탈신체화하고 사회문화적 가치를 지닌 것으로 의미화함으로써, 결국에는 기억의 대상 자체는 망각된 채 한 편의 '작품'만을 기억에 남기는 메커니즘이라는 것을 간과해선 안 된다. 환언하자면 이병주의 소설과 그것이 남긴 메시지가 기억되는 것이지 무명의 존재들 자체가 기억되는 것이 아니다. "역사적 행간에 묻힌" 사람들의 "아픔과 슬픔"이 글로 옮겨질 때, 그리하여 그들의 사적인 기억이 공적인 것으로 공유될 때, 화해, 치유 혹은 보상 등의 수사를 앞세우는 사회적 '정상성normality'에 대한 회복 의지만이 역으로 강화되기 때문이다.

그런 의미에서 『관부연락선』은 프리모 레비의 저작과는 상반되는 것, 증언에의 의지와 대비되는 '정상화'에의 의지를 발동하고 있다. 이처럼 '정상성'의 회복을 주장하는 사회담론에 대항하여, 또 다른 아우슈비츠 생존작가인 장 아메리는 "사회성이란 오로지 사회의 안정만을 염려할 뿐, 훼손된 삶에 대해서는 돌보지 않는다"는 말을 남겼는데,[42] 한편으로 그것은 소설이란 자기 이외의 것에 대해서는 본질적으로 무관심하며 "오로지 자기 존재의 광채로 반짝거리기만 할 뿐이다"라고 지적한 미셸 푸코의 말과 겹쳐진다.[43] 즉, 역사 속 희생자들을 "기념할 만한 책"을 만들고자 쓰인 소설이란 희생자들 그 자체를 위한 것이라기보다, 살아남은 자들의 사회적 안정과 그에 기여한 문학의 성과라는 신화적 의미체계를 재생산할 뿐이다.

이는 이병주라는 작가가 군사정권이 결행한 한일국교정상화에 무비판적이었으며, 친정부적 어용문인에 불과했다는 것을 뜻하지 않는다. 인간 이병주의 전체를 파악한다는 것은 근본적으로 불가능하기에 그것은 여기서 논의될 수 있는 성질의 문제가 아니다. 다만 이 텍스트가 과거사를 병적인 것으로, 즉 치유되어야할 무엇으로 그려냄으로써 국교정상화라는 정부의 결정에 미학적으로 부응하고 있다는 것만큼은 의심

---

42 장 아메리, 안미현 역, 『죄와 속죄의 저편 – 정복당한 사람의 극복을 위한 시도』, 길, 2012, 144쪽.

43 미셸 푸코는 '자기지시성(Self-Referentiality)'을 근대문학(소설)의 특징으로 손꼽는다. 그것은 "재현의 질서에 맞추어진 형태로 규정되는 모든 장르와 단절되고, 다른 모든 담론을 거슬러 자신은 접근하기 어려운 존재라고 단언하는 것을 유일한 법칙으로 하는 언어의 무조건적인 발현"이자, "마치 문학 자체의 형식을 말하는 것만이 문학 담론의 내용일 수밖에 없기라도 한 듯이, 자기 쪽으로의 영속적인 회귀를 향해 방향을 틀기만 할 뿐"인 것이다. 즉 소설은 자기 이외의 것에 대해서는 본질적으로 무관심하며 "오로지 자기 존재의 광채로 반짝거리기만 할 뿐이다." 미셸 푸코, 이규현 역, 『말과 사물』, 민음사, 2012, 416쪽.

의 여지가 없다. 그것은 '정상적인 한일관계', 혹은 '건강한 한국사회'를 위해 망각되어야 할 무엇이자, 미래로의 전진을 가로막는 장애물이기에 극복돼야 할 것으로 부각되고 있다. 유태림의 죽음이 '나'와 'E'의 우애 회복을 위한 희생제의가 된 것처럼, 온갖 불행했던 과거를 미학적인 '표상'으로 구성하여 기념함으로써 사회적 체념과 망각을 종용하고 있는 것이다. 다만 여기서 '표상'이란 과거를 '다시 보여주는 모방의 행위representation'를 뜻하는 것이라기보다 정확히 독일어적인 의미에서 이해되어야 한다. 그것은 저항적인 힘이 거세된 채 미적인 기념물로 전락한 과거를 현재와 단절시켜 '앞에 세워 두는 행위Vorstellung'인 것이다.

4. 동성동맹의 '공감' 체제

그와 같은 과거의 표상은 결국 '성숙'이라는 메커니즘을 통해 남성 엘리트들의 우애관계를 지속가능한 것으로서 정상화한다. "E와의 우정은 그 가능성 여부조차 생각"할 수 없었던 '나'였지만, 유태림의 죽음을 함께 애도하고 기념함으로써 둘은 오히려 그 이전보다 서로를 적이 아닌 친구로서 인식하게 된다. 또한 유태림의 두 아들의 형제관계로 재현되는 냉전체제하 한일관계는 갈등과 반목을 자제해야 할 혈연공동체를 구축함으로써, 과거사에서 비롯된 앙금과 원한의 감정을 단번에 극복해버린다. 즉 남성 엘리트들의 사적인 우애관계가 문학이라는 권위적 형식을 통해 공론장Public Sphere에서 공공연하게 언표되고 담론화됨에 따라, 하위주체들의 독자적인 체험의 층위가 무시되고 그들의 증언에의 의지는 무력화되는 것이다. 마가렛 C. 제이콥의 표현을 빌리자면 그것은 '공론장의 사밀화(사유화)'가 실현되는 '사적 공론장Private public sphere'의 정치적 행동원리인 셈이다.

> 프리메이슨(Freemason)은 그들의 사적 사회성(private sociability)에 근간하여, 헌법과 법률, 선거제도와 대표선출 방식 등을 완비함으로써 정치체제를 재구하고 자주적 관리의 법적 형식을 수립하였다. 이와 같은 통치구조에 충성함으로써 그들은 그 구조에 주권을 부여하였다. (…중략…) 그러나 이와 같은 자주적인 관리체계의 습득이 대부분의 여성을 비롯한 문맹인들, 하층민들을 배제함으로써 이뤄졌다는 것 또한 역사적으로 분명한 것이다. (…중략…) [그런 연유로] 하버마스의 분석에는 분명 장점이 있지만 결함을 내포한다고 볼 수 있다. 즉 그것은 왜 평등주의적인 친밀함(intimacy)의 가치가 남성들만을 위한 공공영역(공론장)을 산출하였는지를 설명할 수 없다. 사적인 것의 발견이 공공영역을 가능케 한 것이라는 분석은 상당히 그럴듯해 보일 수 있으나, 오히려 그 반대가 맞을지도 모른다. 즉 공공의 체제를 위한 이데올로기와 행동의 방침이 역으로 가족제도를 형성함으로써, 젠더적 관계의 불평등을 실질적으로는 방치하는 평등주의의 에토스가 제공된 것이라고 볼 수 있다.[44]

위와 같이 제이콥은 프리메이슨으로 대표되는 엘리트 집단(결사)의

44 Margaret C. Jacob, *Living the Enlightenment : Freemasonry and Politics in Eighteenth-Century Europe*, Oxford University Press, 1991, pp.20~21. 번역은 인용자.

동성동맹성(사적 사회성)을 문제화하며, 근대적 '공론장의 사밀화(사유화)'가 어떻게 하위주체들을 그에서 배제하고 억압해왔는지를 검토한다. 더불어 프리메이슨이 내세우는 동성동맹의 가치가 국적 혹은 국경을 초월하는 세계시민cosmopolitan의 형제적 우애관계brotherhood를 통해 수호되고 이상화되었다는 점에도 주의할 필요가 있다.[45] 작중에서도 이와 관련된 내용을 찾아볼 수 있는데, 일본의 패전 소식을 듣고 학병 친구들과 소속부대를 나와 중국의 거리를 활보하던 유태림은 "중국에서 알게 된 그 친구들을 순수한 우의의 유대로써 묶어보고 싶은 관심"을 갖게 되는데, "그때 태림은 상해의 책사를 돌아다니며 프리메이슨 조직에 관한 책을 구해서 읽고 연구도 해보았다."[46] 이처럼 "순수한 우의의 유대"를 대변하는 조직으로서 프리메이슨을 손꼽는 작가의 태도는 그가 염두에 두고 있던 우애의 이상적인 모습을 짐작하게 할 뿐만 아니라, 문학이라는 제도야말로 그 이상형이 구현되는 '사적 공론장'으로 기능했음을 시사한다.[47]

---

45 프랑스의 역사학자 피에르 이브 보르베르는 다음과 같이 지적한다. "메이슨적인 사교성은 선택된 우인(友人)의 성역 내에서만 개화를 이루는 것에 만족하지 않는다. 그것은 동일한 정신을 비약시켜 집회당의 경계를 세계의 끝까지 확대시킴으로써 지리적, 정치적, 종교적, 언어적인 장벽을 넘어, 자유롭고 직접적인 조화와 우애로서 충만한 교통의 공간으로 프리메이슨 세계공화국을 건설하려고 한다. (…중략…) 그러나 프리메이슨의 이와 같은 코스모폴리탄적인 신조는 절대적인 타자를 배제하는 사실을 은폐하고 있다. 절대적 타자를 나타내는 타자성은 선택된 사람들을 축으로 충족되는 '제2의 자아=親友(Alter Ego)'라는 조화적 차이로서 환원이 불가능하기 때문이다." ピエール＝イヴ・ボルペール, 深沢克己 編, 『「啓蒙の世紀」のフリーメイソン』, 山川出版社, 2009, 62쪽. 번역은 인용자.

46 이병주, 『관부연락선』(I), 131~132쪽.

47 이에 관한 안경환의 지적은 중요한 참고점이 된다. 그는 학병세대 지식인과 독재정권의 역학관계를 분석하며 "당초 자신의 손으로 직접 권력을 장악할 수 없는 지식인의 역할은 지속성을 유지하기 힘들다. 권력자 개인이나 권력이 행사되는 제도를 통해 이상을 구현할 수밖에 없다"라고 지적했다. 이를 바꿔 말하자면 '문학'은 직접 현실정치의 권력을 장악할 수 없던 지식인들의 "권력이 행사되는 제도"로서 기능했으며, 그들의 '이상'이

즉 그 제도적 장치는 남성 엘리트들의 형제적 우애관계를 초국가적·초국경적인 상호배려의 미덕으로 치장하는 담론을 생산함으로써 그들의 우애를 무사심selflessness의 발로이자 보편적 인간애humanism의 발로로서 인식하게끔 만든다. 앞서 『통일일보』의 '신춘정치' 좌담회가 「아시아의 평화를 말한다アジアの平和を語る」라는 이름하에 전개된 것도 이와 같은 맥락에서 볼 수 있다. 기실 '아시아의 평화'라는 수사 뒤에 감춰져 있는 것은 냉전체제하 양국의 안전보장을 위해 배제되어야 할 '적(공산진영)'들을 재확인하는 작업에 불과함을 알 수 있다. 그러나 권력과 권위로 형성된 '사적 공론장'에서의 주장과 동의, 타협의 결과물이 '평화'라는 미적인 수사를 취하게 될 때, 그 우애의 동맹으로부터 소외된 사람들마저 그에 '동조empathy, 감정이입'하게 되는 문학적인 힘이 발현된다.

기실 이와 같은 담론구조는 이병주의 글에서 낯선 것이 아니다. 『소설·알렉산드리아』 또한 그에 해당하는 비근한 예이다. 이 텍스트 속 친형과 '나'(프린스김)의 관계는 『관부연락선』 속 동향 선후배인 유태림과 '나'(이선생)의 관계와 구조적 유사성을 띠고 있다. 본디 이선생이 유태림에 대한 반감을 지니고 있던 것처럼 프린스김 역시 친형에게 불만을 품고 있었는데, 양측 모두 소설이 전개되는 과정에서 그와 같은 감정이 해소된다. 이때 의미심장한 것은 두 명의 '나'(이선생과 프린스김)라는 인물이 각각 수기와 편지의 독자로서 설정됨으로써, 그에 대한 적극적인 해석과 보충적인 진술을 수행하게 된다는 것이다. 그 과정에서 그들은 수기와 편지의 필자인 '형'(선배, 친형)을 이해하게 되고 반감을 해

구현되던 특수한 권역이었다는 것이다. 안경환, 「이병주와 황용주-작가의 특권과 특전」; 김윤식·김종회 편 『이병주 문학의 역사와 사회 인식』, 바이북스, 2017, 162쪽.

소함으로써 그의 지적 권위와 신화적 면모를 긍정하기에 이른다. 수기와 편지, 그리고 그로 인해 파생되는 주해적인 성격의 내러티브들이 하나로 엮이며 소설의 형식을 구성하는 것, 이는 곧 우애라는 관계성의 역학을 토대로 과거의 사사로운 '반감'이 역지사지의 '공감'으로 전환되는 구조를 형성하는 것이다.

나아가 이병주는 『관부연락선』 속 'E'의 경우와 흡사하게 'C'라고 칭해지는 일본인에게 편지를 쓰는 방식으로 다음과 같은 칼럼을 쓴 바가 있다. 이것은 '편지'라는 사적인 글쓰기의 형식을 취하고 있으나, 한편으로는 '칼럼'이라는 공공성을 띤 글에 해당하므로, 사적인 것을 공적인 것으로 치환하며 독자의 공감을 유도한다.

> C형! 거재작년(去再昨年)의 일이 되어 버렸습니다만, 도쿄에서 당신의 융숭한 대접을 받고도 여지껏 예장(禮狀) 한 번 쓰지 못한 것을 미안하게 생각합니다. 그러다가 돌연 공개적인 자리를 빌어 편지를 쓰려고 하니 송구스런 생각이 드는군요. 각설하고, 일본 지식인에게 대한 한국의 작가로서의 할 말을 쓰라는 편집자의 요청이었는데, 태산처럼 많은 말이 있는 것 같으면서도 막상 펜을 들고 보니 하나마나한 얘길 새삼스럽게 늘어놓을 필요가 있을까 하는 생각이 듭니다. C형처럼 우리나라를 잘 이해하고 있는 분에 대해선 더욱 그러한 느낌이고, 당신을 통해 우리에게 악감정을 가지고 있는 사람들에게 전달될 것을 바라는 심정을 가정해 보면 일은 보다 미묘해질 것 같습니다. (…중략…)
>
> 사람은 자기 입장을 벗어날 수는 없지만, 생각할 때와 글을 쓸 땐 남의 입장에서 볼 필요가 있지 않겠습니까. 그러지 못할 때 대화는 평행선을 이루

어 불모의 논의가 될 뿐입니다. 일본에 대한 나의 한 가지 소원이 있다면 서로 이웃해 있다는 이 숙명을 소중히 하기 위해서도 피차 최량(最良)의 부분을 발견해서 그 최량의 부분간의 대화와 이해를 돈독히 하자는 것입니다. 최악의 부분을 서로 폭로하면서 싫다고 해 보았자 피차가 더럽혀지는 결과 이외에 무엇이 남겠습니까.[48]

위의 발언은 작가 이병주의 문학론 내지는 소설론으로도 읽힐 수 있다. "사람은 자기 입장을 벗어날 수는 없지만, 생각할 때와 글을 쓴 땐 남의 입장에서 볼 필요가 있다"는 말에서 볼 수 있다시피, 소설적인 글쓰기는 비록 사적인 것에 대해 말하고 있으나, 역지사지를 가능하게 하는 '공감(감정이입)'을 통해 공적인 것의 위상을 취하게 된다. 달리 말하자면 편지, 일기, 수기, 회상록 등 온갖 사적인 기록들이 작가라는 권위를 통해 "공개적인 자리" 내에 기입될 때, 그것은 공공성을 띤 문학 혹은 소설이 된다. 소설이라는 글쓰기의 무대가 '사적 공론장' 그 자체로 기능하고 있는 것이다. 이 '사적 공론장'을 통해 작가는 "피차가 더럽혀지는 결과"를 초래하는, 보다 정확히는 우애를 해치게 되는 "불모의 논의"들을 공론장에 기입될 수 없는 '사사로운 것insignificance, 무의미하거나 비천한 것'으로 일축함으로써, '공감(감정이입)'의 가능범위를 제한하고 통제한다.[49]

48 이병주, 「일본인에게 보내는 편지」, 『이병주 칼럼 1979년』, 세운문화사, 1978, 247~257쪽.

49 린 헌트는 소설을 읽는 과정에서 경험하는 '공감(감정이입)'을 통해 공적 가치로서의 '인권'의 발명이 촉진되었으며, 나아가 '인권' 옹호의 필요성에 대한 인식이 확산되었음을 지적했다. 그러나 그는 이와 같은 소설의 '감정이입' 기술이 한편으로는 '공감'의 능력과 대상, 그리고 그 가능범위를 규제하는 기술이라는 점에는 무관심하다. 또한 소설을 통해 '인권'이라는 가치가 단번에 자명성을 얻어 긍정될 수 있는 것이 아니라, 일련의 사회적 가치들을 발명하고 생산해낼 수 있는 '문학'이라는 권역과 그것의 공적 위상이

『관부연락선』의 일본어 연재에 앞서 그는 신문의 주독자인 재일한인들을 의식하며 "지금 다시 되묻고 싶은 문제와 연관되어 있다고 생각하기에, 재차 일본어로 고쳐서 일본에 있는 동포들에게 선보이기로 했다"라고 말하며 연재의 의의를 피력했다.[50] 그러나 사실상 그가 말을 건네고 동의를 구하던 상대는 독자들이 아니다. 오히려 그것은 그와 동등하게 지적인 발언을 주고받던 좌담 속의 'E'들, 즉 소수의 남성 엘리트들이었다. 단지 그가 독자들에게 발신한 메시지가 있다면, 그것은 '사사로운' 과거는 잊고 좌담 속 '나'와 'E'처럼 한일조약을 통해 정상화된 양국관계에 정신적으로 부응하라는 주문일 따름이다.

그렇지만 이처럼 '사사로운 것'으로 무시되어 온 과거는 애초부터 사회적인 '정상화'의 요구에 부응할 수 있는 존재가 아니었다. 오늘날의 한일관계를 비추어 볼 때, 그것은 끊임없이 '발병發病'하며 '우애'로서 맺어진 동성동맹적 연대를 위협하고 있으며, 그렇기에 반복적으로 청산의 대상으로 지목되고 있다. 마치 '나'의 서술 속에 불쑥 침범해버린 사자 유태림의 목소리처럼, 침묵을 요구받아 온 증언자들의 목소리가 '사적 공론장'을 전복하고 있는 것이다.

따라서 『관부연락선』은 여전히 "한 권의 책"으로 완결될 수 없으며, 그것의 완결을 용인해서도 안 될 것이다. 오히려 그 완결을 저지하며 독자가 강력하게 붙잡아야 하는 것은 미학화된 과거의 표상을 통해 치

그에 앞서 승인되고 긍정되어야 함을 간과하고 있다. 즉 린 헌트가 말하는 '인권의 발명'을 통해 우선적으로 옹호되는 것은 '인권'의 가치라기보다, 오히려 그것을 상상적으로 구축해낸 '문학'의 자기확장과 자기긍정의 운동인 것이다. 따라서 '문학'이라는 제도적 담론의 자명성에 대한 물음이 선행되어야만 한다. 린 헌트, 전진성 역, 『인권의 발명』, 돌베개, 2009, 43~82쪽.

50 李炳注, 「作家のことば：読みとってほしい"現在"」, 『統一日報』, 1973.12.27.

유될 수 없을 뿐 아니라, '화해'와 '용서'의 담론을 수없이 동원하더라도 과거와의 그 어떠한 안정적인 관계를 개설할 수 없는 "훼손된 삶"(장 아메리)의 모습이다. 거기에 상처로서 새겨진 기억은 정신적인 극복의 시도를 통해 '외화'될 수 있는 언어적 존재가 아니다. 그것은 신체에 각인된 채 그/그녀를 파멸로 몰아가는 기억이자, 누구와도 공유할 수 없기에 그 누구도 쉬이 공감할 수 없는 언어 저편의 기억인 것이다. 그렇다고 그 기억이 무의미하다는 것이 아니다. 그/그녀들은 그 기억에 대한 해명을 거부하는 방식으로 '증언'을 실천하고 있기 때문이다.

> 이 작은 책이 인쇄되었을 때 나는 해명되지 않았고, 지금도 그렇고, 앞으로도 해명되지 않기를 바란다. 해명이란 우리가 역사적인 서류로 만들 수 있는 상황의 해결, 곧 합의이다. 내 책은 바로 이것을 막는 것에 기여할 것이다. 어떤 것도 해결되지 않았고, 어떤 갈등도 해소되지 않았으며, 어떤 내면화하기도 단순한 기억이 되지 않는다. 일어났던 것은 일어난 일이다. 그러나 일어났던 것을 단순히 받아들일 수는 없다. 나는 저항한다. 나의 과거에 대해, 역사에 대해. 불가해한 것을 역사적으로 냉동시켜 버리고 그렇게 해서 화가 치밀 정도로 왜곡시키는 현재에 대해서 말이다. 어떤 상처도 아물지 않았다.[51]

장 아메리의 이 비장한 발언은 『관부연락선』의 현재적 의미를 논함에 있어 중요한 실마리가 된다. 이병주는 1973년에 『관부연락선』의

51 장 아메리, 안미현 역, 앞의 책, 13쪽.

단행본 출간을 맞이하며 "그러나저러나 소설이라는 각도에서 볼 때 『관부연락선』은 다시 달리 씌어져야 하는 것이다"라는 말을 남긴다.[52] 그의 말대로 이 소설이 언젠가 다시 쓰일 수 있다면, 그것은 단순히 "소설이라는 각도"에서보다도 소멸의 위기에 처한 과거의 파편들을 구출하는 방식으로 쓰여야 하는 것이 아닐까. 물론 그것은 한 편의 글쓰기를 통해서는 불가능한 일일지도 모른다. 장 아메리가 지적한 바처럼 그 과거의 단상이란 사죄와 위로 혹은 화해와 치유 등, 정신적 극복을 도모하려는 일련의 사회적 제스처를 통해 해결될 수 있는 무엇이 아니기 때문이다. 예컨대 '위안부'나 강제징용 문제를 둘러싸고 상반된 역사적 진실을 주장하고 있는 사회문화적 담론이 문제적인 것은 그것들이 합의된 견해를 도출하지 못하고 있기 때문이 아니다. 오히려 피해자들의 "훼손된 삶"이 진실의 규명을 통해서도 쉬이 보상될 수 있는 것이 아니라는 점을 충분히 말하고 있지 않기 때문이다.[53] 그 담론들은 너무도 손쉽게 피해자들의 체험을 '역사'의 의미체계 속에 편입시키는 방식으로 해명하려 한다.

그러므로 『관부연락선』은 독자에 의해 "다시 달리" 읽혀야 할 것이며, 무엇보다도 그것은 '우애의 정치학'으로부터 배제된 '기억의 서사'에 귀를 기울이는 방식이어야 할 것이다. 왜냐하면 '관부연락선'이라는 상징적 무대 위에서, 그 동성동맹의 배타적인 연대 속에서 제멋대로

52 이병주, 「작가부기 – 마지막 연락선」, 『관부연락선』(下), 신구문화사, 1973, 399쪽.

53 더불어 '반일(反日)'과 '혐한(嫌韓)'의 연쇄는 역사적 갈등이라는 차원에 한정된 문제가 아니다. 현무암이 지적한 바처럼 그것은 글로벌화가 초래한 문화현상의 차원에서 고찰되어야 한다. 따라서 과거사에 대한 올바른 '규명'이나 '고증'을 실현하면 양국이 '화해'할 수 있을 것이라는 생각은 소박한 낙관주의에 지나지 않는다. 玄武岩, 『「反日」と「嫌韓」の同時代史－ナショナリズムの境界を越えて』, 勉誠出版, 2016, 389~408쪽 참고.

청산되고 있는 것은 담론으로서의 과거만이 아니기 때문이다. 그것은 불운과 고통에서 벗어나지 못한 타자들이 외치는 절실한 목소리에 대한 청산을 주장하고 있으며, 나아가 그 목소리에 응답할 수 있는 공통감각의 집단적 망각을 도모하고 있기 때문이다. 과거에 대해 미학적 표상을 소유할 수 없는 피해자들에게 '일본은 진정 우리의 친구인가 적인가'라는 질문은 사유하거나 대답할 수 있는 성질의 물음이 될 수 없다. 그것은 규정될 수 없는 '비-관계'이며, 관계 맺기를 거부함으로써 저항하고 있는 잠재력인 것이다. 따라서 독자의 의무는 더 이상 우애의 서사를 통해 구축된 과거의 표상을 '감상'하는 것에 있지 않다. 오히려 그것은 서사 속에 잠재되어 있는 "숨겨진 역사"를, 모든 사회적인 관계 맺기에 실패한 채 소멸해가는 그 "훼손된 삶"의 흔적을 망각의 늪으로부터 구출하는 것일 테다.

5. 냉전적 멘탈리티와 주체의 균열

그 동안 『관부연락선』은 지식인의 균형 잡힌 시각으로 한국의 근현대사를 문학적으로 형상화하고, 합리적인 정세판단 논리와 휴머니즘적 정신이 적절히 반영된 작품으로서 대체로 긍정적인 평가를 받아 왔다. 그러나 이 글에서 살펴보았듯 그 긍정성 이면에 존재하는 반민주적이고 권력지향적인 역사감각의 단초들을 간과해서는 안 될 것이다.

그렇다고 해서 작가 이병주를 단순히 친정부적이거나 친일성향의 작가로 규정하는 것은 바람직하지 못하다. 과거사에 대한 "청산문학"

이라는 기치를 내걸며 양국관계의 정신적, 감정적인 유대를 강조하는 『관부연락선』의 '우애의 정치학', 그것은 작가 이병주의 개인사가 아니라 냉전체제라는 시대적 배경을 통해 고찰되어야 한다. 앞서 강조한 것처럼 칼 슈미트는 정치적 사고의 기초는 '친구와 적'을 구분하는 것에 있다고 말했다. 그런데 슈미트가 그 구분의 필요성을 주장하는 까닭은 전쟁이라는 예외상태가 언제든 도래할 수 있기 때문이다. 그는 '친구와 적'의 대립구도가 전쟁을 초래하는 것이 아니라, 전쟁의 가능성이 거꾸로 '친구와 적'의 구분이라는 정치적 사고를 요구한다고 말한다. 따라서 '친구와 적'의 구분은 전쟁이라는 최후의 사태를 대비해서 주권자만이 내릴 수 있는 결정적 판단이 된다.[54]

『관부연락선』을 지배하고 있는 멘탈리티란 바로 그와 같은 것이 아닐까. 과거사의 비극에 대한 정신적 극복과 정상성의 회복을 역설하는 행위 자체가 냉전체제의 항상적 예외상태에서 비롯된 신경증적인 반응이라고 볼 수 있다. 이병주는 식민지시기 도일유학을 통해 지적 능력을 습득했지만 한편으로 학병으로 전쟁에 동원되는 불행을 겪었다. 또한 박정희 군사정권이 수립된 초기에 반국가적 인사로 지목되는 필화사건을 겪으며 옥고를 치르기도 했다.[55] 이런 개인사에 비춰볼 때 양국의 정부가 결정한 한일국교정상화는 그에게 탐탁치 못한 것이었을지도 모른다.

54 칼 슈미트, 김효천 역, 앞의 책, 53~54쪽.

55 세대론적 관점에서 볼 때도 학병세대는 그들의 윗세대가 지니고 있던 '친일 콤플렉스'와는 구별되는 감각 속에서 식민지시기를 회고하고 담론화할 수 있는 세대였다. 그것은 '일제(日帝)'에 정치적으로 협력했던 선배세대와 자신들을 구별 짓던 학병들의 '지적(문화적) 엘리티즘'이 독립된 '조국'에서 하나의 '정신적 정통성'(정치적 정당성)으로 수렴됨으로써 비로소 가능한 것이었다. 바로 그런 연유로 그들의 '문화적' 엘리티즘은 정통성을 결여한 '군사' 독재정권과 완전히 조화할 수는 없었다. 김건우, 『대한민국의 설계자들-학병세대와 한국 우익의 기원』, 느티나무책방, 2017, 266~269쪽 참고.

그럼에도 불구하고 그가 과거청산과 한일양국의 우애를 역설했던 것은 그 판단이 자신의 개인사가 아니라 냉전체제하 지식인의 사회적 의무라는 공적 사명에 기초했기 때문이다. 계속되는 총력안보체제와 그에 관한 항상적 위기의식이 사적인 감정의 호불호와는 무관하게 정치권력의 결정권을 절대화하는, '공적公敵'의 명시를 통해 내부의 차이를 통제하고 억압하는 '국가적 서사'의 실천 주체를 생산한 것이다. 그러므로 작가의 체험적 글쓰기라는 말은 『관부연락선』을 설명하기에는 부족하다. 그것은 글쓰기의 주체를 구성하고 있는 중대한 과거체험으로부터 그 자신을 무리하게 떼어놓으려는 정신의 자기통제적 움직임이자, 국가나 사회가 그 구성원에게 강요하는 '정상성Nomality'의 원칙이 개인의 신체적 기억과 충돌하는 균열의 징후를 노출하고 있기 때문이다.

그 징후를 가장 잘 드러내는 것이 작중 'E'의 발언이다. 'E'는 애초부터 유태림의 수기 원본을 한국에 있는 '나'에게 보내길 거부하였을 뿐 아니라, 한국이라는 장소는 수기의 진의가 왜곡될 가능성이 있기 때문에, 모든 원고를 최종적으로 정리하여 '한 권의 책'을 만들 수 있는 적임자는 본인이라고 주장했다. 무슨 근거로 'E'는 그렇게 말하고 있는 것일까. 그 실마리를 다음의 인용을 통해 추적해보자.

> 군이 C공론(公論)에 쓴 한일조약(韓日條約)에 관한 코멘트를 커다란 감동을 갖고 읽었다. 한일조약에 임하는 일본측의 태도는 어디까지나 참회의식(懺悔意識)의 발현이어야 한다는 골자였는데 군의 그와 같은 의견이 어느 정도 한일조약에 반영되었는지는 몰라도 그런 정신이 반드시 씨앗이 되어 어떤 형상으로든 보람이 있을 것을 믿고 의심하지 않는다. 대학교수로서 학자

로서의 군의 대성을 빌고 자중자애하길 바란다. 동경에 있는 옛 학우들에게 안부를 전해 주게.[56]

"C공론"이란 일본의 유명 종합잡지인 『중앙공론中央公論』을 가리킨다. 해방이후에도 이병주가 일본의 잡지를 구독해왔음을 짐작할 수 있는 대목이지만, 여기서 그보다도 주목을 요하는 것은 작중의 '나'가 읽었다는 '한일조약'에 관해 'E'가 작성한 글이다. 한일국교정상화의 수립을 전후로 하여 『중앙공론』에 실린 그와 관련된 글들을 전반적으로 살펴보면, 우선 한국의 경우와 대비하여 볼 때 관련 내용의 글이 많지 않으며 반대 담론이 강하게 개진되고 있지도 않음을 확인할 수 있다. 게다가 국교정상화를 비판하는 논거 자체에서도 차이가 있다. 일례로 당대의 유명한 국제정치학자이자 도쿄대학 교수였던 에토 신키치衛藤瀋吉는 한일국교정상화를 한반도의 남북대치 상황에 일본이 과도하게 '개입'한 것으로 평가하며 '북한'과의 관계를 염려하고 있다.[57] 요컨대 여기서 문제적으로 고려되는 것은 일본의 국가적 '안전보장'이라는 사안이다. 이는 국교정상화를 옹호했던 세력에게 있어서도 마찬가지인데, 대표적으로 당시 자민당 내 실력자였던 가야 오키노리賀屋興宣는 일본이 지리적으로 공산세력인 '북한'과 인접한 상황에서 '자유진영'에 속하는 '남한'을 정치경제적으로 지원하는 것이 일본의 안전보장에 도움이 된다는 논리를 전개하였다.[58] 이렇듯 "한일조약에 임하는 일본측의 태

56 이병주, 『관부연락선』(II), 354쪽.
57 衛藤瀋吉, 「非介入の論理」, 『中央公論』 80(8), 1965.8, 57~58쪽.
58 賀屋興宣, 「日韓交渉への私見」, 『中央公論』 78(1), 1963.1, 270~275쪽.

도는 어디까지나 참회의식의 발현이어야 한다"는 취지의 글은 당대 일본의 공론장에서는 찾아보기 어려운 것이었다.

물론 한일조약과 관련하여 과거사(일본의 식민지지배)에 대한 반성적 의견을 담고 있는 글이 전무했던 것은 아니다. 당시 민사당民社党의 참의원이었던 나가스에 에이치永末英一는 1965년 3월 서울을 방문한 뒤 그에 대한 소회와 더불어 한일국교정상화에 대한 견해를 남겼다. 그는 "국제협정은 타협의 산물이라고 해도, 이번의 일한협정 만큼 그 해석과 내용이 양국에 의해 다른 경우도 드물다"라는 평을 남기며, 한국의 민중이 국교정상화에 대해 반대하는 근본적 원인을 과거사에서 비롯된 "경계심"과 "공포심"에서 찾고 있다. 그는 "메이지 일본이 근대국가로서 자본주의 성과를 이뤄 간 과정은, 조선의 입장에서 보자면 그 전부가 일본의 조선침략의 역사였다"라고 말하며, "일본이 이 일 세기 조선민족에 대해 해온 일 모두가 마이너스 요인으로서 그들의 가슴 속에 강한 낙인을 남긴 것이다. 이 생생한 역사의 기억을 어떻게 해야 깨끗하게 해소할 수 있을까, 또는 어느 정도 희석할 수 있을까가 국교정상화의 열쇠이다"라고 지적했다.[59] 그러나 나가스에의 글도 "참회의식의 발현"이라는 점과는 다소 거리를 두고 있다.

다만 나가스에의 글을 면밀히 살펴보면 "오늘의 한국에 앉아 이것을 읽으면 그 의미가 흐려지고 자칫하면 왜곡되지 않을까 두렵다"라고 해명하던, 그리고 한국에 있는 '나'에게 아무쪼록 "자중하게"라고 충고하던 'E'의 발언이 의미하는 바가 곳곳에 드러나 있다.

59 永末英一, 「日韓交渉と将来への禍根」. 『中央公論』 80(6), 1965.6, 245~246쪽. 번역은 인용자.

14년간 난항을 겪어온 일한회담이 어째서 올 해가 되어 분주하게 정리되어, 4월 3일 대부분의 현안에 대한 가조인(假調印)을 끝마치게 된 것일까. 촉진 요인은 한국 측에 있다. 그것은 우선 박 정권이 자기의 안정성을 이를 통해 실증해 보이고자 욕망했기 때문이다. 1961년 5월 16일 군사 쿠데타의 결과, 권좌에 오른 박 정권은 당초의 대내적인 불안정요인을 정력적으로 제거하기 위해, 또 대외적인 인정을 얻은 정권으로서 과시하고자 일한회담을 전개하는 것이 필요하다고 판단했다.[60]

한국의 경제적 곤궁이 정치적 상황의 불안을 키우는 토대가 되고 있다. 게다가 그 정치적 불안에 대해 중앙정보부를 중심으로 하는 정치는 불안을 해소하는 길을 걷고 있다고 보이지 않는다. (…중략…) 그러한 정치적 분위기가 데모가 되어 폭발하는 것이다. 한국은 국민 모두가 병사이다. 장군은 반공애국으로 사기를 진작하고 있다. 그러나 병사들의 가정은 가난하고 장교들의 월급은 부족하다. 게다가 한국경제는 탄환은 고사하고 소총조차 만들 수 없는 구조이다. 불균형한 군사력에 대해 초조함을 감출 여지도 없다.[61]

이처럼 1960년대 한국의 정세와 한일국교정상화 수립 이면에 존재했던 정치적 사정들을 밝히는 이 글은 당시 한국의 공론장에서 공개될 수 없을 만큼 적나라한 비판을 담고 있다. 이는 국교정상화에 걸림돌이었던 식민지시기 '과거'에 대해 말하고 있는 '나'라는 화자가 더 이상 말을 아끼고 "자중"해야만 하는 상황을 설명하여 줄 뿐 아니라, 『관부

60 위의 글, 249쪽.
61 위의 글, 259쪽.

연락선』이라는 텍스트가 왜 그 자체로 완성된 '한 권의 책'이길 거부하고 있는지를 설명해준다. 그것은 당시 군사 독재정권의 지배를 받는 한국이라는 장소가 그 책의 "의미가 흐려지고 자칫하면 왜곡될" 가능성이 농후한 삼엄한 감시와 통제가 이뤄지는 장소였기 때문이다.

즉 유태림이라는 "그 탁월한 한국의 인물", 또는 작가 그 자신의 과거를 기념하기 위한 '한 권의 책'이 완성될 수 없는 상황이란, 군사독재의 표면화와 냉전의 격화 속에서 억눌린 당대 한국의 사회 분위기이자 그 가운데서 검열되고 있는 글쓰기 주체의 내면임에 다름 아니다. 특히 6·3사건을 계기로 정치권력과 지식인 사이의 갈등이 심화되고 고조되던 당시,[62] 국가적 결정에 의해 "완전한 최종적 해결"로 합의된 제국/식민지의 역사 문제를 들춰내는 서사는 그 자체로 불온한 것으로 비춰질 수 있었다. 따라서 그 기억의 서사는 파편화된 채 기술되고 또 불안정한 형태로 봉합될 수밖에 없었던 것이다.

그로 인해 『관부연락선』의 내용과 형식은 어긋나 있다. 그것은 식민지 역사의 의미를 냉전의 이데올로기를 통해 통제적으로 구성한 것이면서도, 동시에 그것의 허구성(허위성)을 폭로하는 억압의 흔적들을 형식적 차원에서 내포하고 있기 때문이다.

이런 측면을 고려하자면 이 소설의 서사는 오늘날 한일관계가 겪고

---

62 당시 군사정권에 대항하여 '사상계' 지식인 그룹과 학생 및 시민의 연대과정에 대한 논의는 장세진, 『숨겨진 미래－탈냉전 상상의 계보 1945~1972』, 푸른역사, 2018, 272~298쪽에 상세하게 서술되어 있다. 물론 이병주와 당시 '사상계' 지식인 그룹을 완전히 동일시할 수는 없다. 한일협정 시기 '사상계'를 통해 지식 담론을 이끌며 정권에 대항했던 장준하, 김준엽 등의 인물들 또한 이병주와 마찬가지로 학병출신이었다. 그런데 장준하, 김준엽 등이 학병(일본군)으로 징집된 이후 탈출 또는 도망하여 광복군에 투신했던 것과는 달리, 최후까지 일본군에 잔류했던 이병주는 그들처럼 지식인 그룹의 중심이 될 수 있는 역사적 명분이나 정통성을 쥐고 있지 못했다.

있는 외교적 난항들을 예고한 '억압된 과거사'의 형성사라고 볼 수 있다. 냉전체제하에서 맺어진 양국의 동성동맹적 우애관계는 그것에 의해 억압되어 온 과거사 문제가 회귀함으로써 통렬한 비판의 대상이 되었으며, '탈냉전' 이후 급변하는 세계정세 속에서 양국은 "여전히 우리는 친구인가"라는 회의를 상대에게 품게 되었다. 즉 끝내 '한 권의 책'으로 귀결되지 못한 '나'와 'E'의 서신교환처럼, 그것은 가까워지려는 노력과 시도들 속에서 다시 멀어질 수밖에 없는 균열의 지점이 산출되는 관계이자, 그렇게 결코 완성에 도달할 수 없는 우애의 서사 속에 갇혀버린 관계로 고착화된 것이다.

제4장

'현해탄'이라는 기호를 탈중심화하기

1. '해협의 로맨티시즘'을 넘어서

'겐카이나다玄界灘', 일본 규슈九州 북서부 해역[1]을 가리키는 이 말은 '머나먼 경계의 여울'이라는 자의字義에서 엿볼 수 있듯, 일본인들의 심상지리 속에서 "타자의 세계와 만나는 통로이자 동시에 타자의 세계를 자기와 구분하기 위한 경계"로 자리하고 있는 곳이다.[2] 이곳은 구로시오黒潮 해류의 영향으로 바다색이 검고 수심이 얕다고 하여 '겐카이나다玄海灘'이라고도 불리는데, 이 '검은 바다의 여울'이라는 표현 또한 외계와 내계를 가르는 경계로서의 의미를 내포하고 있다.[3] 일본의 제국

---

1 일본 사전에 의하면 '玄界灘'이 정식 명칭이며 '玄海灘'은 별칭에 해당한다. 다만 '玄界灘(겐카이나다)' 해역에 속하는 섬 가운데 '玄海島(겐카이지마)'이라는 이름의 섬이 존재한다. 井上辰雄・大岡信・太田幸夫・牧谷孝則, 『日本文学史蹟大辞典』(地名解説 編), 遊子館, 2001, 160쪽.

2 박광현, 『「현해탄」 트라우마－식민주의의 산물, 그 언어와 문학』, 어문학사, 2013, 4쪽.

3 김혜인, 「현해탄의 정치학－제국의 법질서와 식민지 주체의 정화술」, 『어문논총』 52,

주의적 확장은 수많은 사람들이 그 경계의 저편을 향해 뻗어 나아가면서 시작되었고, 패전과 함께 경계의 이편(일본 열도)으로 그들이 귀환함으로써 종결되었다. 따라서 역사적 관점에서 볼 때 '겐카이나다'는 '제국 일본'의 '가해자성'과 그에 대한 망각을 통해 구성된 '전후 일본'의 '피해자성' 모두를 환기하는 양가적 공간이라고도 볼 수 있다.[4]

한국에서도 '현해탄玄海灘'은 친숙한 단어이다. 알다시피 '현해탄'은 한반도와 일본 열도를 연결하는 바닷길, 혹은 한국과 일본의 사이를 가리키는 말로 쓰여 왔다. 다만 그것이 식민지시기에 일본으로부터 전래된 말임을 상기할 때, 그 기표 안에는 피식민의 역사가 각인되어 있다고 볼 수 있다. 임화의 예에서 확인할 수 있듯, 식민지시기 '현해탄'은 조선의 청년 지식인들에게 근대 세계 체제 내로의 입사와 민족적 정체성의 확립이라는 이중의 과제가 수여되는 장소이자, 그러한 청년 주체들의 자의식을 대변하는 말이었다.[5] 한편 해방 이후에는 한국 근현대사의 불운과 비극을 상징하는 공간으로 표상되며, 청산 또는 극복하지 못한 식민지적 과거의 존재를 가리키는 말이 되었다. 이렇듯 한국에서 '현해탄'은 피식민의 경험이나 그에 대한 집단의 기억을 환기하는 사

한국문학언어학회, 2010.6, 196쪽.

4 아시아-태평양 전쟁말기 연합군의 공습으로 인한 일본 열도(특히 수도 도쿄)의 피해가 '전후 일본'의 '피해자성'을 부각시킨 한편, '제국 일본'의 '가해자성'을 비가시화한 문제에 관해서는 사카사이 아키토, 박광현 외역, 『'잿더미' 전후공간론』, 이숲, 2020, 61~68쪽 참고.

5 이형권, 「현해탄 시편의 양가성 문제-30년대 후반 임화시를 중심으로」, 『한국언어문학』 49, 한국언어문학회, 2002, 362쪽. 이형권도 지적하고 있듯 김윤식은 이러한 자의식의 속성을 '현해탄 콤플렉스'라는 용어를 통해 비판적으로 파악하였는데, 이는 제국/식민지 시스템이라는 '근대의 제도적 장치'에 의한 '의식의 제약(의식의 순수성, 독자성, 독립성의 상실)'을 당대 지식의 한계로서 지적한 것이었다. 김윤식, 「이식문화론 비판」, 『한국문학의 근대성과 이데올로기 비판』, 서울대 출판부, 1987, 90쪽.

회문화적 기호로 추상화됨에 따라, '콤플렉스'나 '트라우마'라는 정신사적 문제와 깊이 연관된 개념으로 다뤄져 온 것이다.

그렇다면 그것은 과연 누구의 콤플렉스 혹은 트라우마를 가리키는 것일까. 단도직입적으로 말하자면 그것은 남성 엘리트 지식인들, 혹은 그들이 '우리'라고 지칭하는 민족이라는 대주체(정신적 통합체)의 콤플렉스이자 트라우마이다. 이렇듯 '현해탄'을 둘러싼 콤플렉스나 트라우마가 남성 주체들을 중심으로 나타났다는 사실 자체에는 이견의 여지가 없을 것이다. 다만 여기서 문제적인 것은 그러한 콤플렉스나 트라우마의 존재 자체가 아니라, 그것이 무엇을 위해 서사화되어 온 것이냐는 점이다. 이 문제에 대해 선구적으로 답한 일례로서 김혜인의 연구가 있다. 김혜인은 식민지시기 문학에서 '현해탄'은 민족적 콤플렉스나 트라우마의 원체험적 공간에 그치는 것이 아니라, 그 체험들에 대한 '정화술淨化術'의 일종으로서 식민지 주체의 계급적, 젠더적 아이덴티티에 대한 재정립(엘리트로서 자기인식)이 이뤄지는 공간이었음을 지적했다.[6] 이러한 '주체의 정화술'은 이 책에서 말하는 '체내화'의 실천과 일맥상통하는 것으로, 이는 곧 콤플렉스나 트라우마적 대상에 대한 상상적 극복을 도모함으로써 남성 주체(민족·국가)의 성숙, 확장, 발전이라는 '국가적 서사'를 구성하는 장치인 셈이다.

그런데 이 '국가적 서사'의 이데올로기적 기능은 그것이 기억의 서사라는 형태를 갖추게 되었을 때, 달리 말해 식민지적 과거와의 미적 거리를 확보하였을 때 비로소 온전히 작동할 수 있는 것이었다. 1965

6 김혜인, 앞의 글, 214~215쪽.

년 체제의 성립과 더불어 재부상한 '현해탄' 콤플렉스나 트라우마 서사에 주목해야 할 이유가 바로 여기에 있다. 앞서 논의한 바처럼 '국가적 서사'란 민족·국가 공동체의 '발전'과 '번영' 따위를 위해 개인의 희생을 종용하고 미화하는 전체주의적 서사를 가리키는 것이자, 민족·국가의 일원들을 상징적 권력의 통일체로서 조직화하려는 문화적 강박을 내포하는 것이다. 이런 문맥에서 볼 때 국교정상화 시점에서 '현해탄'을 둘러싼 기억과 상념에 대해 말한다는 것은 단지 과거에 대한 단순 회고나 반일의 표현인 것이 아니라, 일본과의 관계 '정상화'를 피식민 경험의 극복 및 주체성의 온전한 회복으로 의미화하려는 서사적 욕망과 밀접히 연관된다고 볼 수 있다. 즉 '현해탄'을 둘러싼 콤플렉스와 트라우마 그 자체가 과거 체험에 대한 상상적 극복을 도모하는 서사를 추동함으로써, 남성 엘리트를 중심으로 하는 민족·국가 재건 및 부흥의 신화가 '우리'라는 사회 구성원 전체의 '정상성' 회복으로 상징화(대리표상)되었던 것이다.

국교정상화를 기점으로 재차 담론화되기 시작한 '현해탄' 콤플렉스나 트라우마가 '국가적 서사' 안으로 수렴되는 양상은 앞 장의 『관부연락선』의 사례를 통해 살펴본 바와 같다. 뿐만 아니라 이 글에서 이제껏 다룬 대개의 텍스트들 역시 넓은 의미에서는 '현해탄' 콤플렉스나 트라우마를 서사화한 것이기에, '국가적 서사'로의 '체내화'라는 문맥에서 이해 가능한 것들이었다.

그 연장선에서 본론의 마지막인 이 장에서는 '현해탄'이라는 기호, 혹은 그것을 둘러싼 '국가적 서사'에 대한 탈중심화 및 해체의 작업을 시도하고자 한다.[7] 이는 '현해탄'이라는 단어가 환기하는 '한/일'이라는 관계성의 프레임, 그 양자 사이의 '거리감', '입장의 차이', '가깝고도 먼 관계', 그리고 피식민 경험의 '콤플렉스'나 '트라우마', '근현대사의 불운과 비극' 등, 이 일련의 공시적 의미에 내재된 남성중심주의적이며 국가주의적인 역사 이데올로기를 비판하기 위한 것만은 아니다. 더 큰 문제는 '현해탄'이라는 이 신화적 메타포 안에 갇힌 한일관계의 '65년 체제'가 남성 엘리트 중심의 내셔널 히스토리와 사회 전체를 위한 개인의 희생을 정당화하는 '수인受忍'의 논리를 구축함으로써, 과거사에 대한 '책임' 주체의 상실이라는 결과를 낳았다는 점이다. 그러므로 이를 탈중심화하고 해체한다는 것은, 역사 속에서 희생된 존재들의 부름에 기꺼이 '응답'하여 과거사에 대한 '책임' 주체의 생성이라는 목표를 지향하는 것이다.[8]

임화는 "玄海灘은 청년들의 海峽", "영원히 玄海灘은 우리들의 海峽"이라고 명명하며,[9] 다음과 같이 포효한다. "청년! 오오, 자랑스러운 이름아! 적이 클수록 승리도 크구나."[10] 그렇지만 이처럼 비장미 넘치는 "海峽의 로맨티시즘"이란 아기에게 젖을 물리고 있는 "젊은 어머니의 눈물"과 산산이 부서진 "그이들이 꿈꾸던 청춘의 공상"을 배경으로 삼

7 프레드릭 제임슨의 맥락에서 볼 때, '현해탄'이라는 기호를 탈중심화하는 것은 곧 그것을 둘러싼 서사의 정치적 무의식을 해명하는 작업이다. 즉 추상화된 기호로서의 '현해탄'이란 제임슨이 지적한 "노동과 역사(History)의 세계 및 원(原)정치적 갈등과 관련된 공간의 억압된 형태"에 해당하는 것으로, 이는 '현해탄'을 낭만주의적인 시선으로 그리는 문학적 행위 자체 내에 그 실제 공간의 정치적, 역사적 문제들을 은폐하는 '미학화의 전략=이데올로기적 봉쇄 전략'이 내포되어 있음을 의미한다. 프레드릭 제임슨, 이경덕·서강목 역, 『정치적 무의식-사회적으로 상징적인 행위로서의 서사』, 민음사, 2015, 제5장 「로맨스와 사물화-조셉 콘래드에서 플롯 구성과 이데올로기적 봉쇄」 참고.

8 다카하시 데쓰야, 이목 역, 『국가와 희생』, 책과함께, 2008, 262~263쪽 참고.

9 임화, 「玄海灘」, 『玄海灘』, 東光堂, 1938, 231쪽.

10 임화, 「海灘의 로맨티시즘」, 위의 책, 155~156쪽.

아[11] 피어오르는 것임을 간과해선 안 된다. 따라서 이하에서는 저 '검은 바다'에 가라앉은 채 부상하지 못한 "그이들"이라는 3인칭Third Person의 존재, 역사에서 제외된 그 무명의 존재들에게 주목하려 한다. 그들의 부름에 대한 '지금 여기'의 응답가능성을 모색하기 위해, 역사적 폭력과 그것이 낳은 외상적 기억들을 "海峽의 로맨티시즘"으로 흡수해온 '국가적 서사'와 그 서사의 발화 주체인 '한국인'과 '일본인', 혹은 '한국과 일본'이라는 이데올로기적 집합체에 대한 반성적 재인식을 시도할 것이다.

2. '현해탄'의 탈장소성과 식민지적 남성성

―한운사 '아로운' 3부작, 이범선 『검은 해협』

김예림은 1960년대에 부상한 '일본' 관련 서사물들, 즉 한일 양국의 '사이'와 '관계'를 텍스트 외적으로든 내적으로든 수용하여 재편하기를 시도했던 서사물(소설 및 영화) 일체를 '현해탄 서사'라고 명명하며 그에 대한 일련의 분석을 수행한 바 있다. 특히 소설 분석에서 있어서는 '월경' 혹은 '밀항'이라는 문제에 초점에 맞추어, 당대 시점에서 국경 지대를 넘나드는 '이동의 서사'가 지니는 중요성을 부각하였다.[12]

그런데 모든 '현해탄 서사'가 '월경'이나 '밀항'의 체험을 강조하는 '이동의 서사'에 해당하는 것은 아니다. 오히려 1960년대 이후 '현해

11 임화, 「눈물의 海峽」, 위의 책, 212~213쪽.

12 김예림, 『국가를 흐르는 삶』, 소명출판, 2015, 107쪽 이하 제2부 내용 참고.

탄 서사'에서 '이동'이란 물리적인 체험 행위가 아니라 과거로의 상상적 회귀라는 관념적인 사고 행위로서 이해될 필요가 있다. 그 대표적 예로서 한운사의 '아로운' 연작(『현해탄은 알고 있다』, 『현해탄은 말이 없다』, 『승자와 패자』)[13]을 들 수 있다. 이 일련의 텍스트들은 제목에는 '현해탄'이라는 단어가 강조되어 있으나, 정작 작중에는 인물들이 현해탄 해역을 오가며 국경을 넘는 장면이 인상 깊게 묘사되거나 비중 있게 다뤄지고 있지 않다. 임화의 『현해탄』이나 염상섭의 『만세전』, 그리고 해방기의 여러 귀환소설에서 주인공(화자)의 해상 이동 경로나 선상 체험, 바다 풍경 등이 유의미하게 제시된 것과는 상당히 대조적인 양상이다.

이는 '아로운' 연작에서 '현해탄'이 특정 장소나 그에 대한 이동 체험을 지시하기 위한 것이 아니라, 주인공의 정체성을 나타내는 기호로 추상화됨으로써 서사 전체의 의미를 규정하는 장치로 쓰이고 있음을 말해주는 것이다. 특히 이 소설이 식민지시기(아시아-태평양 전쟁말기)를 배경으로 아로운 학병의 군영 체험과 탈영, '히데꼬'라는 일본인 여인과의 연애사를 그리고 있다는 점을 생각해 볼 때, '현해탄'이란 작가 한운사가 1960년대라는 시점에서 식민지 시절이라는 과거를 그리기 위해 소환한 기억의 저장고라고도 볼 수 있다. 이렇듯 '현해탄'의 탈장소화는 그것이 환기하는 식민지적 과거와 주체 사이에 성립되어 있는 미적인 거리를 나타내는 셈이다.

예컨대 김윤식은 한운사의 '아로운' 연작에 관하여 학병출신인 작가

13 『현해탄은 알고 있다』(정음사, 1961.5)와 『현해탄은 말이 없다』(정음사, 1961.12)는 연재 없이 단행본으로 바로 출간되었으나, 『승자와 패자』의 경우는 1963년 5월부터 64년 3월에 걸쳐 『사상계』에 연재된 이후 1985년에 이르러서야 단행본으로 묶여 출간되었다.

의 "체험적 요소가 작품 전체를 지배하고 있지만 그 명분만 빼면 대부분 허구적 글쓰기"에 지나지 않으며, "사색적, 교양적 요소가 거의 없는 사소하고 조금은 지리한 군대생활 묘사에 치중"하고 있는 작품이라고 부정적 평가를 내린 바 있다.[14] 라디오 연속극으로 먼저 만들어진 바 있는 '아로운' 연작은 애초부터 "사색적, 교양적 요소"보다도 군대생활 에피소드나 주인공 아로운과 히데꼬의 연애를 묘사하는 것에 치중하고 있기에, 김윤식의 이와 같은 평가는 지극히 당연한 것이라고 볼 수 있다. 특히 같은 '학병 서사'로서 "사색적, 교양적 요소"가 충만한 이병주의 『관부연락선』과 비교해 보면, '아로운' 연작은 그야말로 "사소"하고 "지리한" 이야기의 나열처럼 비춰진다. 그런데 김윤식의 말처럼 '현해탄'의 이름으로 환기되는 과거의 "체험적 요소"가 "명분"에 그칠 뿐이며 그 외의 "대부분"을 차지하는 것이 "허구적 글쓰기"라면, 이는 오히려 '아로운' 연작이 식민지적 과거와의 미적 거리를 안정적으로 확보하고 있음을 반증하는 것이기도 하다. 미적 거리란 과거 체험의 콤플렉스나 트라우마에 함몰되어 있는 것이 아니라, 그러한 체험을 마치 "사소"하고 "지리한" 이야기처럼 말할 수 있는 객관화된 태도를 가리키는 것이기 때문이다.

따라서 '아로운' 연작은 문학사적 가치는 떨어지는 작품이지만, 1960년 초반에 발표되며 '현해탄'이라는 기호의 기능 전환을 여실히 보여주는 사례이기에 상당히 중요한 의미를 지닌다. 이 텍스트의 등장 이후

14 김윤식, 「현해탄 사이에 던져진 건강진단서 – 한운사의 『현해탄은 알고 있다』와 『현해탄은 말이 없다』론」, 『일제말기 한국인 학병세대의 체험적 글쓰기론』, 서울대 출판부, 2007, 319쪽.

'현해탄'이라는 기호는 식민지적 과거를 현재적 관점에서 미적으로 재구하거나 재현하기 위해 글쓰기의 주체가 동원한 '원체험적 기억'을 지시하는 것으로 곧잘 쓰이게 된다. 이병주의 『관부연락선』도 이와 같은 방식으로 '현해탄' 또는 '관부연락선'이라는 기호를 사용한 일례인데, 앞 장에서 살펴보았듯 작중 인물들의 '현해탄' 월경 체험은 '관부연락선'이 있던 시절의 아득한 옛 일로 그려지고 있으며, 현재적 시점에는 물리적인 이동이 이뤄지지 않은 채 과거에 대한 회상만이 반복될 따름이다.

이러한 '현해탄'의 탈장소화, 혹은 추상적 기호화를 가장 극단적인 형태로 보여주는 것이 이범선의 『검은 해협』이다. 제목에 '검은 해협=현해탄'이라는 단어가 쓰이고 있지만, 작중 그 어디에도 바다를 건너는 장면이나 해상 이동의 경로 따위가 묘사되어 있지 않다. 심지어 줄거리의 전개상 등장인물이 배를 타고 현해탄을 건넜을 부분을 의도적으로 건너뜀으로써, 세월의 경과를 나타내는 서사적 장치로 사용하고 있다. 즉 여기서 '검은 해협=현해탄'은 소설의 제목인 동시에, 서사의 외부에서 그 서사 전체의 의미를 지배하는 '주인 기표master signifier'로서 작용하고 있는 셈이다.

『검은 해협』은 조선인(한국인) 남성 '한동욱'과 일본인 여성 '미찌꼬' 사이의 연애를 중심으로 서사가 전개된다. 식민지시기 말기(아시아-태평양 전쟁말기)에 경성에서 다니던 전문학교를 중퇴하고 고향(평안남도 청천강변)에 돌아와 머무르고 있던 한동욱은 우연히 만난 재조일본인 여성인 후꾸다 미찌꼬와 서로 사랑에 빠진다. 미찌꼬와 그녀의 친오빠인 '겐지'는 '반일주의자'로 낙인을 찍혀 일본 경찰의 표적이 되고 있는 한동욱을 도와주었는데, 일본의 패전 이후에는 상황이 뒤바뀌어 마을 자치대 대장을 맡은 한동욱이 수용소로 내몰린 미찌꼬 가족을 비롯한 일본인들을 보호하고 포용하는 역할을 하게 된다. 한동욱의 배려와 보살핌으로 미찌꼬의 가족은 소련군의 위협을 피할 수 있었고, 38선을 넘어 무사히 일본으로 돌아가게 된다. 그렇게 세월이 흘러 30년 뒤, 한국으로 근무지를 발령 받아 오게 된 미찌꼬의 아들 '기무라 히가시'가 어머니의 부탁으로 한동욱의 집을 인사차 방문하게 된다. 이 일을 계기로 한동욱의 과거 회상이 시작된다.

> 미찌꼬! 그녀는 한동욱의 과거 그 어느 시점에 젊은 그대로 멎어 있었다. (…중략…) 그는 또 미찌꼬를 생각했다. 그렇게 미찌꼬를 생각하면 그 어두운 일제의 그림자가 배경으로 떠올랐다. 한동욱은 그 치욕의 과거를 잊으려고 노력하며 살아왔다. 그러나 좀처럼 잊을 수가 없었다. 그래 한동욱은 그 불쾌한 과거를 잊을 수는 없더라도 일단 정리하여 접어놓고 지내기로 했다. 미찌꼬까지도 그 과거 속에 함께 묶어 넣어 그렇게 삼십여 년을 살아 왔다. (…중략…) 이제는 완전히 어두웠다. 그래도 한동욱은 전등을 켜기를 잊은 채 그냥 앉아 있었다. 그는 몇 대고 줄담배를 피우며 생각은 온전히 삼십년 전 고향을 떠돌고 있다. 미찌꼬와의 가지가지 일들이 하나씩 하나씩 그의 눈앞을 흘러지나갔다. 그가 서울로 올라오던 날 아침, 그의 집 대문 밖에 서서 다소곳이 인사를 하던 한복차림, 미찌꼬의 마지막 모습을 끝으로 그의 추억은 단절되었다.[15]

15 이범선, 『검은 해협』(下), 태창문화사, 1978, 305~306쪽.

여기서 '검은 해협'이 상징하는 바를 일정 부분 확인할 수 있다. '검은 해협'은 "삼십여 년" 전에 한동욱과 미찌꼬 사이를 갈라놓은 비극적 운명을 의미하는 것인 동시에, 그 "삼십여 년" 전 시점에 "그대로 멎어" 있는 과거를 현재와 연결하는 기억의 회로인 셈이다. 그렇기에 현해탄의 바닷길을 오가는 물리적 이동에 관한 묘사는 이 서사 안에서 불필요한 것으로 처리되고 있다. 분명 그 바닷길을 건너 일본으로 돌아갔을 미찌꼬의 여정은 소설 속에서 전혀 다뤄지지 않고 있는데, 이는 이 소설이 미찌꼬가 아닌 한동욱이라는 한국인 남성 주체를 중심으로 하는 기억의 서사임을 분명히 보여주는 지점인 것이다.

이때 주목을 요하는 것은 이러한 기억의 서사가 과거를 청산하는 방식이다. 결말부에 이르러 동욱과 미찌꼬의 재회가 이뤄지지만, 삼십 년의 세월로 인해 서먹한 대화만이 오가고 짧은 만남 끝에 둘은 다시 헤어지게 된다. 동욱은 또 다시 '검은 해협'이라는 기억의 저편으로 미찌꼬를 떠나보내게 된 것이다. 그런데 동욱은 미찌꼬를 공항에서 전송하고 돌아오는 길에 기무라 히가시가 자신과 미찌꼬 사이의 아들임을 드디어 깨닫게 되고, 그렇게 감격한 동욱의 모습을 비추며 소설은 종결된다. 아래는 소설의 마지막 부분이다.

> 미찌꼬는 한동욱의 손을 꼭 쥐며 애써 웃으려 했다.
>
> "……아들애 잘 부탁드립니다!"
>
> "염려 마시오."
>
> 미찌꼬는 한동욱의 손을 놓으며 얼른 돌아섰다. 수건을 얼굴로 가져갔다. 그들이 비행기쪽으로 걸어 나가자 한동욱과 기무라는 송영대(送迎臺)로 바

삐 올라갔다. 저만큼 트랩을 올라간 겐지와 미찌꼬가 기체 안으로 들어가기 전에 한 번 뒤돌아보며 멀리 손을 흔들었다. 이편에서는 보이나 저편에서는 이편이 보일 리 없다. 그들은 비행기 안으로 사라졌다. 제트엔진의 날카로운 금속성만 들려왔다.

"그만 나가시죠."

멀거니 비행기를 바라보고 서 있는 한동욱의 등 뒤에서 기무라가 재촉했다. (…중략…)

"가버렸군!"

택시 안에 몸을 던지듯이 앉으며 한동욱이 중얼거렸다. 갑자기 온몸에 피곤이 스며들었다.

"탈것 중에서 비행기가 제일 싱겁습니다."

기무라가 빙긋이 웃으며 말했다. 딴은 그 비행기 전송만큼이나 두 늙은 애인의 작별이 싱거웠다고 한동욱은 생각했다. 차는 김포가도를 달리고 있었다. 한동욱은 초점을 잃은 시선으로 앞을 바라보고 있을 뿐 말이 없었다.

"내년 봄쯤 꼭 한 번 선생님을 모시면 좋겠다고 어머님이 말씀하시던데요."

"내년 봄? 글쎄."

한동욱은 여전히 기대어 앉은 채 시무룩한 대답이었다.

"사실 제 고향은 오월 초가 제일 좋습니다. 지난 오월에도 생일을 쇠러 잠깐 다녀왔죠. 신록이 아주 좋더군요. 그 무렵이 낚시도 제일 잘된다던데요."

"생일! 오월에?"

한동욱이 슬며시 몸을 일으키며 옆의 기무라를 똑바로 쳐다보았다.

"네에. (…중략…) 오월 십일이 제 생일이거든요."

"오월 십일!"

> 한동욱은 기무라의 얼굴을 뚫어지게 쳐다보며 속으로는 오, 사, 삼, 이 하고 달수를 거슬러 세어가고 있었다.[16]

이 극적인 장면에 관하여 황정현의 선행연구는 한동욱이라는 한국인 남성이 민족적 갈등을 초월한 '보편적 인간애'에 입각하여 "일본인 겐지와 미찌꼬에게 베푼 은혜가 아들 기무라의 존재로 결실"을 맺게 되는 것이라고 지적했다. 그에 따라 황정현은 이 소설이 가부장제적 질서에 의거하여 한국이 일본을 '포용'하는 서사로 귀결된다고 평하였다.[17] 이는 지극히 타당한 분석이라고 볼 수 있지만, 여기에 덧붙여 지적하고 싶은 것은 그와 같은 '포용'이 주체가 수없이 노력을 해도 "좀처럼 잊을 수가" 없었던 "치욕의 과거"에 대한 트라우마가 해소 및 극복됨으로써 이뤄지고 있다는 점이다. 즉 아들인 기무라의 존재로 인해 미찌고와 동욱 사이를 가르는 '검은 해협'이 걷히고, 그와 더불어 "미찌꼬를 생각하면" 마치 "배경"처럼 떠오르던 "그 어두운 일제의 그림자"(=검은 해협)도 사그라지게 되는 것이다.

따라서 배편이 아닌, 항공로를 통해 이뤄지는 미찌꼬의 귀국길이 소설 마지막에 강조되어 묘사된 것은 중요한 의미를 지닌다. "탈것 중에서 비행기가 제일 싱겁습니다"라는 기무라의 말처럼, 이 비행기의 항로는 더 이상 동욱과 미찌꼬, 혹은 한국과 일본의 사이가 '검은 해협'에

---

16 위의 책, 334~335쪽.

17 더불어 황정현은 이와 같은 결말의 묘사를 처음 한국에 와서 한국인들을 무시하고 경멸하는 태도를 보이던 기무라가 "'약삭빠른 일본인'에서 '한국인 한동욱의 아들'로 거듭날 것이 암시"되는 장면이라고 지적하면서, 이 소설의 남성중심주의적 서사를 비판하였다. 황정현, 「한일 관계의 역학과 월남민 남성의 자아정체성－이범선 장편소설 『검은 해협』 연구」, 『한국문학이론과 비평』 85, 한국문학이론과 비평학회, 2019.11, 144쪽.

가로 막힌 사이가 아닌, 과거를 뛰어 넘어 다시 원만한 관계로 연결될 사이라는 것을 보여주는 것이기 때문이다.

이렇듯 『검은 해협』은 그 제목이 상기하는 트라우마적 기억(비극적 운명, 피식민 체험 등)을 뒤로 한 채 다가올 미래를 맞이하려는 남성 주체의 서사라고 요약할 수 있다. 그렇기에 '검은 해협', 혹은 탈장소화된 기호로서의 '현해탄'이란 과거를 미적으로 기억하고 기념(의미화)하려는 이 소설의 서사적 의도를 집약적으로 나타낸다. '현해탄'이 한일관계상에 있었던 '어두운 과거'를 낭만적인 방식으로 환기하는 신화적 기호가 됨으로써, 오히려 실제 현해탄의 바닷길 오가며 역사 속 희생자가 된 존재들이나 그들의 외상적 체험이라는 과거사 문제에 대해서는 무관심과 회피로 일관하는 서사가 수립되는 것이다.

이와 같은 맥락을 고려할 때, 식민지적 남성성과 연루된 '현해탄'이라는 기표 하에서, 주체가 '어두운 과거'를 잊고 '일본'을 포용하게 된다는 것은 과거사에 대한 책임을 묻거나 각성하는 행위가 아니라, 반대로 그에 대한 무책임의 체계를 구축하는 '체내화'의 실천으로서 이해되어야 한다. 한운사의 '아로운' 연작과 이병주의 『관부연락선』도 마찬가지이다. 『검은 해협』의 경우와 놀라울 정도로 유사하게 이 소설들 속에서도 한일 간 연애와 우정의 서사를 통해 남성 주체의 과거 극복이 실현된다는 점에 유의해야 한다. 결국 이 일련의 '현해탄' 서사들은 역사 속 무명의 존재들이 겪은 희생을 불가피한 운명으로 정당화함으로써, 한일관계의 '정상화'를 퇴락한 남성성(민족적 주체성)의 회복과 갱생의 계기로서 취하려 했던 것임에 다름 아니다.

3. '가교架橋'가 되는 것의 의미

한편 '현해탄'과 으레 함께 쓰이는 '가교架橋'라는 말이 있다. 주로 '현해탄의 가교', '현해탄에 가교를 놓다'라고 표현되며 한국과 일본 사이를 잇는다는 의미로 쓰인다. 물론 실제 현해탄의 바닷길을 물리적으로 연결한다는 것이 아니라, 양자의 심리적 거리감을 좁힌다는 뜻이다. 또한 '가교'는 특정 인물을 가리킬 때도 쓰인다. 이 책의 제2장에서 다룬 김소운을 그에 해당하는 대표적 예로서 손꼽을 수 있을 것이다. 김소운은 한국과 일본 사이의 적대와 무시라는 문제를 '문화 교류'를 통해서 극복하고자 노력했는데, 그런 연유로 그는 활동 당시부터 '한국과 일본의 가교'라고 불리었으며 사후인 지금에도 그와 같은 이름으로 추억되고 있다.[18]

이러한 용법들을 종합해 볼 때 한국과 일본을 잇는 '가교'가 된다는 것은 둘 사이의 간극이나 입장 차이를 뛰어 넘어 '우호'와 '친선'을 꾀하는 중개자의 역할을 수행하는 것이라고 요약할 수 있겠다. '우호'와 '친선'이라는 목적 그 자체만을 놓고 보면 문제될 것이 없어 보인다. 그러나 한일관계상에서 그러한 목적 추구를 위해 '가교'가 되어 온 인물들이 거의 언제나 소수의 선택된 남성 엘리트였다는 점에 심각한 문제가 내재하는 것이다.

이제껏 살펴본 텍스트들에 나타나 있듯, 남성 엘리트들에 의해 전유된 그 '가교'의 역할이란 수많은 무명의 존재들에게 희생을 강요하거

18 鎌田光登, 「日韓のかけはし金素雲先生の死を悼む」, 『知識』 25, 彩文社, 1982.1, 214~215쪽 참고.

나 이를 묵과하는 방식으로 이뤄져 왔다. 게다가 놀랍게도 그와 같은 국가적 폭력이 '보편적 인간애'를 주장하는 서사를 통해 정당화되었던 것이다. 국경을 초월한 우정과 연애를 그리며 '현해탄의 가교'가 되어 온 그 일련의 서사들은 '한국(나)'과 '일본(너)'을 잇는 '보편적 인류애'의 실천을 설파하였지만, 그 둘 어디에도 포괄될 수 없는 '경계적 존재(그)'에 대해서는 무관심과 배척으로 일관하였다. 예컨대 『관부연락선』의 주인공 유태림은 친구인 일본인 'E'와 함께 오른 관부연락선상에서 '현해탄'을 내려다보며 다음과 같이 말한다.

연락선의 엔진 소리와 연락선이 박차고 나가는 파도 소리가 들릴 뿐 적막하다. 거창한 파도가 굽이치고 있는 광경이 눈이 어둠에 익숙해 감에 따라 괴물의 몸부림처럼 보이기 시작했다. 나는 원주신의 이미지를 그려 보려고 했으나 검고 넓고 거창한 바다가 눈앞에 펼쳐 놓은 적막하고 막막한 광경에 압도되어 상념과 이미지의 조작을 할 수가 없었다. 억지로 말하면 바다의 사상이 너무나 크기 때문에 바다에 관한 사람의 사상을 꾸밀 수가 없다. 원주신이라고 해도 무한한 역사 속의 미소(微小)한 하나의 점에 불과하다. 원주신을 하나의 미미한 점으로 만든 역사도 이 바다 위에 펼쳐 놓으면 한 가닥의 가냘픈 실오라기가 될 뿐이다. 오키노우미, 아니 현해탄에 서서 왜 하필이면 원주신이냐? 신라 고려의 옛날, 이 바다를 넘나든 선인의 모습을 그려 볼 수도 있지 않으냐. 메뚜기의 대군(大群)을 닮았다던 몽고병(蒙古兵)도 이 대해에선 물거품과 더불어 부유하고 있는 나뭇조각이나 쓰레기와 다를 바가 없다.[19]

위에서 볼 수 있듯 한국과 일본을 잇는 '가교' 위에 선 남성 엘리트 주체는 그 밑에 펼쳐진 '현해탄'이 상기시키는 '그'들의 존재를 '해협의 로맨티시즘'을 위한 배경으로 처리해버린다. 이처럼 '경계적 존재들'을 제삼자로 배제한 '국가 대 국가'라는 이항대립의 구도와 그 둘 사이를 심미적 차원에서 연결하는 '가교'의 존재가 '65년 체제'의 '국가적 서사'를 지속시켜 온 것이다.

특히 '현해탄' 서사 속에서 한일 양국의 '화해'를 성사시키는 '가교'의 역할을 도맡는 존재가 남성 주인공의 '아들'이라는 점에 주목해야 한다. '아로운' 연작에서 아로운은 히데꼬에게 아들을 맡긴 채 훗날을 기약하며 해방된 '조국'으로 향하였고, 『관부연락선』에서는 '나'와 'E'의 노력의 결실로서 유태림과 가즈에 사이의 아들이 자랑스러운 '아버지의 이름'을 되찾게 되었으며, 『검은 해협』에서는 한동욱과 미찌꼬 사이에서 태어난 아들이 현해탄을 건너와 아버지와의 극적인 상봉을 이룬다. 헤겔의 다음과 같은 진술은 이러한 변증법적 서사 구조의 정치적 기능이 무엇인지를 분명하게 드러낸다.

> 정신이 의식의 내용으로서 최초로 취하는 형식은 순수한 실체인 신(아버지로서의 신)의 모습으로, 이는 정신의 순수한 의식이 마련한 내용이다. 사유에 근간을 두고 있는 이 신은 개별 존재(신의 아들인 예수)에게로 하강해 가는 운동의 실체이다. 이때 사유와 개별 존재를 이어주고 양자를 결합하는 중심이 되는 것은 타자로 이행하는 의식이며 표상작용이다. 세 번째의 경지

19 이병주, 『관부연락선』(I), 한길사, 2006, 290~291쪽.

를 이루는 것은 표상된 타자존재에서 자체 내로 복귀하는 과정이며 이것이 자기의식의 경지이다. (…중략…) 결국 정신의 치밀한 운동은 세 요소 모두를 스스로의 살아 있는 터전으로 하여 정신의 본성을 전개해 나아가는 것인데, 이때 그 모든 요소 하나하나가 자기완결적인 것이므로 신이 자체 내로 복귀해가는 운동은 동시에 다른 터전으로 이행하는 움직임이기도 하다. (…중략…)

그러나 교단의 상상력은 개념적인 사유가 아닌 필연성이 결여된 내용을 취하는 까닭에, 개념의 형식 대신 자연적인 부자(父子)의 혈연관계를 순수의식의 영역으로 이끌고 들어온다. 교단의 사고는 이렇듯 표상에 의거한 것이기에, 거기서 신의 존재가 계시된다고 할지라도 그 요소 하나하나는 제각기 독자적 개념과 상호관계를 이루는 일 없이 이미지에 의해 합성된다. 그러므로 의식은 순수한 대상으로부터 비켜난 채 단지 외면적으로 그것과 관계할 뿐이다.[20]

헤겔은 기독교적 사유 체계 내에서 신(정신)이 그 매개자인 예수를 통해 인간과의 '화해(용서)'를 이루는 방식을 위와 같이 설명하고 있다. 우카이 사토시가 지적한 바에 따르면 여기서 헤겔은 독일어의 '화해 Versöhnung'라는 말 안에 '아들Sohn'이라는 의미가 포함되어 있는 것에 주목하며 주체(정신)가 타자 속에서 자기를 발견하는 것을 '화해'라고 말하고 있는 것이다.[21] 나아가 이는 신학적 교리라는 표상 체계 안에서

20 G.W.F. 헤겔, 임석진 역, 『정신현상학』(II), 한길사, 2005, 316~319쪽. 영역본인 Georg Wilhelm Fredrich Hegel, *The Phenomenology of Spirit*, trans. by Terry Pinkard, Cambridge University Press, 2018, pp.439~440을 참고하여 일부 번역을 수정하였다.

21 鵜飼哲・高橋哲哉, 「特集討議－和解の政治学」, 『現代思想』 28(13), 青土社, 2000.11, 51

만인이 신(아버지)의 아들(형제)임을 깨달음으로써 '나'와 '너' 사이의 초월적인 '화해'의 계기가 구성되는 과정을 설명해주는 것이기도 하다. 그런데 여기서 중요한 점은 이 신학적 '화해'의 변증법 내에서 '여성(딸)'의 존재는 애초부터 제외되어 있다는 점이다. '화해'의 주체가 되는 '우리'('나'와 '너')와는 무관한 '그'(제삼자)로서 '여성'의 존재는 배제된 것이다. 이는 곧 '65년 체제' 내에서 강박적으로 강조되어 온 '화해'의 본질이 무엇인지를 보여주는 것이 아닐까.

물론 여기서 '여성'은 생물학적인 차원에서의 여성에 한정될 수 없다. 그것은 곧 한일 두 국가의 기만적인 '화해' 논리로 인해 과거사에 대한 청구권과 발언권을 탈취당한 모든 억압된 존재들을 가리키는 것임에 다름 아니다. 따라서 이 권력중심적인 '화해'의 기만성을 드러내기 위해서는 한일 양국의 '가교'가 되어 온 자들이 여태껏 방관과 무시의 태도로 지나쳐버린 '현해탄'이라는 검은 바다로부터의 소리에 귀를 기울여야만 할 것이다. 이는 남성 엘리트들의 '로맨티시즘'을 위한 배경으로 전락한 '현해탄'이라는 신화적 기호와 그것을 토대로 구축되어 온 '국가적 서사'를 그 검은 바다 속에 가라앉아버린 억압된 자들의 목소리를 회귀시킴으로써 탈구축하는 것을 의미한다.

~52쪽.

4. '바다'라는 비인칭 주어와 응답가능성

'아로운' 연작에 관한 이야기로 다시 돌아가 보자. 이 연작 소설은 『현해탄은 알고 있다』, 『현해탄은 말이 없다』, 『승자와 패자』의 세 편으로 이뤄져 있다. 그런데 이와 같이 제목상에서 '알고 있음'에도 불구하고 '말이 없는', '현해탄'의 존재란 무엇을 의미하는 것일까. 또한 '현해탄'이 과연 무엇을 알고 있다는 것이며, 그리고 대체 어떠한 이유로 그것에 관해서 말이 없다는 것일까. 어찌 되었든 간에 분명한 것은, 이러한 제목이 작가의 의도 여하와는 무관하게 이 연작 텍스트의 자기 완결성을 저 스스로 부정한다는 것이다. 세 편의 시리즈에 걸친 장대한 서사가 전개되는 소설이지만, 소설의 표제는 정작 말해져야 할 것, 혹은 말해야 할 누군가가 여전히 남아 있다는 사실을 환기하면서 이 서사의 완결을 가로막고 있다. 혹 앞서 김윤식이 이 텍스트에 관해 "사색적, 교양적 요소가 거의 없는 사소하고 조금은 지리한 군대생활 묘사"의 나열이라고 지적했던 것처럼, 소설의 작가는 그러한 에피소드의 나열보다 중요한 무언가를 '알고 있음'에도 불구하고 '말이 없는' 채로 일관한 것이 아닐까.

'아로운' 연작의 작가 한운사는 『현해탄은 알고 있다』의 서문에서 "인간이 소화불량에 걸렸을 때 건강할 수 없는 것처럼, 우리 연배年輩의 반생을 차지했던 저 일제시대라는 것을 소화하지 않고서는 우리 국가의 건강도, 우리 개개인의 건강도 유지할 수 없는 것이 아닌가"[22]라는

22 한운사, 『현해탄은 알고 있다』, 정음사, 1961, 4쪽.

생각에 이 소설을 집필하였다고 밝히며, 그런 의미에서 이 소설은 하나의 "건강진단을 요청하는 의뢰서"에 해당한다고 말했다. 그런데 그 다음 편인 『현해탄은 말이 없다』의 서문에서 한운사는 다음과 같이 말한다.

> 이것을 쓰기 직전에 5·16군사혁명이 일어났다. 나는 오랫동안 한일 양국간에 개재(介在)하였던, 불필요하고 유해(有害)로운 적의(敵意)가 조속한 시일 내에 풀어지는 것은 불가한 일이 아닌가 우려했다. 그러나 혁명을 성공리에 수행한 당국은 얼마 안가서 그들이 들었던 바로 그 메스로 한일간의 고질(痼疾)을 수술하고자 공연히 나섰다. (…중략…) 우리가 갈망하던 명의(名醫)들은 나왔다. 자, 그들은 어떻게 이 고질의 근원을 파악했으며, 어떠한 수술로, 어떠한 경과를 거쳐 어떠한 결과를 우리 앞에 제시하려는지.[23]

이렇듯 한운사는 식민지적 과거의 극복을 "국가의 건강"이라는 문제와 연결시키며, "혁명을 성공리에 수행한 당국"이 유능한 '명의名醫'로서 그러한 과거를 잘 청산해 줄 것을 기대한다고 말한다. 이것이 단지 군사 쿠데타 세력의 눈치를 살피는 자기검열적 발언이기에 문제가 되는 것은 아니다. 그보다도 그 발언이 과거사에 대한 발언권을 포함한 모든 역사적 문제의 처분 권한을 지배 권력에게 위임하고 있는 것이기에 문제적이다. 즉 본래 주인공 아로운이란 피식민의 역사를 몸소 체험하여 '알고 있는' 개개인들, 즉 '현해탄'을 둘러싼 트라우마를 끌어안

23 위의 책, 2쪽.

고 있는 모든 증인들을 대표하여 출현한 것이지만, 서사 전개 과정 속에서 그들의 발언권은 점차 소멸하고 그렇게 '말이 없는' 존재가 되어버린 증인들을 배제해버림으로써 '국가적 서사'를 대변하는 아로운만이 남게 된 것이다.

따라서 '승자와 패자'라는 '아로운' 연작 시리즈의 마지막 편 제목은 의미심장하다. 이 제목에 의하면 모든 과거사의 문제를 단번에 극복하고 당당히 해방된 '조국'으로 귀환하는 아로운만이 '승자'인 것이며, 여전히 식민지적 과거가 남긴 트라우마적 기억의 고통, 상처 속에 살아가고 있는 모든 존재들은 쓸모없는 '패자'가 되어버린 것이기 때문이다. 그리하여 비유컨대 그 수많은 증인들은 결국 아무런 '말이 없는', 아니 아무런 말도 할 수 없는 '현해탄'이라는 저 검은 '바다'와 다를 바 없는 사물 존재가 되어버린 셈이다. 그리고 여기에 쐐기를 박듯이 이병주 또한 말하였다. '바다'는 곧 인간이 어찌할 수 없는 불가역적인 '운명' 그 자체를 보여주는 것이며, "운명……그 이름 아래서만이 사람은 죽을 수 있는 것"이라고.[24]

그렇다면 역사 속에서 희생된 자들을 위와 같이 '바다'와 동일시하여 표현한 비인칭화의 전략은 구체적으로 어떠한 정치적 의도를 내포하는 것일까. 이탈리아의 정치철학자 로베르트 에스포지토는 에밀 벵베니스트의 언어학 이론에 착안하여, 비인칭의 사물로 표현된 삼인칭의 존재란 "일인칭, 이인칭과 마찬가지로 또 하나의 인칭에 해당하는 것이 아니라, 인칭의 논리로부터 돌출된, 다른 차원의 의미 체제를 가

24 이병주, 『관부연락선』(II), 한길사, 2006, 366쪽.

리키고 있는 무언가"라고 지적했다.[25] 즉 '인칭person'이라는 페르소나(화자)로서의 자격과 역할을 부여받지 못한 비인칭의 사물 존재인 "삼인칭은 인칭의 언어가 전제로 하고 있는 이분법에서 기본적으로 배제된 것"으로, '나'(일인칭)과 '너'(이인칭)의 "대화가 이뤄지는 장소에서 자신의 자리를 갖지 못한 채 '외부'의 공간과 일체화"되어버린 존재라는 것이다.[26] 이러한 에스포지토의 논의가 염두에 두고 있는 정치적 함의는 벵베니스트의 아래와 같은 문장을 참고하여 볼 때 보다 분명하게 드러난다.

> 3인칭만이 유일하게 사물을 언어적으로 진술하는 특성이 있음을 철저히 의식해야 한다. 따라서 3인칭을 비인칭화에 적합한 인칭으로 생각해서는 안 된다. 그것은 인칭의 생략이 아니라, 보다 정확하게 말해서 나와 너를 특징으로 규정하는 것이 3인칭에는 없다는 것을 나타내는 표지로서의 비인칭이다. 3인칭에는 어떠한 인칭도 포함되지 않는 까닭에 주어가 어떤 것이든 취할 수 있고, 또 어떤 주어든지 포함하지 않을 수도 있다. (…중략…) 이와 같은 3인칭의 독특한 지위는 발화 영역에서 나타나는 특수 용법 몇 가지를 해명해 준다. 이를 대립된 가치를 지닌 두 표현과 연관시켜 볼 수 있다. 눈앞에 있는 사람을 너(또는 당신)의 인칭 영역에서 제외하려고 한다면, 이 사람에 대한 대화 형식으로 '그'를 사용할 수 있다. 한편으로 '그'는 존경의 태도를 나타내는 것으로 사용된다. 즉 (이탈리아어나 독일어처럼) 대화자를 인

25 Roberto Esposito, *Third Person : Politics of life and philosophy of the impersonal*, trans. by Zakiya Hanafi, Polity, 2012, p.16.

26 Ibid., p.17.

칭 조건의 상위에, 대인 관계의 상위에 위치시키는 예의를 표시하는 형태다(또는 존엄을 표현하는 형태로도 사용된다). 다른 한편으로 경멸의 표시로도 사용되는데, 인간적으로 대화할 가치조차 없는 상대방을 격하하는 형태다. 3인칭이 사람 이상의 존재에 대한 존경의 형태만 아니라, 사람으로서는 별 볼일 없는 무(無)로 취급하는 무례함을 표시하는 형태의 속성을 가질 수 있는 것은 이 비인칭 형태의 기능 때문이다.[27]

벵베니스트는 삼인칭에는 그 어떠한 인칭도 포함되어 있지 않기에 이를 "부재의 인칭"이라고 규정한다.[28] 여기서 중요한 것은 바로 그러한 까닭에 삼인칭이 인격을 부여할 수조차 없을 만큼 존엄하거나 존중되어야 할 존재를 가리킬 때도 쓰이지만, 반대로 인간적으로 대화할 가치가 없거나 사람으로서는 별 볼일 없는 존재를 '무無'로 취급하는 표현으로도 쓰인다는 점이다. 에스포지토의 맥락에서 보면 이것이야말로 '나'(주체)도 '너'(타자)도 아닌 중성적 존재인 '그'를 '존중'과 '존엄'의 대상으로 치켜세우는 동시에, '그'의 존재를 대화의 장에 참여할 수 없는 대상으로 배제하고 '무화無化'시켜버리는, 이른바 지식=권력 장치의 특성을 보여주는 것이다.[29]

또한 이는 '국가적 서사'의 작동 원리를 설명해주는 것이기도 하다. 근대국가 시스템 속에서 '국민'이라는 존재는 주권의 소유자로서 최고

---

27 에밀 벵베니스트, 김현권 역, 『일반언어학의 여러 문제』(I), 지만지, 2012, 453~455쪽.
28 위의 책, 448쪽.
29 Roberto Esposito, *op. cit.*, pp.127~128. 에스포지토는 여기서 삼인칭의 비인칭 주어를 '중성적인 것(The Neuter)'으로 규정하고 있는데, 특히 '중성(ne-uter)'이 이편도 저편도 아닌 것, 즉 '~도 ~도 아닌'이라는 형식으로 무언가를 가리키는 말이라는 점을 강조한다.

의 '존엄'과 '존중'의 대상으로 추앙되지만, 정작 '국가적 결정'이라는 주권 행사의 장에서는 배제되어 있을 뿐 아니라, 국가의 안전과 안녕 유지, 비상사태의 극복, 정상화라는 이름하에 언제든 희생과 죽음을 강요받을 수 있는 존재이기 때문이다.

나아가 이에 기초하여 '65년 체제'를 새로이 정의할 수 있을 것이다. 정리하자면 그것은 식민지 역사와 관련된 문제를 '국민'의 '존엄'과 '존중'과 관련된 문제로서 서사화하는 글쓰기의 실천을 반복적으로 생산해내면서도, 이와 동시에 '그'들의 존재를 국가 및 사회 내부의 정상성, 혹은 한일관계의 냉전적 결속을 저해하는 존재들로 취급하며 정치적 영역에서 '그'들을 배제해 온 지식=권력 담론의 시스템인 것이다. 그러므로 이 시스템은 내셔널리즘 비판을 통해 간단히 지양될 수 있는 무엇이 아니다.

오늘날의 상황도 이와 무관하지 않다. 역사 문제를 둘러싼 한일 분쟁이 격화되자, '65년 체제'를 지탱하는 '국가적 서사'가 변형된 형태로 재기하는 양상을 보이고 있기 때문이다. 예컨대 박유하는 '위안부' 문제를 둘러싼 한국의 '반일 내셔널리즘'을 비판하며, 그와 같은 국가주의적 관점이 양국 시민들의 건전한 연대나 국경을 초월한 여성들의 화합을 저해하고 있다고 논술하였다.[30] 그러나 겉보기와는 달리 이것은 '국가적 서사' 밖으로 한 발짝도 나아가지 못한 것이다. 국경을 초월한 여성 및 시민세력의 연대나 화합은 물론 필요한 것이겠지만, 박유하의 주장 속에서 그러한 '화해'가 무엇을 지향하고 있는지를 살펴보면

30 박유하, 「서문 – 다시 생산적인 논의를 위하여」, 『제국의 위안부 – 식민지지배와 기억의 투쟁』, 뿌리와이파리, 2013, 5~9쪽.

역시나 그것은 '한국과 일본'이라는 양자 구도 내에서의 '정상성' 회복을 궁극의 목표로 삼고 있다. 이는 과거사에 대한 문제제기 행위 그 자체를 '병적 징후'의 출현이나 '실패한 애도작업'의 결과로 규정하는 태도로서, 역사문제의 "완전한 최종적 해결"이라는 이데올로기적 환상에 강박적으로 얽매여 있는 것이다.[31] 더군다나 그러한 '화해'의 생산을 주도하는 주체가 '남성의 언어'(권위적인 명령어)로 말하는 특권적 지식인이라는 점에서도 변함이 없다. 즉, 이것은 앞서 말한 '현해탄'을 잇는 권력지향적인 '가교'의 역할이 '여성주의'라는 새로운 가면(페르소나)을 쓰고 재연되고 있는 것에 불과하다.

그렇다면 이러한 변종적인 '국가적 서사', 국가주의 비판을 통해 새로이 구축되고 있는 '화해'의 논리에 어떻게 맞서야 할 것인가. 물론 내셔널리즘적 태도를 반복하며 '적대'를 고수하는 것은 일말의 대안도 될 수 없다. 따라서 무엇보다 필요한 것은 '한일' 관계라는 이항대립의 구도 내에서 진정한 의미의 '타자'는 상대국이 아니라, 그 프레임 밖으

31 박유하는 선택적으로 특정한 기억을 강조하거나 은폐하는 '기억의 정치학'을 넘어, '있는 그대로의 과거'를 직시하는 태도가 무엇보다 필요하다고 말한다. 이를 위해 일국가적 사관이 아니라, 제국/식민지 지배구조에 대한 근원적인 이해를 기초로 과거사 문제에 접근해야 함을 역설했다. 일견 당연한 말처럼 들리지만, 과거 한일관계를 '민족(사)'의 관점에서 기술하는 것과 '제국'의 관점에서 기술하는 것 사이에 내용적 차이가 존재할지라도, 그 서사들이 취하는 이데올로기적 전략은 완전히 동일하다는 점에 유의해야 한다. 즉 양자 모두 '적대'나 '화해'의 생산이라는 목적을 설정함으로써 특정한 기억을 선험적으로 취사선택하고 있는 것이며, 스스로가 취한 기억만을 '있는 그대로의 과거'라고 주장하고 있는 셈이다. 게다가 이러한 '적대'/'화해' 담론은 특정한 방식의 해명이나 합의, 사죄나 용서 등을 통하여 역사 문제 그 자체가 종식될 수 있다는 자본주의적 '교환'의 논리를 전제한 것이기에, 본원적으로 역사 속 피해자들이 입은 상처나 고통에 관해서는 무관심하며 무책임한 태도를 견지하고 있다. 朴裕河, 「「帝国」から見た日韓関係－暴力の構造」, 朴裕河・上野千鶴子・金成玟・水野俊平, 『日韓メモリー・ウォーズ』, 弦書房, 2017, 17~46쪽 참고.

로 배제되어 있는 비인칭의 존재라는 점을 명확히 인식하는 것이다. 나아가 그들의 희생 위에 이룩된 '지금 여기'의 현실과 그에 발을 딛고 살아가는 자기 존재와의 불가분성을 확인함으로써, 과거사에 대한 '책임'을 재인식하는 것일 테다.

벵베니스트는 비인칭 주어가 단수로 표현되는 경우에도 그 안에는 한 명의 인격으로 한정될 수 없는 복수성이 잠재되어 있음을 지적하였다. 즉 그것은 자기 안에 하나의 동일자로 '통합=체내화'될 수 없는 복수의 존재를 항상적으로 끌어안고 있는 것이다.[32] 따라서 비인칭 주어는 복수의 존재를 대표하여 있는 것이기는 하나, 결코 하나의 술어述語 안에 포괄될 수 없는 다성적多聲的인 성질을 지닌다. 이것은 모든 역사적 피해자 한 명, 한 명이 끌어안고 있는 고통과 상처의 절대적 고유성, 즉 그 어떠한 위로나 사죄, 물리적 보상으로도 치유되거나 대체될 수 없는 희생의 '교환' 불가능성과 연관되는 것이며, 이 불가능성으로 인해 그에 대한 '책임'은 무한한 것일 수밖에 없다.[33]

이 비인칭의 존재를 간과하고 있기에 국가주의 담론과 그에 대한 비판 담론 모두는 책임 소재를 서로에게 떠넘기는 과정에서 '국가적 서사' 안으로 쉬이 흡수되어 버리고 만다. 그 권위주의적 페르소나의 서사는 비인칭의 '그'들을 '숭고한 존재/타락한 존재'로 표상하려 하는데, 그 상징화의 과정 일체는 곧 '그'들의 말과 목소리가 역사의 신화적 의미체계 안으로 회수되는 수순인 것이다. 따라서 '나'와 '너'라는 인

---

32 에밀 벵베니스트, 앞의 책, 464쪽.

33 희생과 책임에 관한 보다 상세한 논의는 高橋哲哉, 『デリダー脱構築と正義』(講談社学術文庫), 講談社, 2015, 235~241쪽 참고.

격의 주체는 근본적으로 '그'들에게 무관심하며 무책임하다. 그러나 그 거대서사 속으로 '체내화'된 '그'들은 결코 사라지지 않고 비인칭의 주어가 되어 계속해서 '우리'에게 말을 걸어 온다.

바다(パダ)! 해신의 울림이여

그 혀와 부드럽게 목덜미를 오가는
모국을 향한 애착만큼 절망을 삼킨다 (…중략…)

수남
보이나요 투명하게 비쳐 보이는 자궁(子宮)의 그림자……

일본(イルボン)에 눈이 나려
아아

산달(産み月) 해변에 누워
상냥히 웃음을 띠우는 바다를 바라보며

수남!
언니(オンニイ)라고 불리우면 가슴이 아파와요, 수남[34]

---

34 森崎和江, 「朝鮮海峡」, 『森崎和江詩集』, 思潮社, 2015, 62~63쪽.

이 시는 식민지 조선 출생의 시인이자 사상가인 모리사키 가즈에의 「조선해협朝鮮海峽」이다. '바다'는 일본인인 시적 화자에게 '조선어'로 말을 걸어오고, 시적 화자는 그 목소리에 괴로워하면서도 '그'와의 대화를 이어나가려 한다. 이것은 곧 '알고 있음'에도 불구하고 '말이 없는' 존재였던 저 검은 '바다'의 폴리포니polyphony, 즉 '현해탄'이라는 기호 아래 잠겨 있는 역사적 희생자들의 목소리를 복원하기 위한 시도가 아니었을까. 억압된 과거의 목소리가 '바다'라는 사물 존재의 얼굴을 하고 현재로 회귀하는 것, 시적 화자는 그에 대한 응답의 가능성을 모색하기 위한 방법적 멜랑콜리를 실천하고 있는 셈이다.[35]

발터 벤야민은 "억압받는 자들의 역사는 불연속체이다 — 역사의 과제는 억압받는 자들의 전통을 전유하는 일이다"라는 말을 남겼다.[36] 이는 '국가적 서사'라는 연속체를 탈구축하여 '비연속체로서의 역사'를 구성하는 일, 그러니까 역사의 의미체계를 끊임없이 유동하는 미완결의 상태로 되돌리는 일을 통해서만 그 과거의 목소리에 응답할 수 있음을 시사하는 것이 아닐까.

따라서 '지금 여기'에 남겨진 것은 그에 응답할 것인가, 말 것인가라는 단순 선택의 문제가 아니다. '국가적 서사' 안에 안주한 채 '억압하는 자'들의 전통을 뒤따를 것인가, 아니면 '억압받는 자'들의 전통을

35 방법적 멜랑콜리란 국가적 거대서사의 차원에서 시행되는 과거사에 대한 '애도 작업'(역사적 정상화 및 정당화)에 대항하여 "과거의 상처를 향해 개방된 상태를 유지함으로써 그 과거성과 타자성을 현재에 합체시켜 중화시켜 버리지 않는 태도"를 가리킨다. 이에 관한 상세한 내용은 차승기, 『비상시의 문/법 – 식민지/제국 체제의 삶, 문학, 정치』, 그린비, 2016, 296~297쪽 참고.

36 발터 벤야민, 최성만 역, 「「역사의 개념에 대하여」 관련 노트들」, 『역사의 개념에 대하여 외』, 길, 2008, 363쪽.

자기의 것으로 전유할 것인가라는 회피 불가능한 역사적 책임의 과업만이 남겨져 있는 것이다.

맺음말

1980년대 말 이후 포스트모던 사상의 대두와 세계화의 조류 속에서 근대민족주의 비판이 설득력을 얻으며, 민족이란 근대이후 만들어진 전통과 역사, 가부장제적 질서, 배타주의와 분리주의, 포퓰리즘 등에 기반한 '상상의 공동체'라는 부정적 시각이 학계 내에 자리하게 되었다. 학문적 담론 대상으로서 민족은 더 이상 옹호해야 할 무엇이 아니라 청산되어야 할 구시대의 유산인 것처럼 다뤄져 왔다고 해도 과언은 아닐 것이다.

그러나 네이션-스테이트 안에 뿌리내린 민족 관념 및 민족주의는 그러한 학문적 비판 담론을 통해 간단히 해소될 수 있는 것이 아니다. 예컨대 아자 가트는 민족 및 민족주의를 "동족 및 국가와의 공통된 일체감과 연대, 그리고 이러한 정치적 감정의 표현"으로 재정의하며 그것이 근대의 산물에 불과한 것이 아니라 전근대부터 지속되어 온 것임을 강조한다. 즉, 평등한 시민권 및 대중 주권과 민족 개념은 엄밀히 구분되어야 하며, 양자가 거의 동일시되어 출현한 것은 근대 민족주의의 한정적 특성에 불과하다는 지적이다. 이에 따라 그는 "민족과 민족주의가 이데올로기 목적으로 근대에 구성된 산물이라는 주장 그 자체가 근대주의적(때로는 탈근대주의적) 이데올로기로 해석된, 해체를 요하는 개념"이라고 주장한다.[1]

민족을 단순히 근대 체제 속에서 산출된 '상상의 공동체'로 바라봐선 안 된다는 이 주장은 일리가 있으며, 또 그에 관한 새로운 관점이 필요한 것도 사실이다. 그러나 이러한 전통주의적 입장이 결과적으로 민족을 실체화함으로써 그것의 배타적인 성격을 정당화하고 있다는 느낌을 지울 수가 없다. 민족은 유구한 역사를 공유하며 운명공동체로서 지속되어 온 것이니, 민족주의를 비판해봤자 별 수 없다는 식의 무용론으로 들린다.

애초에 '상상의 공동체론'으로 대표되는 근대민족주의 비판은 동족 및 국가와의 공통된 일체감과 연대가 거짓에 불과하다는 주장이 아니다. 근대 매체를 통해 확장되고 증대된 그 일체감과 연대가 기존 보편종교의 위상을 대체하게 되고 통치 체제를 통해 제도화된 결과, 평등한 시민권 및 대중 주권을 지닌 공동체로서 상상되기 시작한 네이션-스테이트가 이데올로기적 산물이라는 것이다.[2] 그런 이유로 맑시즘적 시각에서 민족 및 민족주의는 권력에 의한 지배/피지배, 억압/피억압의 관계를 비기사화하는 것으로서 비판의 대상이 되어 온 셈이다.

다만 이러한 민족주의 이데올로기 비판 담론에서 쉬이 발견되는 맹

1 아자 가트, 유나영 역, 『민족-정치적 종족성과 민족주의, 그 오랜 역사와 깊은 뿌리』, 교유서가, 2020, 521~530쪽 참고.

2 베네딕트 앤더슨, 윤형숙 역, 『상상의 공동체-민족주의의 기원과 전파에 대한 성찰』, 나남, 2002, 제1~3장 내용 참고.

점은 비판의 주체가 스스로를 그 이데올로기와 무관한 예외적 존재로 위치시킴으로써, 민족 또는 국가라는 굴레 그 자체를 손쉽게 초월해버린다는 점이다.[3] 민족 관념이나 민족주의로부터의 탈주를 통해 초국가적 화합과 연대 등을 주장하는 태도가 여기에 해당하는 것이며, 전통주의자들의 문제의식 또한 그러한 태도에 대한 불만에서 기인한다. 글로벌리즘이 가져온 세계 시민의식의 성장과 초국가적 협력 및 화합이라는 긍정적 효과는 과연 괄목할 만한 것이다. 그러나 설사 인위적으로 구성된 것이라고 할지라도 "동족 및 국가와의 공통된 일체감과 연대"는 인간의 일상적 삶이 이뤄지는 자연적 조건처럼 감각(상상)되기에 쉬이 지양될 수 있는 것이 아니다. 정통 맑시즘적 관점은 이것을 극복할 수 있다고 보았지만, 실천적 차원에서는 국가체제의 건설 및 유지를 위해 기존하는 '상상의 공동체'에 의존하거나 저 스스로 그것을 창안하는 방식으로 귀결하고 말았다.

---

3 여기서 주의할 점은 이러한 맹점이 베네딕트 앤더슨의 논의에서 비롯되는 것이 아니라, 그에 대한 '오해'로부터 나타난다는 것이다. 『상상의 공동체』에서 앤더슨은 "민족주의는 민족들이 자의식에 눈뜬 것이 아니다. 민족주의는 민족이 없는 곳에 민족을 발명해낸다"라고 말하며 그것의 허위성을 지적한 에르네스트 겔너나 르낭의 주장이 한편으로 "민족과 병치될 수 있는 '진정한' 공동체"를 암묵적으로 상정하고 있음을 비판하고 있다. 이러한 본질주의적 사고에 반대하며 그는 "면대면의 원초적 마을보다 큰 공동체는 (그리고 이 마을조차도) 상상의 산물이다. 공동체들은 그것의 거짓됨이나 참됨에 의해서가 아니라 그들이 상상되는 방식에 의해서 구별되야" 한다고 주장했다. 이것은 그의 저서가 공동체의 구성원 "각자가 마음에 품고 있는 친교의 이미지", 즉 공통된 일체감이나 연대 따위가 허위의식임을 고발하려는 책이 아니라, 그것이 근대에 이르러 어떻게 새로이 변용(확장)되거나 발명되었는지를 밝히기 위해 기획된 것임을 강조한 발언이다. 따라서 민족이나 민족주의라는 굴레를 해체하고 그것의 외부에서 '진정한' 의미의 공동체를 회복할 수 있다는 믿음은 앤더슨의 관점에서 볼 때 소박한 낙관주의에 지나지 않는다. 이를 고려한다면 아자 가트의 민족론은 겔너나 르낭의 논의에 대한 비판으로서는 유의미하지만 앤더슨에 대해서는 적확한 비판이라고 볼 수 없다. 게다가 아자 가트의 논의에도 '진정한', 혹은 '본질적인' 민족공동체의 존재가 은연중에 상정되어 있기에, 겔너나 르낭의 그것과 유사한 한계를 내포한다. 위의 책, 25~27쪽 참고.

또 그러한 공통된 일체감이나 연대가 부정적 효과만을 낳는 것도 아니다. 예컨대 가라타니 고진에 따르면 헌법 9조를 지키기 위한 일본 시민그룹의 노력은 과거 민족의 이름으로 자행된 폭력과 전쟁에 대한 죄악감에 기초하고 있다. 가라타니는 이러한 죄악감이 단지 외부의 강요나 비판의 영향이 아닌 '일본의 초자아=일본 내부의 양심'으로 정착된 것임을 지적하며, 이는 민족국가 외부로 뻗어나간 공격충동이 패전 이후 내부로 회귀함으로써 자발적인 문화적 억제로 나타난 결과라고 해명했다.[4] 그런데 여기서 중요한 것은 그러한 '일본 내부의 양심'이 유지되고 있는 양태 자체도 "동족 및 국가와의 공통된 일체감과 연대" 없이는 불가능하다는 점이다. 즉 과거에 침략전쟁을 일으키고 수많은 사람들에 가해를 저지른 '대일본제국'과 지금의 일본을 연속적인 것으로 파악하는 상상력이 부재한다면, 그에 대한 죄악감이나 반성의식 또한 유지될 수 없다.

한국의 경우를 살펴보면 '친일' 역사비판이 그러하다. '친일' 역사비판이 직시하게끔 만드는 것이 영광스럽거나 명예로운 '민족의 성상聖像'이 아니라, 식민권력에 아첨하여 이득을 취하거나 제국주의 전쟁의 교두보가 되었던 지극히 부끄러운 '민족의 민낯'이라는 점에 주목해야 한다. 이 부끄러운 과거와 '지금 여기'의 자기 존재를 밀접히 연관된 것으로 받아들이는 상상력이 부재했다면, 한국사회의 민주주의는 진전할 수 없었을 것이다. 그렇기에 '친일'의 역사에 대한 반복적인 회고는 일부 논자들이 호도하는 바처럼 과거에 집착하는 병적이거나 자학적인

4 가라타니 고진, 조영일 역, 『네이션과 미학』, 도서출판b, 2009, 121~127쪽.

태도가 아니다. 그것은 한국사회가 근대사의 굴곡진 궤적을 거치며 얻게 된 정치적, 문화적 양심임에 다름 아니다.

요컨대 민족 개념이나 사상에 대한 성급한 해체가 과거 민족의 이름으로 행해진 역사적 과오들과 그에 대한 반성의식마저 해소해버리는 결과를 낳을 수도 있다는 점에 유의해야 한다. 세계화와 초연결의 네트워크를 통해 전지구가 하나가 되고 있다고는 하나, 오히려 그 반작용으로서 강력하게 나타나는 것이 인종차별과 타자 혐오이다. 이처럼 반성의식을 결여한 배외주의의 재등장은 '포스트모던'이라는 이름하에 부주의하게 이뤄진 민족 사상의 해체와 과연 무관한 것일까. '탈근대' 혹은 '탈냉전'처럼 오늘을 규정하는 시대구분의 이념적 표상이 그 물음에 답하기를 회피함으로써, 근대가 남긴 문제들이 그저 방치되고 있는 것은 아닐까.

이는 물론 그런 문제들을 해결하기 위해 민족이나 민족주의, 혹은 그것을 떠받치는 장구한 서사가 재건돼야 한다는 이야기가 아니다. 그것의 재건을 논하는 것은 안일한 복고주의에 지나지 않으며 현실적으로 가능하지도 않다. 단 그렇다고 해서 그것이 남긴 영향으로부터 자유로워진 것도 아니다. 민족적 거대서사가 이론적으로 해체되어 간다고 할지라도, 그것에 의해 희생을 강요당한 무명의 인물들이 여전히 고통과 상흔 속에서 살아가고 있다는 사실, 그리고 그 희생을 발판삼아 건설된 '현대'라는 무대 위에 서 있는 존재가 다름 아닌 자기 자신이라는 사실에는 변함이 없기 때문이다.

그러므로 재건되어야 할 것은, 민족의 정기나 명예 회복을 입에 담는 '국가적 서사' 따위가 아니라, 그것의 심대한 영향 아래 상실되어버린 수치심과 책임의식이다. 특히 정치적, 경제적 이해만을 위해 네이션-스테이트의 동일성이 상상되고 유지되는 오늘의 현실을 지양하려면, 이러한 상상력 자체를 내부비판의 동력으로 재전유할 필요가 있다.

최근 식민지 과거에 관한 역사수정주의가 한국사회에서 뜨거운 논쟁을 야기하고 있다. 과거사의 부인이나 미화를 통해 현재의 자기 존재를 역사적 과오들과 무관하게 여기는 것이야말로 역사수정주의의 논리이다. 그런데 이것이 과연 정치적 우파에게만 고유한 태도일까. 한일 과거사 갈등이 심화된 이후, 소위 '진보계 인사'들은 그 역사적 책임을 친일파와 대일 협력자들, 혹은 군사독재 및 보수세력 등에게 온전히 떠넘기며, 한일 과거사의 어두운 일면들을 '자신들의 역사'로 받아들이길 거부하는 것처럼 보인다. 결국 이는 부끄러운 식민지적 과거와 연루되지 않은 '진정한 우리'의 존재, '순수무결한 한국(인)'의 존재가 의식적, 또는 무의식적으로 상정되고 있는 것이며, 바로 이때 역사적 반성의 의무가 불특정한 '저들'에게로 떠넘겨진다. 그러나 이렇듯 식민지적 과거와의 연루를 부인하거나 역사를 취사선택하는 태도는 '친일' 역사에 대한 반성이나 비판이라기보다, 사실상 그것의 정치적 이용이라고 봐야 할 것이다. 그 결과 역사 문제를 둘러싼 논의는 증대되었으나, 식민지 역사를 미화하는 측과 그에 대한 비난을 통해 도덕적 우위를 취하려는 측의 대립 구도가 확대될 뿐, 실질적 차원에서는 무책임의 체계가 더욱 견고화되고 있다.

나아가 이러한 대립을 초월한 외재적 입장에 서서 네이션을 하나의 정체성이나 동질성을 지닌 것으로 싸잡아 비난하는 냉소적 태도 또한 내셔널리즘의 내부폐쇄적인 운동을 거꾸로 강화할 따름이다. 역사적 경험을 통해 알 수 있듯, 내셔널리즘은 외부적 비판이나 힘의 개입을 통해 해소될 수 있는 것이 아니다. 그것의 지양은 네이션이라는 담론적 구성체에 이미 내재되어 있는 균열과 여백을 응시함으로써, 그리고 이를 통해 하나의 정체성과 동질성으로 봉합될 수 없는 '자기 안의 외부(타자)'를 인식함으로써 비로소 실천가능한 것일 테다.

그러므로 양심에 따른 자기비판이란 '순수한 자기'를 열망하거나 우월한 지위에서 발밑의 세계를 냉소하는 태도와 준별되어야 한다. 오히려 그것은 '자기 안의 외부'의 목소리에 경청하며 내부의 폐쇄적인 틀 자체를 부정하려는 '상생'에의 의지를 뜻한다. 이러한 양심에 기초하여 이 사회가 잊고 있거나 부인하고 있는, 저 불행하고도 부끄러운 과거와 자기 존재의 연루를 직시함으로써 그 과거가 '지금 여기'에 건네준 '현대'라는 시대를 반성적으로 고찰할 필요가 있다.

오늘날 한일관계는 상대의 내셔널리티(민족성)를 비방함으로써 자국의 내셔널리즘을 강화하는 '반일'과 '혐한'의 기이한 연쇄를 반복하고 있으며, 이를 통해 과거사에 대한 책임을 쌍방적으로 부인하는 체계를 고착화시키고 있다. 즉 '반일'과 '혐한'은 '지금 여기'의 '나'라는 존재가 무결하고 무고하다는 인식에 기초함으로써, 자기에게 부과된 역사적 책임을 시대착오적인 것이나 허구적인 것으로 냉소하는 자세인 셈이다.

그러나 '나'라는 동일자를 유지시키는 주체성 그 자체가 허구라는 사실을 새삼스레 인식할 필요가 있다. 스스로를 연속체로서 파악하는 허구적 상상력 없이 인간은 자기를 영위할 수 없다. 그렇다면 인간 주체가 이러한 상상력의 작용 아래서 직면하게 되는 '지금 여기'의 현실도 '텅 빈 시간'이 연속되는 공간이 아니라, 과거와의 연루 속에서 수립된 역사적 현실일 수밖에 없는 것이 아닐까.

이로써 어떠한 허구 속에서 자기를 영위할 것인가라는 문제가 남아 있다. '텅 빈 시간'이 연속되는 유아론적인 세계에 틀어박혀 과거와의 연루를 '부인'한 채 살아갈 것인가, 아니면 억압된 '과거의 목소리'에 응답하여 역사적인 세계 그 자체를 바꿔나갈 것인가라는 문제가 '지금 여기', 모두 앞에 남겨져 있는 것이다.

참고문헌

1. 기본자료

『동아일보』『조선일보』『경향신문』『統一日報』(日文)
『다리』『문학춘추』『북한』『사상계』『신동아』『세대』『월간문학』『창작과 비평』
『창조』『청맥』『월간중앙』『한국문학』『현대문학』
『綠旗』(日文)『アジア公論』(日文)『中央公論』(日文)『文学』(日文)

김소운, 『이 日本사람들을 보라－日本에 보내는 편지』, 首都文化社, 1965.
______, 『日本의 두 얼굴－가깝고도 먼 이웃』, 三中堂, 1967.
______, 『목근통신』, 아름미디어, 2006.
______, 『乳色の雲－朝鮮詩集』, 河出書房, 1940.(日文)
______, 『金素雲對譯詩集』(上·中·下), 亞成出版社, 1978.(日文)
______, 『こころの壁－金素雲エッセイ選』, サイマル出版会, 1981.(日文)
손창섭, 『유맹』, 실천문학사, 2005.
임화, 『玄海灘』, 東光堂, 1938.
이범선, 『검은 해협』(上·下), 태창문화사, 1978.
이병주, 『관부연락선』(上·下), 신구문화사, 1973.
______, 『관부연락선』(I·II), 한길사, 2006.
______, 『소설·알렉산드리아』, 한길사, 2006.
______, 『이병주 칼럼 1979년』, 세운문화사, 1978.
______, 橋本智保 訳, 『関釜連絡船』(上·下), 藤原書店, 2017.(日文)
한운사, 『현해탄은 알고 있다』, 정음사, 1961.
______, 『현해탄은 말이 없다』, 정음사, 1961.2. 한국어 저작

2. 한국어 저작

권김현영 편, 『한국 남성을 분석한다』, 교양인, 2017.
권나영, 김진규·인아영·정기인 역, 『친밀한 제국－한국과 일본의 협력과 식민지 근대성』, 소명출판, 2020.
권보드래, 「내 안의 일본－해방세대 작가의 식민지 기억과 '친일' 문제」, 『상허학보』

60, 상허학회, 2020.10.
권보드래 · 천정환, 『1960년을 묻다－박정희 시대의 문화정치와 지성』, 천년의상상, 2012.
권명아, 『식민지 이후를 사유하다－탈식민화와 재식민화의 경계』, 책세상, 2009.
권혁태, 「한국의 일본 언설의 '비틀림'－'객관성'과 '보편성' 문제를 중심으로」, 『현대문학의 연구』 55, 한국문학연구학회, 2015.
김건우, 『대한민국의 설계자들－학병세대와 한국 우익의 기원』, 느티나무책방, 2017.
김동식, 『기억과 흔적－글쓰기와 무의식』, 문학과지성사, 2012.
김성민, 『일본을 禁하다－금제와 욕망의 한국 대중문화사 1945-2004』, 글항아리, 2017.
김성환, 「일본이라는 타자와 1960년대 한국의 주체성－한일회담에 관한 논의를 중심으로」, 『어문논집』 61, 중앙어문학회, 2015.3.
______, 「식민지를 가로지르는 1960년대 글쓰기의 한 양식－식민지 경험과 식민 이후의 『관부연락선』」, 『한국현대문학연구』 46, 한국현대문학회, 2015.8.
김예림, 『국가를 흐르는 삶』, 소명출판, 2015.
김윤식, 『韓日文學의 關聯樣相』, 일지사, 1974.
______, 『한국문학의 근대성과 이데올로기 비판』, 서울대 출판부, 1987.
______, 『한 · 일 근대문학의 관련양상 신론』, 서울대 출판부, 2001.
______, 『일제말기 한국인 학병세대의 체험적 글쓰기론』, 서울대 출판부, 2007.
______, 『이병주와 지리산』, 국학자료원, 2010.
______, 『한일 학병세대의 빛과 어둠』, 소명출판, 2012.
______, 『이병주 연구』, 국학자료원, 2015.
김윤식 · 김종회 편 『이병주 문학의 역사와 사회 인식』, 바이북스, 2017.
김윤식 · 임헌영 · 김종회 편, 『이병주 문학연구－역사의 그늘, 문학의 길』, 한길사, 2008.
김종회, 「이병주 문학의 역사의식 고찰－장편소설 『관부연락선』을 중심으로」, 『한국문학논총』 57, 한국문학회, 2011.
김혜인, 「현해탄의 정치학－제국의 법질서와 식민지 주체의 정화술」, 『어문논총』 52, 한국문학언어학회, 2010.6.
노현주, 「남성중심서사의 정치적 무의식－이병주 소설의 여성인물 형상화를 중심으로」, 『국제한인문학연구』 14, 국제한인문학회, 2014.8.
류동규, 『식민지의 기억과 서사』, 박이정, 2016.

박광현, 『「현해탄」 트라우마－식민주의의 산물, 그 언어와 문학』, 어문학사, 2013.
박유하, 『제국의 위안부－식민지지배와 기억의 투쟁』, 뿌리와이파리, 2013.
______, 『화해를 위해서－교과서 · 위안부 · 야스쿠니』, 뿌리와이파리, 2015.
서세림, 「이호철 소설과 일본－분단체제와 한일관계의 연속성」, 『한국근대문학연구』 19(2), 한국근대문학회 2018.10.
손기섭, 『동북아 국제관계와 한반도－갈등과 협력의 동북아』, 부산외국어대 출판부, 2017.
손혜숙, 『이병주 소설과 역사 횡단하기』, 지식과교양, 2012.
아시아연구기금 편, 『한일관계 50년의 성찰』, 오래, 2017.
안민자, 「대북방송의 정체성 변화와 프로그램 편성 연구」, 경남대 북한대학원 박사논문, 2008.
윤상인 외, 『일본문학 번역 60년－현황과 분석 1945-2005』, 소명출판, 2008.
______, 「번역과 제국과 기억－김소운의 『조선시집』에 대한 전후 일본의 평가에 대해」, 『일본비평』 2, 서울대 일본연구소, 2010.2.
이동준 · 장박진, 『미완의 해방－한일관계의 기원과 전개』, 아연출판부, 2013.
이봉범, 「잡지미디어, 불온, 대중교양－1960년대 복간 『신동아』론」, 『한국근대문학연구』 27, 2013.4.
______, 「일본, 적대와 연대의 이중주－1950년대 한국지식인들의 대일인식과 한국문화(학)」, 『현대문학의 연구』 55, 한국문학연구학회, 2015.
이상록, 「증오와 선망, 배척과 모방 사이에서－한일협정 전후 한국의 미디어에 나타난 일본 표상」, 『한국학연구』 49, 인하대 한국학연구소 2018.5.
이원덕 · 기미야 다다시 외, 『한일관계사 1965-2015』(I－정치편), 역사공간, 2015.
이종구 · 이소자키 노리요 외, 『한일관계사 1965-2015』(III－사회 · 문화편), 역사공간, 2015.
이하나, 「1950～60년대 반공주의 담론과 감성 정치」, 『사회와 역사』 95, 한국사회사학회, 2012 가을.
이한정, 『일본문학의 수용과 번역』, 소명출판, 2016.
이형권, 「현해탄 시편의 양가성 문제－30년대 후반 임화시를 중심으로」, 『한국언어문학』 49, 한국언어문학회, 2002.
이행미, 「부활과 혁명의 문학으로서의 '시'의 힘－최인훈의 연작소설 「총독의 소리」를 중심으로」, 『한국학연구』 39, 인하대 한국학연구소, 2015.12.
임상민, 「김희로 사건과 김달수－정기간행물 『김희로공판대책위원회뉴스』를 중심으로」, 『일본어문학』 72, 한국일본어문학회, 2017.3.
임종국, 반일민족문제연구소 편, 『실록 친일파』, 돌베개, 1991.
임태훈, 「국가의 사운드스케이프와 붉은 소음의 상상력-1960 년대 소리의 문화사 연구를 위하여 (1)」, 『대중서사연구』 25, 대중서사학회, 2011.
조세영, 『한일관계 50년, 갈등과 협력의 발자취』, 대한민국역사박물관, 2014.
장문석, 「최인훈 문학과 '아시아'라는 사상」, 서울대 박사논문, 2018.
장세진, 『숨겨진 미래-탈냉전 상상의 계보 1945~1972』, 푸른역사, 2018.
정근식·이병천 편, 『식민지 유산, 국가 형성, 한국 민주주의』 2, 책세상, 2012.
정호웅, 「해설-존재 전이의 서사」, 최인훈, 『태풍』, 문학과지성사, 2009.
차승기, 『비상시의 문/법-식민지/제국 체제의 삶, 문학, 정치』, 그린비, 2016.
최상룡·이원덕·이면우, 『脫冷戰期 韓日關係의 爭點』(峨山財團 硏究報告書 50輯), 집문당, 1998.
한수영, 『전후문학을 다시 읽는다-이중언어, 관전사, 식민화된 주체의 관점에서 본 전후세대 및 전후문학의 재해석』, 소명출판, 2015.
한일연대21 편, 『한일 역사인식 논쟁의 메타히스토리』, 뿌리와이파리, 2008.
황정현, 「한일 관계의 역학과 월남민 남성의 자아정체성-이범선 장편소설 『검은 해협』 연구」, 『한국문학이론과 비평』 85, 한국문학이론과 비평학회, 2019.11.

3. 한국어 번역서

가라타니 고진, 조영일 역, 『역사와 반복』, 도서출판b, 2008.
__________, 조영일 역, 『네이션과 미학』, 도서출판b, 2009.
고모리 요이치, 송태욱 역, 『포스트콜로니얼』, 삼인, 2002.
다카하시 데쓰야, 이목 역, 『국가와 희생』, 책과함께, 2008.
롤랑 바르트, 김웅권 역, 『글쓰기의 영도』, 동문선, 2007.
레이 초우, 정재서 역, 『원시적 열정-시각, 섹슈얼리티, 민족지, 현대중국영화』, 이산, 2004.
린 헌트, 전진성 역, 『인권의 발명』, 돌베개, 2009.
마루카와 데쓰시, 장세진 역, 『냉전문화론』, 너머북스, 2010.
미셸 푸코, 이규현 역, 『말과 사물』, 민음사, 2012.
발터 벤야민, 최성만 역, 『역사의 개념에 대하여 외』, 길, 2008.
베네딕트 앤더슨, 윤형숙 역, 『상상의 공동체-민족주의의 기원과 전파에 대한 성찰』,

나남, 2002.
사카사이 아키토, 박광현 외역, 『'잿더미' 전후공간론』, 이숲, 2020.
사카이 나오키, 후지이 다케시 역, 『번역과 주체－'일본'과 문화적 국민주의』, 이산, 2005.
__________ 외, 이종호 외역, 『총력전하의 앎과 제도』, 소명출판, 2014.
서경식 · 다카하시 데쓰야, 한승동 역, 『책임에 대하여』, 돌베개, 2019.
아자 가트, 유나영 역, 『민족－정치적 종족성과 민족주의, 그 오랜 역사와 깊은 뿌리』, 교유서가, 2020.
알랭 바디우, 서용순 역, 『철학을 위한 선언』, 길, 2010.
야마구치 도모미 외, 임명수 역, 『바다를 건너간 위안부』, 어문학사, 2017.
에밀 벵베니스트, 김현권 역, 『일반언어학의 여러 문제』(I), 지만지, 2012.
요모타 이누히코, 양경미 역, 『우리의 타자가 되는 한국』, 삼각형북스, 2001.
윤건차, 박진우 외역, 『자이니치 정신사－남 · 북 · 일 세 개의 국가 사이에서』, 한겨레출판, 2016.
자크 데리다, 남수인 역, 『글쓰기와 차이』, 동문선, 2001.
__________, 정승훈 · 진주영 역, 『문학의 행위』, 문학과지성사, 2013.
자크 라캉, 맹정현 · 이수련 역, 『자크 라캉 세미나 11－정신분석의 네 가지 근본 개념』, 새물결, 2008.
장 아메리, 안미현 역, 『죄와 속죄의 저편－정복당한 사람의 극복을 위한 시도』, 길, 2012.
정영환, 임경화 역, 『누구를 위한 '화해'인가－『제국의 위안부』의 반역사성』, 푸른역사, 2016.
지그문트 프로이트, 김정일 역, 『성욕에 관한 세 편의 에세이』, 열린책들, 2003.
칼 슈미트, 김효천 역, 『정치적인 것의 개념』, 살림, 2012.
프레드릭 제임슨, 이경덕 · 서강목 역, 『정치적 무의식－사회적으로 상징적인 행위로서의 서사』, 민음사, 2015.
프리모 레비, 이소영 역, 『가라앉은 자와 구조된 자』, 돌베개, 2014.
한스 게오르그 가다머, 이길우 외역, 『진리와 방법－철학적 해석학의 기본 특징들』(I), 문학동네, 2012.
헤겔, 임석진 역, 『정신현상학』(II), 한길사, 2005.
호미 바바 편, 류승구 역, 『국민과 서사』, 후마니타스, 2011.
__________, 나병철 역, 『문화의 위치－탈식민주의 문화이론』, 소명출판, 2012.

4. 일본어 저작

市川浩,『身体論集成』(岩波現代文庫), 岩波書店, 2001.

井上辰雄・大岡信・太田幸夫・牧谷孝則,『日本文学史蹟大辞典』(地名解説 編), 遊子館, 2001.

岩崎稔・中野敏男・大川正彦・李孝徳,『継続する植民地主義ージェンダー/民族/人種/階級』, 青弓社, 2005.

鵜飼哲・高橋哲哉,「特集討議ー和解の政治学」,『現代思想』28(13), 青土社, 2000.11.

奥野昌宏・中江桂子 編,『メディアと文化の日韓関係ー相互理解の深化のために』, 新曜社, 2016.

呉世宗,『リズムと抒情の詩学ー金時鐘と「短歌的抒情の否定」』, 生活書院, 2010.

金子るり子,「「内鮮結婚」で境界を越えた在韓日本人妻たちー日本人妻たちの軌跡と内面心理を中心に」,『일어일문학연구』95(2), 한국일어일문학회, 2015.11.

鎌田光登,「日韓のかけはし金素雲先生の死を悼む」,『知識』25, 彩文社, 1982.1.

姜尚中・玄武岩,『大日本・満州帝国の遺産』(興亡の世界史18), 講談社, 2010.

金時鐘,『小文集ー草むらの時』, 海風社, 1997.

______,『再訳 朝鮮詩集』, 岩波書店, 2007.

______,『金時鐘コレクションVIIー在日二世にむけて(文集I)』, 藤原書店, 2018.

金賛汀,『朝鮮総連』, 新潮社, 2004.

黒川みどり・藤野豊,『差別の日本近現代史ー包摂と排除のはざまで』, 岩波書店, 2015.

高橋哲哉,『デリダー脱構築と正義』(講談社学術文庫), 講談社, 2015.

崔在喆,「金素雲の随筆と日本」,『比較文學研究』79, 東大比較文學會, 2002.2.

藤間生大,『民族の詩』, 東京大学出版会, 1955.

直野章子,「戦争被害受忍論ーその形成過程と戦後補償制度における役割」,『比較社会文化ー九州大学大学院比較社会文化研究科紀要』23(1), 2016.

朴正鎮,『日朝冷戦構造の誕生 1945~1965ー封印された外交史』, 平凡社, 2012.

朴裕河・上野千鶴子・金成玟・水野俊平,『日韓メモリー・ウォーズ』, 弦書房, 2017.

玄武岩,『「反日」と「嫌韓」の同時代史ーナショナリズムの境界を越えて』, 勉誠出版, 2016.

ピエール=イヴ・ボルペール, 深沢克己 編,『「啓蒙の世紀」のフリーメイソン』, 山川出版社, 2009.

村上美佐子,「金素雲 著作・講演・放送等年譜」,『比較文學研究』79, 東大比較文學會, 2002.2.

________,「金素雲関係文書資料年譜」,『比較文學研究』93, 東大比較文學會, 2009.6.

森崎和江,『森崎和江詩集』, 思潮社, 2015.
李瑜煥,『日本の中の三八度線－民団・朝総連の歴史と現実』, 洋々社, 1980.
李鍾元・木宮正史・磯崎典世・浅羽祐樹,『戦後日韓関係史』, 有斐閣, 2017.
林相珉,「金嬉老事件と「反共」－映画〈金の戦争〉論」,『일본문화학보』 51, 한국일본문화학회, 2011.11.
吉澤文寿,『戦後日韓関係－国交正常化交渉をめぐって』, クレイン, 2005.
________ 編,『五〇年目の日韓つながり直し－日韓請求権協定から考える』, 社会評論社, 2017.
________ 編,『歴史認識から見た戦後日韓関係－「1965年体制」の歴史学・政治学的考察』, 社会評論社, 2019.

5. 영어 저작

Eve Kosofsky Sedgwick, *Between Men : English Literature and Male Homosocial Desire,* Columbia University Press, 1985.
Francis Mulhern, *Culture/Metaculture*, Routledge, 2000.
Georg Wilhelm Fredrich Hegel, *The Phenomenology of Spirit*, trans. by Terry Pinkard, Cambridge University Press, 2018.
Jacques Derrida, *The Gift of Death*, trans. by David Wills, University Of Chicago Press, 1996.
________________, *Sovereignties in Question : The Poetics of Paul Celan*, trans. by Thomas Dutoit & Outi Pasanen, Fordham University Press, 2005.
Jacques Ranciere, *The Flesh of Words : The Politics of Writing*, trans. by Charlotte Mandell, Stanford University Press, 2004.
Rey Chow, *The Age of the World Target : Sel－Referentiality in War, Theory, and Comparative Work*, Duke University Press, 2006.
Roberto Esposito, *Third Person : Politics of life and philosophy of the impersonal*, trans. by Zakiya Hanafi, Polity, 2012.
Roland Barthes, *Writing Degree Zero*, trans. by Annette Lavers and Colin Smith, Hill and Wang, 1977.
______________, *The Rustle of Language*, trans. by Richard Howard, University of California Press, 1989.

______________, *The Responsibility of Forms : Critical Essays on Music, Art, and Representation*, trans. by Richard Howard, University of California Press, 1991.

Margaret C. Jacob, *Living the Enlightenment : Freemasonry and Politics in Eighteenth-Century Europe*, Oxford University Press, 1991.

Matthew J. Gibney ed., *Globalizing Rights : The Oxford Amnesty Lectures 1999*, Oxford University Press, 2003.

Niklas Luhmann, *Essays on Self-Reference*, Columbia University Press, 1990.

Wylie Sypher, *Literature and Technology : The Alien Vision*, Vintage Books, 1971.

Wolfgang Iser, *The Act of Reading : A Theory of Aesthetic Response*, Johns Hopkins University Press, 1980.

간행사 _ 근대한국학총서를 내면서

새 천 년이 시작된 지도 벌써 몇 해가 지났다. 식민지와 분단국가로 지낸 20세기 한국 역사의 와중에서 근대 민족국가 수립과 민족 문화 정립에 애써온 우리 한국학계는 세계사 속의 근대 한국을 학술적으로 미처 정리하지 못한 채 세계화와 지방화라는 또 다른 과제를 안게 되었다. 국가보다 개인, 지방, 동아시아가 새로운 한국학의 주요 대상이 된 작금의 현실에서 우리가 겪어온 근대성을 다시 한번 정리하고 21세기에 맞는 새로운 모습으로 탈바꿈시키는 것은 어느 과제보다 앞서 우리 학계가 정리해야 할 숙제이다. 20세기 초 전근대 한국학을 재구성하지 못한 채 맞은 지난 세기 조선학·한국학이 겪은 어려움을 상기해 보면, 새로운 세기를 맞아 한국 역사의 근대성을 정리하는 일의 시급성은 아무리 강조해도 지나치지 않다.

우리 근대한국학연구소는 오랜 전통이 있는 연세대학교 조선학·한국학 연구 전통을 원주에서 창조적으로 계승하고자 하는 목표에서 설립되었다. 1928년 위당·동암·용재가 조선 유학과 마르크스주의, 그리고 서학이라는 상이한 학문적 기반에도 불구하고 조선학·한국학 정립을 목표로 힘을 합친 전통은 매우 중요한 경험이었다. 이에 외솔과 한결이 힘을 더함으로써 그 내포가 풍부해졌음은 두말할 나위가 없다. 연세대학교 원주캠퍼스에서 20년의 역사를 지닌 매지학술연구소를 모체로 삼아, 여러 학자들이 힘을 합쳐 근대한국학연구소를 탄생시킨 것은 이러한 선배학자들의 노력을 교훈으로 삼은 것이다.

이에 우리 연구소는 한국의 근대성을 밝히는 것을 주 과제로 삼고자 한다. 문학 부문에서는 개항을 전후로 한 근대계몽기 문학의 특성을 밝히는 데 주력할 것이다. 역사 부문에서는 새로운 사회경제사를 재확립하고 지역학 활성화를 위한 원주학 연구에 경진할 것이다. 철학 부문에서는 근대 학문의 체계화를 이끌고 사회과학 분야에서는 학제 간 연구를 활성화시키며 근대성 연구에 역량을 축적해 온 국내외 학자들과 학술 교류를 추진할 것이다. 이러한 연구들은 일방성보다는 상호 이해와 소통을 중시하는 통합적인 결과물의 산출로 이어질 것이다.

근대한국학총서는 이런 연구 결과물을 집약적으로 정리하기 위해 마련한 총서이다. 여러 한국학 연구 분야 가운데 우리 연구소가 맡아야 할 특성화된 분야의 기초 자료를 수집·출판하고 연구성과를 기획·발간할 수 있다면, 우리 시대 연구자들뿐만 아니라 학문 후속세대들에게도 편리함과 유용함을 줄 수 있을 것이다. 새롭게 시작한 근대한국학총서가 맡은 바 역할을 충분히 할 수 있도록 주변의 관심과 협조를 기대하는 바이다.

2003년 12월 3일

연세대학교 원주캠퍼스 근대한국학연구소